大樟树下

吴亚原 / 著

云南出版集团

云南人民出版社

图书在版编目（CIP）数据

大樟树下／吴亚原著. -- 昆明：云南出版社，
2022. 11
　　ISBN 978-7-222-21243-5

　Ⅰ. ①大… Ⅱ. ①吴… Ⅲ. ①小小说-小说集-中国
-当代 Ⅳ. ①I247. 82

中国版本图书馆 CIP 数据核字（2022）第 197178 号

责任编辑：梁明青
装帧设计：力扬文化
责任校对：李　红
责任印制：窦雪松

大樟树下
DA ZHANGSHU XIA
吴亚原　著

出　版　云南出版集团　云南人民出版社
发　行　云南人民出版社
社　址　昆明市环城西路 609 号
邮　编　650034
网　址　www. ynpph. com. cn
E-mail　ynrms@ sina. com
开　本　889mm×1194mm　　1/32
印　张　9. 625
字　数　240 千
版　次　2022 年 11 月第 1 版第 1 次印刷
印　刷　成都兴怡包装装潢有限公司
书　号　ISBN 978-7-222-21243-5
定　价　68. 00 元

如需购买图书、反馈意见，请与我社联系
总编室：0871-64109126　发行部：0871-64108507　审校部：0871-64164626
印制部：0871-64191534

云南人民出版社微信公众号

序　言

　　这是吴亚原的第二本小说集。第一部出版于 2016 年。之后，她写写发发，其作品我也读过。2020 年的时候，她给我看了新写的一组，我突然有了感想，或者说是对她的写作有了一个发现，我就在自己的一本阅读杂记中写道："……她试图做'表面文章'，在小说的语言上启用一套新的系统，也就是从传统文学中汲取或者说是借取那些经典之美，不仅在意境上'移境'，而且在文字上也写出一种意境美。"好了，又两三年过去了，现在她组织起来的气势更加磅礴，她打造属于自己的艺术之殿更加诱人了。

　　吴亚原坚持了自己的调子，刻意并且一意孤行，甚至在毫不理会周围的同时还积极主动地拓宽自己的疆域。"表面文章"是指作品的一种气息，就是我们平时在说的，即使是快速浏览也可以将其嗅出的那种弥漫开来的氤氲。吴亚原最显著的特征是，她的语言都是短句，不带一丝外语的句式或腔调——移居海外这么些年了，她也在抽空补习英语，但在她的笔下却全然没有外语的投影，那些前置、倒置、后补，或者长长的、套在一起的复句，她一概弃绝。而同时她的文字又不是很晦涩，并不佶屈聱牙和难解。我觉得，虽然一不小心会被它的外表下的一些意境美所迷惑，但她总体采用的都是现代汉语的口语，短促，干练，清晰，这种口语化的总体效果非常好，结合了她的故事的路径又可以潜伏另一股暗流，使得表里形成了明暗相间的双重走向。

同时，这部小说集的题材选取和叙述的策略上，吴亚原都在用力地拓宽和延伸，她的笔触都有对自己的新突破。在古代文献和民间传说中寻找素材是一例。记得以前在写一些自己家庭人物和事件时，她都是采用散文形式的，以确保真实性，但现在她也特意以小说的形式来表现了，亦是一例。虽然她的一些"翻写"作品受到史实的限制，显得人物的脸谱较浓，性格不够鲜明。同样，在主题的呈现上，虽然也延续了以前的过于概念化的东西，有些也可能是为报刊的应征而写——这就不得不囿于应征的要求，但现在她更多更有分量地倾注在情感，尤其是在爱的表现上，特别是缠绵悱恻的情爱。而且她还特别喜欢拉长时空，用时间来考验爱的真实、坚贞和绵长。我特别喜欢和推崇这一部分的作品，她总能在惊涛骇浪中写得波澜不惊，又总能在轻风微波中激起心头的震撼。因此，纵观这部作品集，吴亚原是非常有意识地在突出微型小说的精神风貌，在强调微型小说的文体指向。

看得出，吴亚原的这部小说集是在专心致志地砍劈杂芜，走自己的路，从众多篇什的总量里，她已经统一起自己的语言个性和叙述风格，已经摆脱了跟在前人后面，或者踩着时下被热捧的作品的脚印蹒跚学步的阶段，她将自己提升到一个独自行动、独自闯荡的文字侠的境界，虽然需要修炼的还很多。但说大了，这就是一个作家茁壮成长的必由之路。

时下，小说创作正面临着更加多元的前景，在数字化的助推下，小说与其他艺术样式的边界会越来越模糊，它会不断地裂变和重组，不断地逃离和融合，它的面貌无可捉摸，就像变色龙，我们知道的仅仅是它会不断地变化自己而已——这既是给我们小说写作者的一种考验，也是一种信心。

成　风

2022 年 4 月

目录 Contents

第八辑　水中，那弯新月

第九辑　遇见风儿

第十辑 父亲的相框

吴亚原

第一辑　向美而生的绿叶

　　我最看不得夫君迷惘若失的样子，干大事的人，岂能如此？我灵机一动，找来一块锦帕，轻轻裹在他头上，夫君顿觉一股清新气流弥漫全身。取下锦帕一看，帕上竟有一图，画里河山泾渭，三足鼎立。

向美而生的绿叶

腊月初八，是我大喜的日子。

院里院外的客人，翘首以待。我心里忐忑，不知新郎以何种方式迎娶。别看我长相不咋样，皮肤黑秀发黄，但我向美而生。

父亲足智多谋，为爱女主动上门提亲。男方器宇轩昂，是隆中最有名的才子，懂天文、晓地理。父亲毫不掩饰家有丑女的事实，顺便托出我蕙质兰心。东汉名士黄承彦独生女，自幼熟读经史，学识渊博，传说中的奇女子黄月英是也。

那天，他前来提亲，我倚窗而立。头戴纶巾、身披鹤氅、玉树临风的他拾级而上，我一揿机关，一只大狗朝他猛扑。我轻按机关："先生莫惊，此乃小女制作的木狗。"他会心一笑，凝视回廊里的木狗、木人，驻足良久。我怦然心动，他的眸子里却无半分光亮。我坦然以对，自古英雄爱美人，我岂能不懂。

他与父亲谈论国事，我一旁作陪。趁父亲去书房，我于袖中抽出鹅毛扇，作为定情之物落落大方地递到他手中，相问："先生可知送扇用意？"他诙谐道："礼轻情意重。"我嫣然一笑："其二？"他低头做沉思状。我轻叹："你与家父畅谈时眉飞色舞，一涉及曹操孙权，眉头紧锁。扇子最佳功用，用来遮面，使对方难以察看脸部表情，从而平息心中焦虑。"听此，他眉头舒展，眸子里有了闪闪点点的光，我悬着的心随之放下。

婚前月余，父亲传信于他，娶亲务必做到一不坐轿、二不骑马、三不乘船。当然，这是我的主意。

中午，艳阳高照，我开窗眺望，黄家山下，一辆似牛非牛的车子滚动前进，车上红色布幔围就。车子渐近，书童掀起布帘，新郎手持鹅毛扇，笃悠悠坐在车厢里。碾盘似的车轮，坦坦荡荡滚动在石子路上。我心里为之一动，夫君果然过目不忘，他的智慧结合我的构思，制造出奇妙的婚车。"稀奇，木头制的物件，竟能行走？"客人们围着车子赞叹。书童呵呵直乐："它叫'木牛流马'，是我家先生为接新娘而造的。"

我是天底下最幸福的新娘。我喜上眉梢，世上也只有夫君能通过我的考试。喜气洋洋地跨上车子，夫君用鹅毛扇轻拂坐台，我妥妥地坐上去。

婚后的日子美满如意，我协助夫君左右。

两年后，玄德三顾茅庐，夫君觅得了知音。从此，夫君追随先主南征北伐，我一心在家操杵臼、弄桑麻、养儿育女、侍奉老人，里里外外，处理得妥妥帖帖。

媳妇也不是那么好当的，夫君六出祁山，前方战事吃紧，粮草不足，我献上良策，用木牛流马运送粮草，缓解兵力不足。有时候，置身于桑林，仿佛来到烽火四起的战场，似看见夫君羽扇轻摇、成竹在胸、胜券在握的样子。

我最看不得夫君迷惘若失的样子，干大事的人，岂能如此？我灵机一动，找来一块锦帕，轻轻裹在他头上，夫君顿觉一股清新气流弥漫全身。取下锦帕一看，帕上竟有一图，画里河山泾渭，三足鼎立。地图是我手绘，我使出浑身解数，当好贤内助。夫君拥着我感慨："娶妻如你，此生足矣！"

为统一国家，削弱地方势力，建兴三年（225），夫君准备出师南中。南地丛林沼泽，为避瘴气，我悉心研制卧龙丹、行军散，强健将士们的体魄，为七擒孟获、平定南中立下不朽功勋，将汉族文化传播到蛮荒之地。夫君直言我是他命中贵人。

闲时，我俩总爱琢磨武器，经我俩改造的弓箭一弩可发十箭，我们称它为"连弩"。相聚的日子，总嫌不够，幸福的时光，指间掠过。夫君说，卫国保家是他的职责，消除夫君后顾之忧，是我的分内事。

建兴九年（231），蜀军第四次北伐，面临的敌军，是将士们最为忌惮的魏国将军张郃。夫君率蜀军，埋伏于木门谷，静候张郃官兵迎战，瞅准时机，弓弩齐发，飞箭射中张郃右膝，跌倒在地的他身上插满乱箭。北伐成功，夫君大胜而归。是夜，相拥床上，夫君说："战场上的官兵皆竖起大拇指夸赞夫人。"末了，夫君一句"你是我心目中最美丽的女人"，让我热泪盈眶。

章武元年（221），玄德成都称帝，夫君诸葛亮为蜀汉丞相。我依然于隆中，月落日出时分，偕家人院前屋后，植桑八百株。我静候前线捷报，盼望一家团圆。

浔阳江边

秋风紧，落叶满地。浔阳江边，父女俩执锣卖唱。粗布衣衫，掩饰不住婀娜的体态，发髻上翡翠玉簪，衬托出她俊俏的容颜。凄美的曲子，略带忧伤的嗓音，唱出别样的腔调。

"湘灵。"一声倾情的呼喊，来自江边。她的心剧烈地颤抖，抬首，诗人已挤出人群，紧紧将她拥住。得知他蒙冤被贬江州，偕夫人同往。湘灵的泪水如断线珍珠，收不住了。

边上的夫人，悄然走向江边。

异地相遇，湘灵啥都顾及不上了，依偎在他的怀中，尽情哭了个够。经年的颠沛流离，思念之苦，在相拥中化解。湘灵轻吟："美人与我别，留镜在匣中。"当年惜别，她将红绸包裹的铜镜、做工精巧的锦履，塞入他手中。他说："我已将娇颜融入镜里。"她说："对镜倾诉别情。"

居无定处的她，一直搜集他的诗词。艰辛的岁月，心灵却是富足。他用手拭去她的泪水，脸上满是痛惜。夏初，他在中庭晾晒衣服，双手摩挲锦履，恍如捏着她的纤手，针脚里的密密柔情，触动他相思之情。长夜寂寂，对着铜镜里的笑靥，忧伤渐渐褪去。她说："夜色凝重，我摘下头上的玉簪，任长发飞扬，思念随风飘飞。"

她怎能忘记，在符离老家，那个月色皎洁的夜晚。面对清荷般纯洁的少女，少年那句话如一束光，照亮了她的心，点燃了少女心中的火苗。若干年后，他中进士回乡，新月似钩，两两相对，他说："我要娶你。"她眉眼里盛满柔情。新月为他们做证，星星点灯庆贺。他笨拙地将翡翠玉簪插入她高高绾起的发髻，弯弯的月亮船，装满憧憬。她说："我心如天上月亮，亘古不变。"他说："做我的新娘。"

　　那年，她心怀忐忑，吟着"两情千里同"的绝句，到了长安。简陋房舍里，思念如长了翅膀，飞向天空。如梦似幻间，她站云端俯瞰，长安秋意正浓，落叶飘飞。他对窗感怀，饱蘸墨汁书写，我未娶，你未嫁，两情若是久长时……无眠夜，他拾起枕边铜镜，对着镜中的她自语："夜夜相伴，何时相遇？"

　　他告知湘灵，新婚之夜，他向夫人言明，心里早已住进恋人。那年他中进士，回符离住上大半年，执意娶湘灵为妻，被母亲回绝。四年后的秋日，他任校书郎，举家迁至长安，恳求母亲应允婚事，极重门第的母亲不允。三十七岁那年，母亲以死要挟，他只能妥协，娶了夫人。湘灵无语凝噎。

　　见夫人从江边行来，他说："湘灵。"夫人笑道："夫君诗中的女子，果真不凡。不如收在身边，了却相思之苦。"湘灵方感失态，羞红着脸，对夫人道了个万福："小女子与诗人紧邻，兄妹相称，有失礼节，望夫人谅解。"夫人笑言："日夜与他相伴，足矣！"他的目光真诚："咱一起相守！"

　　湘灵的眸子无半分杂念，真挚的情感，掺不得半点瑕疵。她心已决绝，将相思藏于心底，说："一切都成过去。"他从包袱里找纸墨，顺手带出铜镜，纸铺镜上捉笔赋就："我梳白发添新恨，君扫青蛾减旧容。应被傍人怪惆怅，少年离别老相逢。"一诗道尽无奈。

湘灵也曾听说，三年前春日，他新婚不久，母亲在院里赏花，不慎掉落井中。不惑之年的他，痛失母亲。同年秋天，她在坊间觅得《夜雨》："我有所念人，隔在远远乡。我有所感事，结在深深肠。乡远去不得，无日不瞻望。肠深解不得，无夕不思量……"他将痴情凝聚诗里，湘灵知道，自己未嫁，他何能释怀？为获悉他的情况，湘灵随父街头卖唱。

上苍有眼，让他俩相逢。他央求湘灵别再漂泊。湘灵应允："我正赶往家的方向。"湘灵对着夫妇俩作揖，说："今日别过，再无相见之日，愿你们琴瑟和鸣，白首到老。"他痛惜的眼神，激不起她胸中的波澜。

浔阳江边，湘灵蓦然回首，夫人挽着他的手臂，他似炬的目光依然深情。

一晃又十年，诗人离杭返京，转道符离，梦中人何在？他居老屋挑灯挥就"……来如春梦几多时？去似朝云无觅处"。碧玉绾白发的湘灵，读着他的诗，目送他离开符离。望着远去的背影，她倾情呼出："此生足矣！"

芙蓉灯影

奶奶有一盏粉彩罩子灯，密瓷制成，造型奇特，灯油藏在密封的罐子内，灯芯若一根小辫子翘在罐首，灯罩上有仙女腾云、秀才沉思的图案。连素有"神偷"之称的老鼠，也只能纠缠于灯的周围，"吱、吱"地叹息觅食无门。故古灯俗称"气死老鼠"。

灯是奶奶的陪嫁。奶奶的纤手捏着方纱巾，天天擦拭几回。

小时候，奶奶告诉过我她与表哥订了娃娃亲，少年表哥将粉彩罩子灯作为信物赠予。彼时，奶奶的表哥家富甲一方，后因世事变迁，家道没落。奶奶的父母拆散了鸳鸯，将女儿嫁到家境殷实的林家。

奶奶出嫁时十里红妆，提起奶奶的婚事，四乡八村无人不晓，那排场啊……可奶奶觉得最金贵的，还是粉彩罩子灯。

爷爷年轻有为，在上海经营一家纱厂。

岁月更替了三回。奶奶的肚子瘪塌塌的，隆不起来。太奶奶颇有微词："奔了多少寺庙，添不了人丁。养只母鸡，生的蛋也垒成了小山，怎知是吹不胖的气球……"类似的话语，奶奶的耳朵听起了老茧。爷爷对奶奶不冷不热，探亲的次数愈发少了。

长夜里，一阵窸窸窣窣的响动惊醒了奶奶，黑暗中几点亮光闪烁在灯边，贼兮兮的吱吱声萦绕在耳边。惺忪着睡眼，奶奶的心徒添几分怜悯，老鼠其实也蛮可怜，趁着夜黑人静，饿了偷点吃的，实属无奈。就如自己生性胆小，最怕在公婆面前待着。除了晨起请安、侍奉公婆用餐外，便爱待在房间里对着灯发呆。怪父母悔亲，断送自己的幸福。文静如奶奶，面对爷爷时，她把心包裹得紧紧的，话说不上几句，脸就红了。只有在黑暗中，奶奶才信马由缰，由着自己的性子来。

找不到吃的，老鼠索性于床头柜上秀起恩爱，吱吱吱追逐嬉闹，两对鼠目，凝聚成四束光线，黑夜中横来竖去，看得奶奶心旌荡漾，迷糊进梦里，与表哥追逐在油菜花田里……

半夜里，梦中惊醒的奶奶，起身划根火柴，点燃翘在灯罐外的小辫子，寂静的房间有了生气。灯火衬托出奶奶姣好的容颜，火苗里闪出表哥俊朗的面容。奶奶目光温柔，拿起纱巾，一遍又一遍擦拭灯罩。她多想成为灯罩上的仙女，与柳树下的书生隔空相望……奶奶用缝被子针，挑着灯芯，火苗结出灯花，粉色的灯罩释放出异彩。奶奶轻叹："命中自有定数。"

有阳光的日子，奶奶会举起灯，细细察看底部，心头泛起涟漪。

两年了，爷爷的书信难见一封。只有如豆的灯花，舔着奶奶孤独的心。奶奶坚信，灯代表着光明。

那天，奶奶上主院请安，听太奶奶对太爷爷说："儿子在上海纳了小，以后生个一男半女，就回乡认祖。"奶奶一个趔趄摔在门外。"谁让你肚子不争气，林家已够仁慈了。"太奶奶的声音，像长了牙齿的寒风，撕咬奶奶的肌肤。

除夕清晨，太奶奶的小脚踩出了欢快的步子，寒冬里，她春风满面，站在村口，迎接她的宝贝孙子。一身疲惫的爷爷独自走来，太奶奶的小脚踩出疑问。爷爷一脸沮丧，垂下高昂的头颅，说："娘，女人都不行的，别再难为她。"

老林家绝后了！太奶奶自心底发出哀号，小脚踩在石子上，险些绊倒。死了心的太奶奶，大病一场，托人从郊县抱养了一个不到两岁的男孩，就是我爹。

战事不断，造化弄人，我爹七岁那年，家族遭受变故，留下孤儿寡母艰难度日。

奶奶将爱藏在心里。黑沉沉的夜晚，奶奶眸子里闪着光亮，伏在掉了漆的床头柜上，一遍又一遍把灯擦拭。她笃信，有灯就有光明。奶奶变卖家产，供爹爹上了私塾。

困苦的日子，唯有灯陪伴她身边。灯光影里，爹娶了娘。爹娘挺有能耐，给林家添了三男四女。奶奶将粉色灯罩擦得锃亮。

那年夏天，一群半大的孩子，以破"四旧"为由，抄走了粉彩罩子灯，极度悲伤的奶奶，临终前拉着我的手说："找回灯，给她寻个好归宿！"我握着奶奶慢慢变凉的手，说："奶奶，孙儿知道。"

此时，我举起粉彩罩子灯端详，底部的芙蓉花，栩栩如生。走出博物馆，抬眼望向天空，云彩里的奶奶，正向我挥手。奶奶，我给灯找了个好归宿。

其实，奶奶有个好听的名字：芙蓉。

镜里朱颜改

阴雨绵绵，朝华的心情像天空一样阴晦。

深棕色檀木梳子，翻飞在手中。镜子里，官人看着她说："重点儿。"她加重了梳理力度，眸子泛起雾水。官人又说："岳父怕是下船了吧。"她手中的檀木梳子"啪"地掉落在地，慌忙捡起："再不济，一家人守在一起，也有个照应。"官人说："此去凶险难卜，怕照顾不了你。"

绍圣元年（1094），秦观从国史院编修官贬为杭州通判。由此，他休书一封，放掉心爱的女人，让岳父领回他的女儿。

江风哀号，船儿踏浪卧波。多情自古伤离别，秦观送父女俩到古渡。悲切中，将赋就的一首小诗塞入朝华手中，目送父女二人上船。朝华的眼睛红成了葡萄，一步一回首。岸上，官人伟岸的身影，越来越远，看不见了。朝华的心一下子被掏空了。低头再看那首题为《遣朝华》的诗，不由泪水涟涟："夜雾茫茫晓柝悲，玉人挥手断肠时。不须重向灯前泣，百岁终当一别离。"

"你自小来家没享过福，怎忍心让你受罪。"官人的话在她耳边响起，她挪向船边，任西风吹凉脸颊，似乎这样才能减轻心中的悲痛。

朝华是秦观进京那年为照顾寡居的母亲买的丫鬟。朝华心地善良，文静乖巧，深得母亲疼爱。朝华十九岁那年，由婆婆做主，让秦观纳她为妾。成亲那天，乃是牛郎织女相会的日子，天上新月似钩，银河星光闪烁。对着天上星月，秦观动情了："有你相伴，平凡的日子多了温馨。"朝华羞怯地依在他怀里笑了。

缠绵间，秦观自枕下摸出一把檀木梳子，梳柄上镌有"乱山何处觅行云？又是一钩新月照黄昏"。朝华来府上七年，认识不少字，官人于诗中道出对她的爱恋。少女的娇羞跃上眉梢，这一刻她醉了。

寻常的日子，她默默伴他左右。婆婆告诉朝华，儿子无显赫身世，少年丧父，临近而立，金榜无名。那次，仰慕已久的大诗人苏东坡要去扬州，他灵机一动，跑到扬州，模仿他的笔迹，挥毫泼墨于名寺粉墙，静候大诗人。那日，苏东坡果真来此，不禁纳闷，墙上之词，为自己所填？细细想来，却从未落脚此地。后来，看了秦观的作品，方知是他的杰作。几日后，秦观怀揣引荐信，奉上得意之作《黄楼赋》，成了"苏门四学士"之一。元丰八年（1085），秦观高中进士。

想此，朝华"扑哧"一笑，父亲见女儿一会儿哭，一会儿笑。关切地问："没事吧？"朝华说："爹爹如果疼爱女儿，还望您把女儿送回杭州，患难之时怎能离开官人。"父亲说："你决定了？"朝华说："女儿已经决定。"

那日，秦观回到府上，一见熟悉的身影，心头不禁疑惑，怎么又回来了？朝华说："妾身回家后，心里如长满杂草，扰得我食无味、夜不眠，不如赖在官人身边，省却思念之苦。"她的眼睛直勾勾看着他："头发乱了。"说着从贴身衣袋里掏出梳子，拽他坐到妆台前，缓缓梳理他的头发，绾了个高耸的发髻。此刻，朝华一句"再也不分开了"，两人已泪流满面。

相处的日子太过短暂，秦观再次被降职贬至边境，且不得带家属同行。镜子里，秦观深情地注视着朝华，目光里全是无奈。她手中的檀木梳子一遍遍梳理着他的头发，一夜间，青丝里潜伏进银丝。"百岁终当一别离。"朝华噙着眼泪，发髻已经绾起，启程时辰将到。她跪在地上磕了几个响头，悲痛中跑出大门。

绝望中，朝华遁入郊外小庵，削去青丝，长伴青灯古佛。

多年后，小庵来了几位香客，谈论秦观之事。说他贬至广州雷州，途中路过湖南衡阳，徘徊湘江边，面对明媚的春光，拟就一首《千秋岁》，其中一句"镜里朱颜改"让衡阳太守大惊失色，扼腕长叹，说秦观"时日短矣"。一语成谶。元符三年（1096），宋徽宗即位，召秦观回衡阳。行至广西藤州，华光亭上，秦观与同行者聊起，梦里填了一词，说到兴头上，突感口渴，同行者立马灌一壶泉水，望着壶中之水，他止不住地哈哈大笑。

边上那位尼姑听得忘情，右手伸进青灰袍子，摸出檀木梳子捏在手中，听香客说到"笑声中，一代才子溘然长逝"时，手中的梳子，"啪"地摔在地上，断了。

绿杨阴里赛红裙

春天里，一队皇家兵马，八人合抬龙凤大轿，沿着杨柳依依的河堤，浩浩荡荡开进小村，为首的钦差大臣，手捧凤冠霞帔，目光投向黄泥墙。这一瞥，钦差有点眩晕。一堵堵黄泥墙，一方方蓝底白花粗布围裙，竹竿叉起，宛如酒旗，荡涤起徐徐香风。钦差鼻翼抽动，微醺了，眯缝起双眼，步履轻盈地走向黄泥墙。墙边，二八少女亭亭玉立，如一枝枝带露鲜花，清纯靓丽，令钦差眼花，无从选择。边上一队人马，竟也醉了，抬着龙凤轿，转起了圈儿。

钦差一声令下，收起凤冠霞帔，打道回朝。

"电旗雷鼓将如云，大战高桥天下闻。那及今时三月十，绿杨阴里赛红裙。"多少年后，诗人以诗为证。

此时，黄泥墙内，名唤晓兰的俊俏少女，看着钦差远去的背影，敬重与失落潮水般涌来，半年前的遭遇，恍如眼前。

一个秋风送爽的日子，金黄色稻谷，铺满晒场，晓兰腰系围裙，箩筐倒扣为椅，忙里偷闲纳着鞋底，不知怎的，村西少年脉脉含情的目光，总让晓兰迷离。猛然间，远方传来打打杀杀的呐喊声，一看不妙，晓兰准备起身回家。大樟树下，跑来一个俊朗青年，眼神急切，低声呼救："大姐救我！"晓兰识得几字，常听爷爷讲述保家卫国的故事。晓兰正色道："官人是谁，为何遭人追杀？"

青年目光如炬："金兵蹂躏国土，小康王理应奋战，方与姑娘一遇。"

"别急，容我想想。"蓦地，晓兰的脑子灵光闪现，小时候躲猫猫时，藏在倒扣的箩筐里曾让小伙伴费煞脑筋。晓兰示意小康王蹲下，用箩筐罩住他说："康王得罪，千万别出声，有民女担着。"晓兰妥妥地坐在箩筐上，拿起鞋底，一针加以一针，神态自若。

不时，金兵闯进村子，大声断喝："可见身穿盔甲的逃犯？"

"此人刚从樟树下逃窜，往西方狂奔。"晓兰沉着冷静，针头戳进鞋底。

"逃进四明山，那还了得，快追！"为首那人在马背上勒紧绳辔，打了个响鞭，凶神恶煞般的金兵向西猛追。

马蹄嗒嗒远去，晓兰脚下一软，人从箩筐上跌下，手背擦了下额头，黏糊糊的，湿了几绺秀发，喘着气。小康王掀开箩筐，扶起晓兰，真切承诺："姑娘救我一命，日后定当迎娶，封为贵妃，黄泥墙为证，蓝底白花围裙为记。"

晓兰脸红心跳，娇喘微微："危险，快走。"小康王拱手惜别，匆匆由南而去。晓兰如释重负，心猛地一凛，然笑靥如花，拾起针线篮，跑回家去。

见女儿神采飞扬，母亲问道："丫头，啥事如此开心？"

"娘，我救了小康王。"晓兰将事情说了个明白。

"咱丫头要当贵妃啰！"母亲眉头舒展。

晓兰娇嗔："娘，轻点，千万别让人知晓。"母亲戳了下女儿的额头："鬼精灵。"

从此，忆起那个场景，晓兰脸上都会腾起红晕。梦里常见，坐进花轿的自己，依然村姑模样，想与风流偶傥的人儿表明心迹，总是挪不动步子。夜在少女的梦里流失。闲时，晓兰缠着爷爷道老古，爱听宫廷故事。从爷爷的口中得知，汉安帝皇后阎姬，杀宫女，废太子，手段阴险，杀人不眨眼睛。

渐渐地，爷爷的讲述中，晓兰眉头紧锁，眼神忧郁。心中却盼望有那么一天，小康王用大红花轿迎她入宫。想起宫中诸多的规矩及难堪，让晓兰心生惆怅。与其这样，还不如自在乡野。

忐忑中，日子渐行渐远。半年后，京城传来消息，宋高宗定都杭城，小康王登基。晓兰心头暖暖的，他该来接自己啦。此念常把她从梦里拽醒，咋办？晓兰与母亲商量。"不可将康王的承诺传播出去？"母亲不解，"丫头，好事为何舍弃？"晓兰浅笑不语。"过了这村就没那店。"母亲心有不甘。

"女儿明白，乡野未必不好，爷爷常说，荣华富贵是过眼烟云。"说这话时，村西小伙的敦厚样儿，又占满了晓兰的脑海。

母亲拉着女儿的手，无奈地摇摇头。

这些天，村子里忙活起来，这边黄泥砌墙，那边织蓝花布缝制围裙。晓兰爱系着围裙，村子里转悠。

此时，黄泥墙边的晓兰，虽若有所失，却笑靥如花。

几天后，康王传旨：浙东女子尽封王。赐小村名：黄泥墙。自那以后，浙东女子出嫁，皆十里红妆，戴凤冠，披霞帔，坐花轿。

桂花酒

桂花斜躺在沙发上，阳光透过落地窗，照到她的身上，暖暖的，好惬意。满头的白发，阳光里泛着亮色。桂花泪眼昏花，沉浸在电视剧的氛围里。记忆的闸门，就此打开。

那是七十多年前的一个秋天。仰韶小镇，一家酒馆里，新婚不久的桂花撬开酒坛的封泥，开启上好的桂花酒，刹那间，小镇被包裹在浓浓的酒香味里。

小镇男人脚底像抹了层油，甩脱女人的纤手，直往酒馆里跑，选个位置坐下，叫上两三碟小菜，抿口杯中美酒，沉湎在温柔乡里。

日军少佐闻着酒香味儿，踏进酒馆，吸溜了下鼻子："哟西，桂花酒。"日军少佐在上海待了老长时间，少了骄横，多几分儒雅，他嫌日本清酒寡淡，喜欢上了中国白干。这不，他阴鸷的眼睛四下里一瞧，鼻翼抽动。桂花神态自若地招呼："这边请。"他临窗而坐，一口吴侬软语："炒俩菜，来壶桂花酒。"

一碟花生米，一盘猪耳朵，一壶桂花酒。日军少佐嫌酒的浓度不高，桂花心里直骂醉鬼，嘴上却说："有高度酒。"看着桂花的背影，他吸溜着鼻子自语："桂花味儿好闻。"桂花奉上勾兑四成蒸馏水的桂花酒。日军少佐咧嘴一笑："这才有点劲道。"他的眼睛老爱瞄向桂花，她用无关紧要的碎语搪塞。窗边老顾客，抛来鄙视的眼神。

镇上传言，酒馆老板娘与日本人勾搭上了，女汉奸、贼妖精。人们一脸鄙夷，桂花全然不顾。

桂花酿的酒，清冽醇香。酿酒的水取自镇西半山腰冷水潭，泉水清凉，带点甜味，糅合了韶山山林子里的丹桂，用祖传的秘方酿造。小镇男人说，桂花酿的酒，与她身上那股香味一样，销魂；女人扬言，得看牢自家男人，别让狐狸精吸走魂魄。

小镇男人两杯桂花酒落肚，就喝趴在地上。桂花让自家男人试过，不超过三杯，亦瘫软在墙角。桂花男人的酒量在镇子里也是数一数二的。大凡喝酒的都爱讲豪气，豪气当然得与数量挂钩。一时间，桂花酒遭遇冷落。

桂花觉得自己是酒做的。桂花酒，她一气喝下十来杯，心跳平稳，脸颊染上酒晕。娘说桂花出生那天，一屋子桂花酒味儿，接生婆笑言："丫头大了保准是酿酒好手。"奶奶说："丫头片子，就叫桂花吧。"桂花心里一动，莫非自己为酒而生？

深夜，桂花梦见自己去冷水潭，担来泉水，放在锅中烧制，收集起蒸馏水，冷却后兑进酒里晃悠，香气四溢，舀一杯尝尝，口感纯正。梦醒时分，桂花根据梦里景况，着手试验，果真别有风味。后来，镇上人喜欢上了这兑了六成蒸馏水的桂花酒，过足了酒瘾。

平静的日子被日本人糟蹋成脏抹布样，那边钩了一个洞，这头遍布污迹。

夜幕深沉，秋风呜咽。桂花关好店门，回房准备睡觉。街上传来杂沓的脚步声，日本人不知又干啥勾当了。

翌日，桂花听老顾客谈论，抗日大队端掉了日本人一个据点。桂花问："消息可靠？"老顾客抿口酒，目光里全是痛惜，牺牲了几位战士。桂花的心倏地一紧，欲将银牙咬碎。

日军少佐耷拉着脑袋走进酒馆，临窗坐下。厨房里，桂花目中的怒火堪比灶火："看你横行到几时?"她定了下神，换上笑脸，端上一碟凤爪、一盘红烧肉，执壶斟酒。日军少佐吸溜着鼻子："真香。"夹起凤爪咀嚼。喝完杯中之酒，他说："桂花酒好喝，浓度还是欠高。"

桂花递上兑了二成水的桂花酒，日军少佐抿上一口，阴郁的眼睛放出光亮："干上一杯?"桂花将酒满上，笑靥动人："干杯。"鬼子小队长抽动鼻翼："好酒量，咱俩斗个酒如何?"桂花笑言："怕斗不过太君。"

秋阳透过木格子窗棂，照在酒馆桌子上，日军少佐亲拟军令状，赢了，与桂花入洞房；输了，废掉左手。愿赌服输，一切后果与他人无关。双方按上指印，桂花笑了。

二十个酒杯排成一列，桂花撬开酒坛封泥，一杯杯斟满，酒香萦梁。日军少佐端起酒杯，眼中闪过狡黠："你先请。"桂花豪爽地一口闷下。一杯接着一杯，几杯酒落肚，桂花身上的芳香味愈发浓烈，脸上酒晕，盛放成玫瑰。鬼子小队长瞄一眼桂花，大胆直言："妹子堪比天上仙女，香味儿熏得我晕乎乎。"桂花说："太君过奖，小女子承受不起。"一杯接一杯中，酒坛底朝了天。

边上的日本兵为他们的少佐喝彩。猛然间，日军少佐瘫倒在地，鲜血夹杂着污秽，自口中喷射而出。"八格牙路。"日本兵持枪围住桂花，日军少佐拼尽力气，让部下放开桂花，目光瞥向桌上的军令状，拔出手枪"砰"的一声。

听到枪声，埋伏在周围的游击队员，像包饺子样将酒馆包围得严丝合缝，一举歼灭了小鬼子。

桂花笑了。不久前，县大队任党总支书记的丈夫，下达给她此项任务。两年前，她加入了地下党。

月　夜

　　清明节，一位九十多岁的老人在孙辈的搀扶下，站在革命烈士碑前，颤巍巍地行了个军礼，泪水模糊了双眼。

　　老人的记忆，回到七十多年前的春天。

　　阔别十年的家乡，找到记忆中的小楼。轻叩木门，屋子里走出一位少妇，他脱口叫道："桑叶……嫂子。"桑叶说："松坡，你可回来了。"

　　松坡直勾勾看着桑叶："秀明呢?"桑叶愣了下，竟一时无言，忙将松坡让进屋里，岔开话题："你哥在城里工作，过几天才能回来。"松坡眼前全是秀明的俊俏模样，走路时舍不得发出一点声响。

　　那时候，村里的孩子爱上后山玩，长满松树的山冈中间有一片墓地，墓碑讲究，墓前铺青青的石板，高高的牌坊上雕刻着石狮子。孩子们在这里玩官兵抓强盗的游戏。

　　秀明静坐一边，纳着鞋底，看小伙伴玩游戏。松坡则加入男孩的队列。

　　一晃，松坡长成了少年，心上有了惦记的人儿。上过私塾的秀明，羞红着脸，允许松坡住进她的心里。明月下，短松冈，他俩学戏文里的有情人，跪在地上，撮土为香盟誓，少男少女的声音回荡在山坡，月亮都起了红晕。

晚饭后，松坡说："我去看看秀明。"桑叶眼里起了雾水，说："秀明走了三年了。"松坡问："她去哪了？"恍惚中听桑叶说："别看秀明处事谨慎，走路怕踩死蚂蚁……她非一般女子能及。"松坡颓然瘫在椅子上。

秋虫嘶鸣，月色惨淡，北斗星孤独地镶嵌在天幕。松坡沿着山路走向墓地，夜雾中，耳边似传来喧闹声。山道上，孩子们拗根树枝，掐打着路边野草，秀明默默地走在一边，未曾发出一点声响。

疼痛削骨钻心。"说好了永不分离，为何你走得如此惨烈。"

他走向墓地，坟头蓑草连绵。他蹲下身子抚摸着碑上字样，叫声秀明后泪水滂沱，难以想象，一个弱女子能如此决绝。"为了党的机密，我岂能苟且偷生？"是她的声音？无一丝响动，秀明已站在他的面前，乌云遮住了明月。

松坡拉着秀明冰冷的手："秀明，肯定是桑叶搞错了。"秀明声音飘忽："你去上海上师范，为抗日参加了八路军，征战疆场。我加入了地下党，为区小队传递情报。那年，明州沦陷，哥哥上了前线，镇上财主家浪荡子逼迫我嫁给他，送彩礼那日，我跳进樟溪河，前线归来的哥哥将我救起。哥哥说，妹妹死都不怕，不如一起抗日。从此，我假装在家养病，大门不出。家里成了地下党秘密据点，靠爹娘收购竹制品打掩护。"

搂着秀明冰冰的身体，松坡心疼难熬。他说："上战场前，我总爱将你做的鞋子绑在胸口。长江边那场阻击战，子弹擦过我的胸部，鲜血浸透了布鞋，军医用镊子夹出弹片，说鞋子救了我一命。"秀明说："三年前的一天，我在家里纳鞋底，手指轻轻颤抖，针尖扎进指头，鞋底洇上了玫瑰红。"

组织派松坡回明州工作。转道上海，他去姑姑家，姑姑递上一双军鞋，鞋帮绣着"松坡"两字，鞋里夹一摞信，邮戳定格在三年前，莫名的惊慌漫上心头。

秀明告诉松坡："读信成了我的寄托，为收不到信常常担忧，好在我俩有了共同的信仰。"明月拨开乌云，露出了笑靥。

秀明的声音有点缥缈："那天，我乔装老妇，进入竹林，抄近路去邻村送情报。嘈杂的脚步声逼迫我回头，一队日本兵正朝我家方向跑去。我的第一感觉就是出了叛徒，我将情报吞咽入肚，将扫帚倒插门前水缸里，警示同志。踏进家门，我死命地挪过水缸，顶在门上，将饭碗摔碎一地。趁此间隙，我把藏在阁楼上的资料点火焚烧。敌人撞开大门，扑进水缸撞破了头。在敌人色眯眯的眼神中，我铆足劲，一头撞向墙壁。"

桑叶告诉过松坡，秀明与爹娘一起躺在血泊里，从她的衣袋里，摸出张纸条，上书："松坡，我先去了。"

松坡泪流满面："我在战场上奋勇杀敌，却保护不了心爱的人。""松坡你是英雄，赶走了敌人。要娶个好姑娘为妻……"

天上的月亮蒙上层阴影，唇间的凉意仍在，布鞋紧贴在他的胸口。梦境？松坡摇摇头喊道："秀明，我闻到你的气息了。"

拨去墓地上野草，松坡吟着苏东坡的《江城子》："十年生死两茫茫，不思量，自难忘……明月夜，短松冈。"

"秀明，新中国的曙光将要照亮大地，你却走了。"晨曦轻抚着墓碑，松坡眼眶里起了雾水。

血　祭

滩涂上捡着小鱼虾，海莲心里悚悚的，像要发生啥事。她安慰自己，谁会跟孤儿寡母过不去？

日子过得憋屈，男人出海遇了难。一把屎一把尿拉扯大的儿子在三岁那年发起高烧，体温一直下不来，村里的巫医告诉她，面朝大海，将孩子右手中指戳出血，滴进海水，再服点柴胡，烧就退了。

从此，只要儿子一发烧，海莲就带他去海边，海莲对儿子说："海龙王护着咱祥祥。"

横山像一条龙，头在西，尾在东，静卧象山港畔。宁静的龙王，发了飙，海塘就要合龙，却三次被其冲毁。村里传得玄乎，风水先生掐指一算说龙王要开大戒。族长扬言宰牛杀羊祭龙王。风水先生头摇成拨浪鼓："哪有这般容易。"族长心一凛："活人？"风水先生指背敲击桌子："正是。"

"海莲，捡鱼虾呢？"村里管事的蔡明招呼她，"族长有请。"

路上，海莲忐忑不安，心扑通扑通乱跳。不会碰上倒霉事吧？轻手轻脚走进族长家。族长请海莲坐下，聊了几句家常，族长说："有句话蛮难出口，考虑到百姓安危，容我直言。"

海莲说："您老尽管说。"

族长拿起桌上茶杯抿了口："龙王要以活人为祭。"

海莲的心倏地一紧，话未出嗓子眼，泪水哗啦哗啦："儿子未满百天，他爹就被龙王爷召去。时隔十五年，龙王爷一直惦记着我的儿子。"

族长说："你是识时务明大义的人。"顿了顿又说，"只要肯舍弃，保你衣食无忧。最好的田地任你选，村里为你养老送终。"

蔡明说："村人会记住你的好。"

抬起泪眼，海莲说："听族长的。"

族长说："还有三天时间，好好陪陪祥祥。"

不知是咋走回家中的，祥祥坐在门口矮凳上，木讷的眼神盯着大海。见到娘，眼睛一亮："吃饭饭。""娘给祥祥做。"海莲舀罐米开始淘洗，剖开滩涂上捡来的鱼虾，再从后院割几株青菜，找出过年才舍得吃的猪油。泪水滴在锅里，心在灶火中煎熬，海莲一遍遍对自己说，不如舍弃自己。

舍弃了自己，祥祥咋办？发烧了，谁陪他去海边？儿子穿衣吃饭，哪样不是娘一手操办。再傻的孩子，也是娘身上掉下的肉。灶膛里火苗蹿得老高，火焰化成儿子憨厚的笑脸。大限将临，海莲心如刀剜。

那一天，不期而至。

横山似一条龙，静卧在海上。海莲给祥祥换上过年穿的新衣，包了儿子喜欢的猪油汤团，看祥祥吃得开心，海莲宽慰自己，祥祥是个有用的人了。面对大海，海莲点三炷香，叩拜三下："孩子他爹，我把儿子托付给你，好好照顾他哦。"

儿子舀了个汤团，塞进海莲口中："娘，吃汤团。"海莲笑了，这是儿子说得最动听的一句话，做得最完整的动作。海莲心已碎，噙着泪水牵着儿子的手，走向海滩。祥祥从针线箩里拿根针给娘，伸出中指："戳血！"

海塘高高筑起，石块堆在两边，中间有三米宽的缝儿，等着合龙。八仙桌上，鸡鸭散发出馋人的肉香，红鲤鱼甩动着尾巴，米馒头高高垒起，酒香夹杂蜡烛味儿，萦绕海滩。

族长磕头敬拜："祈求龙王看顾百姓，修海堤保一方太平……"祈祷完毕，蔡明催促海莲，带祥祥下海塘。

海莲带着儿子，艰难地走向塘底，祥祥寸步不离，海莲加快脚步，祥祥也加快脚步。到了塘底，抬头，乱石已经堆好，她看见乱石后面的壮汉，他们的手已搬起乱石，只要娘俩一分开，祥祥即刻被龙王吞食。

海莲狠狠心，回头对儿子说："祥祥在滩涂上玩，娘回家给你做好吃的。"

祥祥拍拍圆滚滚的肚皮，从娘手里夺过缝衣针，猛地戳进中指。血一滴一滴渗进滩涂，像一朵朵盛放的红梅。海莲的心骤然一凛，无望地看向儿子，停止朝上攀爬。蔡明见状，一把将海莲拽上海塘。祥祥连滚带爬紧追，一脚踩不稳滑下海塘。海莲倏地蹲下身子，伸出双手，一把将儿子拉上海塘。

族长说："还不快让孩子下去。"

海莲牵着祥祥滴血的手，越捏越紧："儿子他……他离不开娘的。"

猛然间，海莲转身，面对众人："民妇愿意卖掉家中小楼，换取一头大牛，祭祀龙王。"

族长湿润了眼睛。

海莲跪倒在地磕头："祈求、求龙王爷恩准。"

族长面向大海，磕了三个响头："龙王爷，请恩准娘俩的请求。"

海塘上，壮汉挺立，蔡明牵着水牛进入海塘缺口，一把长刀刺中牛喉，鲜血染红了海湾。

军　鞋

无论干什么，红袖的脑子里总拂不去那惊艳惨烈的一幕：桂花在路口与男人紧紧相拥，毅然赴死。

也正是桂花，才能做出如此决绝之事，她知晓男人秉性，才走上不归之路。桂花的心思红袖懂。

此时的红袖，晶莹的泪水挂满脸颊，俏丽的模样惹人怜爱。月亮像个硕大的灯笼，挂在西边的树梢，红袖纳下最后一针，剪断麻线，泪水仿佛流尽，心也随之坚定。几天前，桂花动员她参加妇救会，做军鞋支援抗战。悲痛中的红袖，几乎拿不起针线。

红袖心里酝酿着大事。国已千疮百孔，家也无处可觅，亲人被敌人杀绝，心像锥子钻般疼，噩梦野兽般吞噬着她的心。

周末傍晚，红袖从县城往家赶，一股热浪直袭胸口，心没来由地一紧，抬眼望，家的方向浓烟滚滚，辨不清是火是霞……夜，诡异得令人窒息，秋虫哀鸣，横尸遍野，断壁间碎砖残喘，瓦砾里烟如游丝，家的方位，屋子冒着残烟，父母的面目惨不忍睹……跌跌撞撞来到河边，双眼一闭步入水中，黄泉路上，一家子也可有个照应。冥冥中，河水即将没过脖子，"哗啦哗啦"水声猛起，一双大手不由分说将红袖拽向岸边。

满身湿透的红袖被轻轻地放在床上，低矮的小屋虽简陋，但干净。男人利索地舀了盆水，忐忑递上毛巾，身子像破桌上晃动的脸盆，颤抖不停。红袖一骨碌坐起，大声喊："你出去！别碰我。"

洁本洁来还洁去。红袖拭尽一身的污垢，踉跄走向门口。"哐当"一声，与一位长相俏丽的大姐撞了个满怀，她握着红袖的手，一口一个妹妹叫得亲切："妹妹，死最容易不过，不如加入妇救会，大家拧成一股绳，将敌人赶出中国！"

红袖醒悟，死，不就是向敌人屈服吗？暂且安顿下来，看身旁男人也算忠实。

村口惨烈的一幕，激起红袖心中的仇恨，她步履坚定，神情凛然，毫不犹豫地加入妇救会。然后从后院拾掇些青菜萝卜，做了几样菜肴。

油灯下，红袖一脸坦然，夹了一筷子青菜给男人："国难当头，你有何打算？"

"虽大字不识一个，但'国家有难，匹夫有责'也是懂的。"男人憨厚地说。

"明日我陪你报名参军，今夜咱俩成亲。"说出这句，红袖如释重负，脸上浮起一朵红云。

"我早想参军，只是你……"小伙激动得满脸通红，姑娘黑葡萄似的大眼睛，正盯着自己。

"我会在家等你归来。"红袖的神情如一个即将出征的壮士。

是夜……吱嘎作响的床上，红袖的思绪飞向古老的小镇。

"杨柳岸，晓风残月，此去经年，应是良辰好景虚设……"溪边草长莺飞，春光明媚，红袖吟诵着《雨霖铃》。看着诗意盎然的女儿，享受着路人的羡慕目光，满腹诗书的父亲不禁也应和几句。不知为何，心里掠过几多不祥。见父亲眉头紧蹙，红袖心头一颤："是女儿不好，惹父亲伤心。"父亲戳了下女儿的额头黯然道："年岁大了，容易伤感。"

温馨的岁月被敌人残夺。红袖瞥一眼熟睡中的男人，为他做些什么？对，做一双结实的鞋子，何尝不是"红袖添香"，抗日救国也是父亲的心愿！红袖"嗤"地点亮油灯，找来碎布针线，将自己的情感一针针纳入鞋底。恍惚间，仿佛看到男人穿着新鞋，驰骋战场。油灯结了朵好看的灯花，给红袖一个鼓励。

三天后，男人胸戴大红花，毅然随大部队北上，村口，红袖挥手："我等你归来！"

"靖康耻，犹未雪。臣子恨，何时灭……"艰辛的岁月里，红袖手纳军鞋，脚摇摇篮，将爱国之心，融于千针万线。

一晃三年，红袖牵着女儿的小手，在路口翘首以盼。一位小战士从挎包里掏出一双看似簇新，却沾有斑驳血迹的军鞋，见人便问："有叫红袖的女子吗？"红袖快步上前，一把夺过战士手中的军鞋，正是自己月夜所做，难道……小战士上前："你就是红袖姐姐？连长让我来找你。"

"他、他没事吧？"红袖急切地问。

小战士一脸崇敬："为掩护战友们突围，子弹擦过连长的胸膛，好在有鞋子挡着。只是腿受了伤。"

捧着鞋子，送男人参军时的情景涌上心头，红袖温情脉脉，男人恋恋不舍松开红袖的手，将新鞋捂在胸口。红袖轻轻地舒了口气，心说："无论怎样，我们永远在一起。"

母 亲

　　战乱中的日子实在不好过。看着井边洗菜的女佣，秀英轻叹，物价一天一个样，多少人食不果腹，好在男人开了家酒馆，足够维持生活。要命的是，那个长相很绅士的老赵，竟瞒着自己将德生举荐给日本人，这让爱面子的秀英抬不起头来。

　　那天在绸缎庄，秀英见一小队日本兵猖獗街头，其中一位青年分外眼熟，仔细一瞧，把秀英吓个半死，竟是自己的儿子，叽里咕噜一口东洋腔。秀英好想上前甩两巴掌，打醒这不要脸的小鬼。回家问男人，男人淡然一笑："儿子大了，由不得你啰。"秀英纳闷，爱国爱家的男人，居然如此冷漠，中邪了？

　　1942 年 10 月的一个清晨，秀英捏本书歪坐在藤椅上，不知咋了，脑子一片空白，一个字也看不进。蓦地，警报嘶鸣，慌乱中，秀英走出院子，碧空里盘旋着一只大蝗虫，虫翼上"膏药旗"清晰可见，虫肚子排泄出的纸片，如冥纸般诡异。秀英用眼一瞟，小鬼子竟说赐粮食予饥民，真是"黄鼠狼给鸡拜年——没安好心"。

　　下午，睡梦中的秀英被飞机轰鸣声惊醒。屋顶上瓦片"沙拉拉"作响。秀英起身到院里，麦粒散落在水缸里，润泽饱满，仿佛诱惑你捞它上来，煮一锅香喷喷的麦饭。秀英跑到井边，井盖上一片狼藉，遂吩咐下人清扫干净。"哐当"的开门声中，丈夫已跨进院子，搂着妻子肩膀说："你倒利索，全搞定了。"秀英嘴巴一撇："小鬼子耍花枪，饿死也不会吃这粮食！"

说话间，德生慌里慌张推开门，一见墙角的垃圾桶，心里舒了口气。秀英没好气地说："小鬼，还记得回家。"德生笑着对母亲说："娘，好工作难觅，谁让我学这专业。"男人说："让儿子历练历练也好。"秀英戳了儿子一指头："糊涂的爷俩，拿你们咋办。"说着一旁生闷气，任凭爷俩咋说也不应。

翌日夜里，丈夫发起高烧，浑身打摆子般颤抖，身上淋巴结肿大，秀英陪丈夫去医院，验了血，诊断为疟疾。秀英的心慌得要命，躲在走廊拐角处抹泪。匆忙赶来的德生，看着母亲红肿的双眼安慰："别着急，父亲会没事的。"进病房一看，往日风度翩翩的父亲，蜷缩在床上，厚厚的被子抵挡不住筛糠般的身子，同室病人清一色症状。心里一紧，莫不是感染上鼠疫？德生一脸坚毅地攥紧拳头，心说："该死的小鬼子，我会找你算账的。"

乌云笼罩着大明街。德生家堂前，伤心过度的秀英扶着黑漆漆的棺木，泪如决堤的海水，心如刀绞般疼痛。街上，出丧的号子撕心裂肺。

此刻，德生一头撞进院子，秀英二话不说"啪啪"两巴掌，打得儿子趴在地上。德生匍匐至父亲灵前，被母亲一把拽起："别玷污了你父亲的亡灵。"使尽全力将儿子推出家门。

德生两眼直冒金星，一个趔趄，撞在日本兵小队长身上……小队长竖起大拇指："你的大大的忠诚！"看到儿子这副德性，秀英气不打一处来："投靠他们去吧，永远别进家门！"

秀英的心在滴血，为什么偏偏是自己的儿子？儿子是母亲身上掉下的肉，哪有不疼的理。可叹男人还处处护着儿子，临死都不肯说半句儿子的不是。

从此，秀英每次出门，总感觉有人在背后戳手指头。有天，秀英刚跨出院子，就听到孩子们巷子喊："臭汉奸，王德生，大坏蛋，挨枪弹。"秀英无地自容，恨不得找个地洞钻下。没奈何，只能将自己关在屋里，一天天挨日子。越是这样，思儿之心越切，可恨那个老赵也不见踪影，秀英的心如野猫子窜过，烦躁不安。

　　是夜，老赵来了，要秀英收拾一下细软，立马去根据地与儿子会合。坐在火车上，秀英的心随着车轮的"咔嚓"声揪紧，自将儿子逐出家门，再也不曾见面。此时，老赵的话又在耳畔回响，是那样的动听："德生是个大英雄，是敌人心脏里的一柄利剑。"秀英如梦初醒，为儿子骄傲。想着儿子冒着生命危险，背着汉奸骂名，处处躲避锄奸队，与敌人混在一起。秀英心疼得要命。

　　先前，秀英以儿子为耻，丈夫临终前曾暗示她："自己的儿子，你还不知？"当时，秀英恨透儿子，无法领会丈夫言语。一想到父子俩合伙欺骗自己，秀英不由得笑出声来。

　　连日的失眠，并着列车的晃摇，让秀英进入梦乡。恍惚间，大雷山腹地枪声密集，硝烟弥漫，装备精良的敌人被抗日纵队包了饺子。

　　银杏树下，身手不凡的儿子，一枪击毙了鬼子大佐。"哈哈哈！"儿子的笑声响彻云霄，笑声中，黄色的银杏叶落了一地……

吴亚原

第二辑　月亮爬上树梢

　　那晚，河边的苦楝树下，他牵着妈妈的手，对着星月，立下誓言，等他大学毕业便娶她为妻。明月披上橙纱，撩拨起恋人炽热的情怀。

月亮爬上树梢

　　这是个老套的故事，多半来自妈妈的叙述，小半是我爸的酒后醉话，结合我自身的感受，撰写而成。

　　十年前那个晚上，月色隐约，静夜清幽。狗吠声盘活了乡村的夜晚。妈妈坐在河塘边，思绪混乱。夕阳沉落时分，见到了她最不想见到的他。冤家路窄。

　　月光下的小路幽深。二十年前的往事，借着河上的秋风，在妈妈的脑海清晰起来。

　　那晚，河边的苦楝树下，他牵着妈妈的手，对着星月，立下誓言，等他大学毕业便娶她为妻。明月披上橙纱，撩拨起恋人炽热的情怀。浸入骨髓里的爱，烈焰般狂舞。妈妈默默祈求老天，让她怀上他的孩子。情到深处，想法实在诡异。

　　霜叶红时，我在妈妈的肚子里长出萌芽，妈妈的心倏地一紧。大学毕业的青年，回乡时身边黏着个漂亮女孩，弃柴火妞于一边。如此的故事，听得还少？

　　妈妈脱不了俗，去找他的爹娘，换来一顿羞辱。为了我，妈妈豁出去了。东村舅舅的同学国军那热切的眼神，总是让妈妈躲避不及。那晚，国军来了，适逢舅舅不在，双双眸子碰撞，擦出了火花，踩着月光，牵手钻进玉米地。星光下，国军成了我爸。

妈妈耍了点心计，一根缝被子的针，狠狠刺入中指，鲜血滴进小瓶，旋紧瓶盖，塞入裤兜。

田野里的草，绿了又黄，黄了又绿。静夜里，妈妈的心如刀割般难忍。爸爸轻风细雨般的爱抚，治愈了妈妈的心病。不堪回首的往事，湮没在寻常里。

忙活了一整天，爸妈将金灿灿的稻子装进箩筐。夕阳西下，妈妈活动下身子骨，圆脸笑成葵花样。八月，我考上了心仪的大学，爸爸比妈妈还要开心，逢人夸赞我。掸落掉爸爸头上的草屑，妈妈收起镰刀，她要回家给爸爸做顿好吃的。

村口小路走来位西装男人，走路的样子竟是如此眼熟，妈妈的心咯噔一哆嗦，打量自己，身上粘着草屑，脚上踩满泥巴。尴尬中退又不是，进也不得。他叉着腿挡住小路，直视着妈妈，眼神里装满怜悯。妈妈犀利的目光刺向无情者，浇灭其目光中的怜悯。相隔二十年，竟会在此相遇。妈妈一阵眩晕，险些跌进稻田。他伸手去扶，被妈妈一把推开。

东村与西村，相隔几里地。妈妈还是在最不想见他的时候，狭路相逢。妈妈整理下衣衫，自信的目光直刺负心汉。他以往日的幽默调侃妈妈道："嫁人的速度，比坐火车还快。"

妈妈反击："乘飞机更来劲，你管得着？"

"说好了等我归来，你忘了誓言。"他装出一脸真诚。

"烂芝麻陈谷，提它干什么？"妈妈恨得牙痒。

"听说咱儿子考上了大学，在哪个城市？"

"发啥神经，大白天讲鬼话。让孩子他爸揍你一顿，才肯服帖？"妈妈板起面孔，挺直腰板，踩上秋天的稻田。

"君雅，和谁说话？"男中音来自我的爸爸。爸爸的精气神慑住无情者的魂魄，他只能灰溜溜地杵在一边。

"一个不要脸的。"妈妈回应着爸爸。

"哦，西村李家的老二，耍什么威风！"爸爸担着箩筐，脚底生风，炯炯目光直逼着他。

"难得碰上老同学，聊了几句。"他用目光鄙视爸爸。

爸爸呸了一声："撒泡尿照照自己，牛屎外面光，里面一团糟。"

他的目光转向妈妈。妈妈一脸不屑，狠狠剜他一眼，在爸爸"蹬蹬"的脚步声中，妈妈步履轻快。

坐在河边石凳上，妈妈懊恼，最不想面对他的时候，面对了他。他竟摆出一副无辜的架势。都怪自己心善，怕影响他的学业，未在信里挑明，他不知情？妈妈也太天真，我在你肚子里伸腿撸胳膊时，你读他的第三封信，他的语调里大有甩掉包袱的轻松。

当初，妈妈曾悄悄跑去他家，红着脸嗫嚅……他娘让妈妈照照镜子，赤脚的与穿靴的能睡一窝？受到欺凌的妈妈顿悟，不在一条道上，咋进一家门？

妈妈知足，幸福的日子，拜他所赐。

几日前，妈妈去外婆家，无意中听外婆说起李家老二，他老婆不想生养孩子，被他娘臭骂出门。李家三代单传，怕是绝后了。妈妈抿嘴一笑，要外婆别管闲事。妈妈旋即回家，辜负了外婆一桌子好菜。

河上的清风，吹拂掉妈妈的烦恼，妈妈很果断，心里将他屏蔽。

"天不早了，咱回家吧。"踩着月光，妈妈挽起爸爸的手臂。爸爸呵呵地乐："咱家臭小子，不就像月亮那样，悄悄爬上了树梢。"

妈妈笑道："夜空豁然明朗。"

化 妆

　　她蜷缩在藤椅上，几次拿起茶几上的遥控器，想追剧。看儿媳陪孙女写作业，儿子闷头鼓捣电脑，她伸出的手缩了回来。

　　儿子见状说："妈，可去公园走走。"她嗫嚅："满口乡土话，遭人嫌。"儿媳眼角的余光瞥向她，露出几分不屑。当年，自己可是台面上的人物，妆化得顶呱呱，她演的旦角，扮相俊美，唱腔韵味十足，乡人说她是个活脱脱的祝英台。昔日小伙们梦中的情人去哪了？眼下的自己，哪有当年的影子。无话便是寂寞，藤椅上仿佛长出荆棘。

　　"妈不是喜欢越剧嘛，去唱上几出。"冷不丁的，儿子又甩出一句。

　　她犯了错似的，从藤椅上站起。媳妇伸下懒腰，儿子会心一笑。她红着眼圈进入电梯，酸楚涌上嗓子眼。回乡？老伴撒手西去，连说句话的人都没有，与破屋一起在风中残喘？不远处传来二胡声，公园里，《宝黛相会》演到节骨眼上。

　　那演黛玉的，唱得不咋样，她不由得合着节拍轻哼。边上的老先生招呼她："唱得不错，没见你来过。""年轻时唱过。"她的乡土话，老先生居然能懂。他说："你的腔调很有味道，剧团待过？"她说："乡村剧团待过。"他说："以前我在剧团工作，老了到公园里唱着玩。"

她笑了。老先生说："我是老江，咋称呼你？""多娇。"老江说这名有意思。她说："父亲喜欢领袖的诗词。"老江打量了她一眼："江山如此多娇。好名字，可别委屈了自己。"

言外之意岂能不懂。看自己这身装扮，素花衬衫，搭条灰裤子，典型的老年人装束。还多娇呢，此时的她，恨不得地面裂开条缝，钻进去得了。看她的窘样，老江说："你形体好，稍做打扮，不会比她们差。"

夜在优美的越曲里凝重，远去了的岁月，呈现在眼前。多娇，多娇。小伙们跟在她身后呼唤她的名字……回忆中，走进房间，打开衣柜，冬天穿的大衣挂在橱里，灰扑扑的衣裤，叠放在抽屉。她将衣衫一件件抖落在地板上，没有一件像样的，泪水模糊了双眼。昔日的俏佳人，沦落成这般光景。

公园里唱戏的女子，哪个不装扮靓丽。她的心里腾起火焰，化妆自己最拿手，明天去商城挑几身衣服，选几样化妆品。

华灯初上，房间的穿衣镜里，一位体态丰腴女子，碎花雪纺连衣裙，配凹凸有致的身材。粉底液是个好东西，掩饰掉脸上的黑斑，皱纹浅了不少，涂点口红，提升了脸部的立体感，雅致大方，她扭了下腰，灵活。当年的俏佳人？她笑了。镜中的自己，配得上父亲起的名字。谁说她土气？

多年没接触妆盒，手法生疏。眉毛有点不对称，她站在镜前补妆，思绪回到三十多年前。那次，因有事耽搁，草草上了个妆，眉毛画得高低不一。上台，心里搁着此事，老是想观众会咋看，演唱不到位，稀拉的掌声，伴随幕布落下。趁这空当，她重新化妆，扭转了局面，赢得如雷掌声。从此，演出前，她会一遍遍检查妆容。

遐想中迈出房门，脚又倏地缩回，一家子都在客厅，如此的装扮，儿媳会咋想？她无奈地坐回镜前，拿起化妆棉，生生擦去脸上的妆容。镜子里的人还了原，眼袋耷拉，皮肤缺少光泽，好在有连衣裙衬托，不是太难看。

习惯得保留。化了妆，面对观众有了自信，演技才能发挥到极致。老江说过，今晚她是主角。千万不能出洋相，咋办？

有了。她用塑料纸裹起化妆包，夹在腋下，忐忑中走出房门。孙女说："奶奶的连衣裙真漂亮。"儿子说："妈去唱越剧？"儿媳说："咱妈这身打扮不错，要是化点妆更好。"她说："老喽，怕被人笑话。"关门声中，听儿媳说："你妈老来俏了。"她摇摇头，按下电梯上的数字键。

公园边洗手间，她重新化了妆。舞池边，见到她，老江眼睛一亮："多娇，都不敢认了，该你上了。"她笑得自信，捏方丝巾做道具，一曲《楼台会》唱得凄美婉转。吸引了众多的戏迷。

窗外，丹桂飘香。紫红连衣裙搭配妃色背心，她掖着化妆包走出房间。儿媳说："妈，听说公园里那位旦角把祝英台演活了，妆也化得不错。"

儿子说："是咱妈，我去过公园。"

孙女说："奶奶，戏唱好后别卸妆哦，让我们一睹您的风采。"

银梳子

我爱用银梳子梳理秀发，前后左右，一上一下，将头皮梳得火热，热量传递到全身，一个字：爽。

银梳子做工精巧，像弯弯的新月，梳子上端镌刻着开屏的孔雀。碰到烦心事，梳上几下，掸落掉头皮屑，也掸却了烦恼。

我的脑海里活跃着一幅画面，像极电视里的镜头，木结构的小楼，简约的筒裙。

六年前，我多次梦见自己坐在火塘边，看着一位老人靠在木柱上，缓缓闭上眼睛，有时清晰，有时模糊。

大学毕业那年，我踏上神奇的土地。眼前的傣家小楼，唤醒潜意识里的思维，小兴奋里夹杂着期待，有梦回故里的感觉。

一位俊俏的傣家姑娘领我们去她家做客，一户一栋的傣家木楼，墙边扎堆坐着几位傣族老太，腰细发乌，圆髻上插把锃亮的银梳子。结满青杧果的老树，枝杈探出墙外。姑娘用普通话讲述傣家风情，声音柔软且富磁性，她说傣家老太无白发。我审视周围，竟真的无白头老太。

姑娘说一得闲，傣家女人就会摘下发髻上的梳子，笃悠悠地梳理长发。经络一疏通，毛囊打开，黑发新生。

走进木结构小楼，室内简约无衣柜。姑娘说这是傣家习俗，卧室设两道门，老人进出里侧门，晚辈进出外侧门。傣家笃信，一家子的灵魂聚集在此，外人不得窥探。

坐在板壁边，我顺着缝隙偷偷察看，卧室地上，七顶夏布制作的蚊帐，一字排开，帐内铺着床薄被子。记忆的大门，像撩开的蚊帐，耳边似传来夏虫嘶鸣声挟裹鼻鼾声。黑漆漆的屋子里，幼小的我睡在地铺上，并排睡的是一个与我一般大的女孩。我有个妹妹？

客厅里的三根柱子，支撑着屋顶，两根柱子隔开卧室与客厅，一根竖在火塘边……姑娘的介绍拽断了我的臆想。火塘边的柱子为升天柱，我梦到的老太是谁？前世我是傣家女？抑或是我生于斯？

也曾问过爸妈："去过西双版纳？"妈妈眉心微蹙："没去过。"爸爸说："想去可没去成。"趁爸妈不在，我翻遍家里的衣柜抽屉，寻不到影迹。心里一激灵，咋不见出生证？想问个究竟，生性怯懦的我，终究开不了口。

那天，陪妈妈去医院，无意中看到化验单上她是 O 型血，而我却是 AB 型。心里杂草丛生，我的根在傣家？站在镜子前，细细打量自己，长相对得起世人，体态婀娜，双眉微蹙，眸子明亮，额头稍稍前凸。

假如我长在傣家，钻进地铺，延续母系社会习俗，娶个男人，儿子只能生一个，昂贵的嫁妆置办不起。女儿是个聚宝盆，可多生几个。取一个玉字开头的名字，因为傣家无姓氏，再过着原始生活状态。想想心也悚悚。

我拿起银梳子，思绪随长发飘飞。在傣家，我的名字是玉环，还是玉蕾？能接受高等教育吗？我对自己说，别纠结了，住在环境幽雅的小区，有一份还算满意的工作，有体贴的丈夫、乖巧的女儿。心里还是搁不下。

我报名支教，再次踏上神奇的土地。

我与傣家孩子融合在一起，竟有回家的感觉。那天，我去街上，迎面行来一队游客。领队的傣家姑娘，令我双眸一亮，心里撞进头小鹿。跟随游客走进小楼。

她的不凡谈吐吸引了我，她是我的翻版？只见她摸出银梳子，梳理长发，一样的梳子，一样的姿势。她投来惊诧的眼神，我欣喜地接住。

"你是我的镜子？"讲解完毕，她迫不及待走向我，脱口说出。

"一样的容颜，一样的身材，一样的声音。"我调侃。

她拉起我的双手："我有位孪生姐姐，四岁那年不见了踪影，妈和外婆时常提起。你的口袋里有一把银梳子？"

"梦里有你的影子，升天柱边的老人是谁？"小鹿撞击着我的心房。

"六年前，外婆去世了。"她握紧我的双手。

"你的生日？"

"1990 年 3 月 10 日。"

"我也是。"姐俩相拥，泪水盈满眼眶，我认定，她是我的妹妹。可我纳闷，爸妈如何知道我的生日？

后来，妈妈告诉我："二十六年前一个初春的晚上，我与你爸看完电影回家，一个小小的身影缩在门口，头倚着门框，手里紧攥着把银梳子。一摸你的额头，滚烫，即刻去医院，医生说得了急性肺炎。出院后去民政局，你只记得自己四岁，生日 3 月 10 日。"

我从包里摸出银梳子，梳理着长发。

山壁上的背影

　　蔷薇的眼前，总晃悠着一道山壁。山壁上爬满紫藤，凹进山壁的石宕，汪着一潭泉水，清浅的泉水照得出人影。

　　这是哪儿？蔷薇的潜意识里不想探究。

　　深秋，水镇进驻一班俊男靓女，拍摄电影，镇上的姐姐邀请了蔷薇。

　　溪滩上矮树丛，一条绳子拉成直线。线里的演员，进入了角色，线外的观众脸上溢满新奇。男主角登场，蔷薇的心倏地抽紧，心的某一角落像是裂开道缝儿。眸子瞥向取景地，黛眉不由紧蹙。边上的姐姐，捕捉到蔷薇瞬间的变化，说："要不上山转转？"姐俩走上堤岸。

　　半山腰，藤蔓缭绕，茅草摇曳，阵阵凉意袭来。一道山壁横在眼前，壁上紫藤缠绕。壁前乱石堆砌，杂草丛生。绕过乱石堆，眼前豁然开朗，石宕中央汪着一潭泉水。

　　蔷薇心里恍惚，石宕前竖着杆三脚架，背面相对的青年，手捏紫红色手套。泉边乱石缝里，盛放着一簇野菊花，蔷薇不由得捋了下长发。青年放下手套，合拢双手，掬一捧水洒向野菊花。手套似曾见过，背部的蔷薇花好眼熟。蔷薇的大脑混沌一片。

　　"蔷薇，记得这里？"不是姐的声音。正疑惑，青年转过身子，蔷薇心里一凛，电影里的男主角？使劲掐下合谷穴，酸痛。青年眼神里满是歉疚。

蔷薇巡视四周，青年说："姐姐去摘野菜了。"蔷薇不说话，手伸进手套，刚刚好。

"蔷薇，我是建民。"青年的声音平和亲近。

"建民？"不知为啥，有时蔷薇会把熟人忘却。抬眼，山峦疏朗，霜叶璀璨，秋风拂开她记忆的闸门。

那年，17岁的蔷薇，到水镇参加赤脚医生培训班。白天，同学们在教室里听课。晚上，女孩们挤在地铺上，对照人体构造，复述206块骨头在人体里的分布状态，顺带调侃几句班里的男孩女孩，谁跟谁最为般配。

见蔷薇沉思，建民说："那个时候，多有趣。"

"你回来了？"蔷薇幽幽地问，蹲下身子，双手捧起泉水，缓缓洒在地上，水过处，石板上呈现世界地图样貌，中间凹陷部分，便是浩瀚的太平洋。建民说："我在大洋彼岸，想的最多的是你，水镇的日月，是最好的年华，烙在心里抹不掉了。"泉水在石板上漫延，蔷薇的记忆渐趋清晰。

泉水倒影里，十年前光景复苏。

午后的阳光下，建民悄悄将纸条塞入蔷薇手上。打开一看："去后山石宕，听泉水叮咚。"蔷薇的心跳如撞鹿，避过小姐妹的视线赴约。

夕阳躲进山岙。石岙旁，建民红着脸递上紫红色开丝绵手套，说："供销社买的，喜欢手套上的蔷薇花。"蔷薇的脸堪比晚霞，手指伸进手套舒展："刚刚好。"

十年了，作为医生，蔷薇坦然面对病人，却不愿面对个人问题。妈妈嫌她除了上下班便窝在家里，哪还有点姑娘样。

泉水叮咚作响，风儿穿梭石岙。蔷薇已记不起建民为何离开。建民看出她的疑惑："那年我跟叔叔去了美国，边读书边打工，日子苦不堪言。等不到你的回信，极度失落中，只能在心里默默思念。那个鬼地方，受尽歧视，没有过硬的文凭就混不出人样，好在祖国没有嫌弃我。等我站稳脚跟再来找你，碰到你姐，她说，你在心里早将我屏蔽，从未拆过彼岸的来信。"建民的眼神充满期待，他把十年来的情况，以及国外的点滴，大致做了回望。

蔷薇神情莞尔，漫不经心，时而微笑，时而蹙眉。看似无意，建民从包里掏出照相机，带出翻开的户口本，"未婚"二字醒目。蔷薇眼角一瞟，心里释然。望着泉水里的双影，爱意重燃，蔷薇用逝去的岁月掩饰掉当年的痛苦，做了简要的回眸。十年，不长也不短，兜一大圈，初衷未改，一个未娶，一个未嫁。

建民拉着蔷薇的手，走向宕底。石壁上，依稀可辨，一幅用砖头画上去的背影图：少女一身连衣裙，头上别枝野菊花，手套上一朵蔷薇花。少男牵着少女的手，背影洒脱，轮廓清晰，墨绿色的青苔，勾勒出岁月痕迹。

"感谢苍天，让我们回到从前。"蔷薇抚摸着壁画。

"爱，就像葡萄酒，年代愈久远香味愈醇。"建民跑到宕口，三脚架安上相机，打开闪光灯，牵着蔷薇的手，以壁画为背景，"咔嚓"声中留下美好的瞬间。

不远处，提着竹篮的姐姐捧着一把野菊花，笑得舒心。

堰上的红杜鹃

看着爷孙俩踏上它山堰，40年前的故事晃悠在小曼眼前。

绿水绕堤岸，青藤爬山壁。晨曦撑开了淡雾，小曼踏上1000多年前的它山堰，数着远古的石板。堰石造型不一，宽窄各异，宽的可躺一头水牛，窄的躺头山羊也得紧缩身子，不宽不窄躺只老母猪也足够了。小曼几次数过，不是141块，就是139块。

急性子的妈妈，给女儿起名小曼，寓意别随妈妈的性子。小曼还是慢不下来，说话未经脑子，明知会惹恼人家，仍由着性子来。率真耿直也占优势，放下书包不久，她参加了赤脚医生培训班。村支书看好小曼，说她聪明能干心肠又热，大大咧咧，心却挺细，当医生最为合适。

都说它山堰的石板，无人数得清。五米高的堤堰，分三个层面，长条石筑就。

恍惚间，水云间起了浓雾，眼前景物，朦胧起来。江水泛起波涛，水面上惊现异样：10位着唐朝服饰的壮士，浪里扎出猛子，沉闷的打桩声里，江水染上了血色，壮怀激烈的场景随抑扬的劳动号子隐去。浓雾散尽，江面恢复平静。小曼的泪水夺眶而出，壮士去了，他的家人、爱人……想到爱，小曼脸唰地红了，上课时，总觉得有双眼睛盯着她看，背脊酥麻麻的。

面对江水，小曼深深三鞠躬。她用稳健的步履抚慰壮士。后来，小曼从镇上老人那儿证实：它山堰融入了十壮士的血肉之躯。

厚重的历史遗迹，抚平她躁动的心。坦诚的目光，探究向石板。数到83，"扑通"一声，水中蹦出条鲤鱼，她的心也"扑通"了下，竟忘了数数。从头再来，跑回堰头，她在心里较劲，定当数清石板，无这点能耐，咋当好医生？

晨风吹拂，小鸟叽喳，小曼无暇顾及如画美景。"嘟嗻"一声，几只白鹭扑棱进江中，小曼的目光转向水面，索性收起脚步。

"小曼，你看。"山崖上，坐她后排的青年手捧一束鲜花，初升的阳光包裹着他。小曼的背脊又一阵酥麻。

"杜鹃花！"她的眼睛一亮，紧赶几步，心里一激灵，忘了数数。青年跑下山道，一束鲜花塞入小曼手中。

手捧鲜花，小曼娇嗔道："好端端的事被你扰乱了。"

"数石板？"青年的目光大胆热烈。

小曼嘟哝："我就不信会数不清。"

青年回应："当然，你是班里最聪明的女孩。"

小曼羞红着脸不说话。两人边走边聊，谈论老师讲的课程，多久才能搞懂复杂的人体构造？人体隐藏那么多奥秘。学医不易，啥时才能掌握要领？服务于乡亲。

青年提议："去书店选几本书，好好研读。"

小曼感叹："要是能观摩下人体解剖标本，比理论知识强多了。"

"老师不是说过，卫校有福尔马林浸泡过的人体解剖标本，让他带我们到现场授课。"

小曼双眸放光，同样的志向拉近了彼此的距离。簌簌清风中，太阳绕过山冈，它山堰铺上一层金色。小曼心里腾起一股从未有过的暖意，眸子里闪出晶莹的光点。

青年说："明早与你一起数堰石？"

"愈发数不清了。"小曼的脸红到耳根子。

"它山堰会见证我俩走过的路。"青年顺着竿子往上爬。

"快上课了。"小曼快步离开。

翌日，远远看到青年站在堰上，一朵花儿萌发在心里，温暖着小曼。碧波声里，两人默默地数着石板。堰的尽头，相视一笑报出数字，却是不符。回头继续，出入更大。迎着朝阳，小曼目光坚定，定下的目标，岂敢放弃。青年以炽热目光回应。

小曼瞄下腕表："上课时间到了。"

青年笑道："那咱们明天再来。"

笑意荡漾在脸上，春风吹拂在心头。小曼思忖，既然学了医，就得干出个样子来。青年仿佛看出了小曼的心思："为当个合格的医生，咱一起努力。"

又是一个清晨，闻着花香，小曼放开脚步走上古道，踩着石阶往上，拐弯，长长的堤堰，每一块石板上，放一枝红杜鹃。"怦怦"心跳中，传来青年热切的声音："小曼，数数吧。"

"好！开始。"沉浸在幸福中的小曼，拾起一枝枝沾着露珠的杜鹃花，脆亮的声音回荡在水天间的阔浪长风里。

"爷爷奶奶，咱来数石板。"小曼与昔日的青年牵着孙女的手，笑容满面。

相约廊桥

夜幕黑丝绒般滑落，天窗外，星星闪烁。小姐妹们挤在地铺上，讨论肌肤缝合技术要领。割伤磕碰之类，在乡村最易发生，掌握娴熟的技巧是医生所必需的。下午练习课，男青年占了优势。绿荷提议，凑份子去菜场割块猪肉，当其是伤者的肌肤。

边上的小曼给绿荷一拳："亏你想得出。"

"毛孔粗点而已。"一想起绑在长凳上的白条猪，绿荷汗毛倒竖。她生性胆小，心却极细。

翌日，从菜场出来，小曼把竹篮子塞给绿荷。拎着红白相间的五花肉，仿佛拎着一篮子惊悚，绿荷的脸由红转白，忐忑中走向廊桥。

小曼说："紧张啥？又不是上战场。"

绿荷说："临阵，心能不怵？"

"多练几遍就是。"蔷薇在一边说。

鄞江上，卧着长长的廊桥。廊桥一端连接山道，另一端通往水镇小街。镇子里炊烟袅袅，廊桥上静寂无声，桥头的代销店似乎打起了瞌睡，瓶罐碰撞声消停了。

绿荷的心如江水般奔腾，无从着落。篮子里取出医用器材，五花肉摆放在石桌上。小姐妹围在桌前，盯着肉皮探究。

小曼胆子大，操起小刀，肉皮上切开一条条小小的口子，她将镊子递给绿荷。她的手随着紧绷的心颤抖，镊子夹住钩子状的针刺向肉皮，却咋也刺不进，无奈中，绿荷缴械。

　　小曼拿起镊子夹上针，针尖刺入肉皮，扯线一拉，打结，前后不到一分钟。洇血的猪皮上，针脚虽不整齐，却多少有点医生范儿。

　　最后轮到绿荷，她用镊子夹住弯钩似的针，手又开始哆嗦，做个深呼吸，缓缓将针刺入皮肤，对，是皮肤。是孩子的皮肤，孩子怕痛会哭。此时，妹妹清澈的眼睛，正盯着她看，呼唤着姐姐。绿荷心里对妹妹说，姐姐一定能行。她手持镊子夹紧缝针，针尖穿刺过肌肤，稍使劲儿一推，镊子夹出针，拉直丝线，持镊子打结加固，剪掉线头。江心上的鸭子拍着翅膀，为她鼓劲。

　　绿荷沉住气，拭去额头的汗珠，愈加专心，连缝五针。江上的春风，吹拂掉心里的担忧。太阳悬挂在空中，看着天上的云彩，姐妹们笑闹着。蔷薇说："多年后的我们，会像天上白云，在阳光下发出异彩！""一定的。"姐妹们齐声喊道。

　　中午，绿荷速速扒拉完一碗米饭，瞄下腕表，离上课还有一个小时，避过吠叫的黄狗，回到寝室。

　　她叠起被子，盘腿坐在地板上，大着胆子，在五花肉的空当，划拉开五道口子。绿荷眼前浮现出妈妈怀里妹妹的样子，眼神涣散，呼吸急促。妈妈浑身颤抖流着泪，大拇指上的蚯蚓丑陋地扭曲。两岁的妹妹被丢进坟洞。梦里，妹妹追逐着姐姐，玩着玩着，妹妹躲进坟里，只有萤火虫隐约在田埂上。梦魇陪伴着绿荷长大。见惯了村里的小孩，病着病着就不见了。小绿荷问妈妈："我不会死吧?"妈妈拇指上的蚯蚓抖动，让她别说傻话。

　　小绿荷研究着妈妈的大拇指："蚯蚓是哪来的?"妈妈说："稻田里，被蚯蚓缠上，甩不脱了。"长大后才知晓，妈妈割稻子割伤了大拇指，扯下布衫一角，包扎好伤口，继续割稻，鲜血浸红了布条。那时，城里才有医院，村人哪有如此讲究？

绿荷观察过，村人的手上脚上，谁没疤痕疙瘩？谁家无早夭的孩子？绿荷对自己说，长大了她要考大学当医生。愿望如云彩般缥缈，再好的成绩也无大学可上。乡下丫头除了种田，还能干啥？

村里要建合作医疗站，绿荷的心闹腾了，她是村里唯一的高中生，根红苗正。夜漆黑，妈妈提着上海阿姨送的大白兔奶糖、珍贵的麦乳精，外加两瓶菜籽油。妈妈说支书家三个小女孩盯着奶糖咽口水时，村支书言明绿荷是不二人选。

五花肉上的针脚，一处更比一处精致。绿荷的手已不再颤抖，揉揉酸痛的手臂。她鼓励自己，胆子是练出来的，万里长征，才迈出第一步。学到知识，才能服务于村民。

缝合技术竞技课，绿荷小组，夺了第一。老师赞赏的目光看向绿荷，表扬她速度和技能达到最佳。青年们的目光齐刷刷看向绿荷。

她羞涩一笑，脸像含苞欲放的荷花。

多年后的春天，绿荷已是大医院的外科主刀大夫，她约上同事小曼、蔷薇，驱车水镇。凭栏廊桥，望着滚滚江水，回想往事，心里涌上满满的感动。

一片叶子

　　阿木当爹那年，在院子里栽种下一棵桑树苗。年复一年，浇灌呵护，桑树苗茁壮成长。春天里，叶子茂盛，枝干挺拔；夏日里，桑葚满枝，笑语飞歌。伴随着桑树花开果落，院子里的少年步入青年，转眼间，已过知天命之年。阿木老啰。

　　老屋拆迁，院子里的树木移往别处，桑树已深藏在阿木心里。季节更替中，桑树嫩芽初绽，叶子泛青转黄。

　　阳光穿过窗玻璃，溜进病房。阿木从床上撑起身子，恍若看见一枚秋冬的桑叶，在半空旋转。他的目光随着下坠的叶子落在药单子上，停留在"恶性肿瘤"字样上，神情一阵恍惚。阿木安慰自己："肿瘤又不是'坏毛病'，切除它不就了事了。"

　　病床上，最容易怀旧。当年，阿木将企业移交给老大，留给老二一台压机。阿木的眼里，老二是扶不上墙的烂泥巴，管好压机就不错了。

　　当老板的儿子，意气风发，购别墅、扩建厂房。压制配件的儿子，精神颓废，老掉牙的压机，跟不上趟。

　　往事像杯烈酒，呛得阿木喉头直冒青烟，老泪纵横。老伴歪着脖子，佝偻着背倚窗站立，他顺着老伴的目光望向窗外，柳树岸边，一群女人剑舞初阳。老伴的脸上除了羡慕，亦有落寞，她的夕阳年华，失落在老大的工厂里。阿木心里那片桑叶在风中乱舞。

阿木的人生被他生生活成了两截，前半截意气风发，发号施令威严有加，后半截回归底层员工状态。看到老板桌前的儿子，阿木的眼神蒙上一层怯懦，话也说不顺遂。老大一声呵斥，阿木心里的底气荡尽。曾经桑树下的少年，眼睛不再清澈，耍滑与狡黠纠缠。

"哐当"声中，病房门大开，几位白大褂簇拥着主治医生查房。当爹的眉心紧蹙，眼巴巴望着医生。实习生提问时的神情，像极了当年老大向阿木讨教的模样。刚出道的老大，活脱脱是阿木的跟屁虫。如今，老大心高翅膀硬了。

童年时，兄弟俩最爱在桑树下的石桌上捣鼓着蚕宝宝，老大站在矮凳上，摘下嫩绿的桑叶，老二一片片放在盒子里。当盒子里铺满纯白的茧子，兄弟俩跳跃高呼："蚕宝宝结茧啰!"那时候，哥俩多要好。眼前，就为那点事，兄弟俩乌眼鸡似的怒目相对。阿木心里那片桑叶，枯萎腐烂，一股腐烂味儿，在胸腔泛滥，忍不住干呕几声。

医生手术前的嘱咐，才让阿木回过神来。手术触碰到他敏感的神经，心突突地跳着，难以定当。

是夜，老二侍候在爹的左右。阿木看不惯老二的尿样，心里生出不屑，这哪像我的儿子？没他哥的帮扶，怕连屎都吃不上。老二在爹的无数次谩骂洗脑中，被揉捏成这副模样。父兄面前，老二扮演着臣民角色。此种感觉，让阿木心里爽快。

正午阳光下，老大踏进病房。当爹的如面君王，没了底气。本想与儿子商讨，把房子过户给孙子。出口却是："我和你妈身后的房子，兄弟俩对半开，水一样端平。"老大道："此话听了多少遍。"阿木奉上笑脸，心里那片叶子，残缺飘零。

心事助推着疾病，醒睡难挨。老二打来热水，按摩着爹的脚底，揉捏爹的双腿，阿木眉头舒展，一副受用的样子。看老二靠在椅子上，打起了呼噜。阿木一脸的鄙夷，有志者闯荡天下，无用人窝囊在眼前。也好，老二的无能，成全了阿木的威严。

　　把房子给唯一的孙子，是他的意愿。老大会否同意？别看他一介老总，格局小着呢，老婆女儿面前如孙子一般，爹的跟前却爱摆谱。望着窗外的落叶，阿木心里掠过不祥，自己不也像秋天的桑叶，凋零飘荡，无着落点吗？

　　明天，到阎王殿兜上一圈，回来该做个了断。看着沉睡中的老二，阿木心里释然，再没用的儿子，也养了个读名牌大学的孙子，承载起家族的延伸。阿木决定，手术后，趁一家子都在，表明自己的意愿。怜悯之心，或许能让老大放过他这个当爹的。

　　"蚕宝宝结茧啰！"院子里的哥俩雀跃着。深夜，阿木又梦见桑树下无邪的少年。他问自己："你能坦然面对老大？"另一个声音回答："当然，我是他的老子。"

　　阿木心里那片叶子，悄然坠落，融入春泥。

偶　遇

梅丽有一面小镜子，闲时会照上几下，整理妆容。

地铁车厢里，倚着扶手，梅丽从坤包里摸出小圆镜，风大，头发吹成左边蓬松，右边瘪陷，纤手去整理头发，镜子里出现一位帅气男，直勾勾看着梅丽，梦中见过？梅丽矜持地瞄他一眼。地铁停到第三次，帅气男走出车厢。

找个位置坐下，梅丽再度拿起镜子，得体的妆容，温婉洋气，正自我陶醉，镜子里多了张俊朗的笑脸，帅气男深邃的目光，略带几分俏皮。回头寻找，车窗外漆黑一片，只有呼啸的风声，挟裹着铁轨的撞击声。

上班错开高峰。地铁车厢里，整理妆容已是梅丽的习惯。她见不得庸俗男，大学里，嫌校友不是幼稚就是没劲。上班时，身为销售主管，更得注重形象。同事送她绰号：假清高。

过了而立之年，看同学们牵着小儿女的手，朋友圈秀尽了幸福，她在心里不屑，沦落尘世还不容易？妈妈的唠叨，让她耳朵起了茧子，梅丽置办锅碗瓢盆，另起炉灶。

帅气男撩拨起梅丽梦中的情结。

太阳升到半空，梅丽走进空落落的地铁站，一束耀眼的光亮从黑漆漆的地道里射来，地铁像风一样刮进车站。梅丽进了车厢，刚落座，又起身跳出门外，车门在身后关闭。工作人员说："被门夹住的话，后果不堪设想哦。"

焦虑中等来班车，临窗而站，包里摸出镜子。镜子里，梅丽神情慵懒，粉脸伤感。猛地，镜子里出现帅气男，深情的目光令她为之一振，俏脸染上玫红，她招呼："上班去？"帅气男笑笑："你也上班。"梅丽在心里说了声："值了。"

闲聊中车子停下，帅气男一个健步下车，梅丽的心中塞满惆怅。

翌日，梅丽掐准时间，上了五号车厢，果然，帅气男倚着扶手，洒脱而立。梅丽摸出手机，打开屏幕整理妆容。帅气男说："不照镜子了？"梅丽举起手机，不经意一笑："加个微信？"帅气男打开二维码，网名显示为：大江。

目送帅气男下车，梅丽刷起他的朋友圈，大江是文艺青年，看似供职于文联。读书是梅丽的爱好，文学情愫像一头小鹿撞开她的心扉，只是未逮到时机。梅丽掏出镜子，镜子里的她，神采飞扬。"叮咚"，手机屏幕显示：大江小溪汇成大海。小溪回复：溪水淙淙，江河奔流。

一条条微信，似和煦的春风，吹拂开梅丽的心花。

日子在春光里消磨，大江与小溪交集。星巴克、电影院、小饭馆留下他们的足迹。闲时，梅丽还是会拿出镜子，整理妆容。大江直言："喜欢你照镜子的样子，无丝毫的造作。"梅丽坦言："照镜子的习惯，始于六年前。那次遇到位难缠的客户，心火不由腾起，我去了趟洗手间。镜子里，一脸不耐烦的女子，是自己吗？我对着镜子反思，仪表是很重要的。"再见客户，梅丽已是春风满面。

秋阳正好，牵手去看婚房。公园边新楼盘，两人一合计，工资加上公积金，还贷无压力。大江坦诚，说："实不相瞒，农村的父母，帮衬不了儿子。"

梅丽打开手机银行，说："给个账户。"

是夜里，温存过后，大江说："父亲病重，我要回家探望，只是冷落了你。"

依偎他的怀里，梅丽说："路上照顾好自己。"

没他的日子，寂寥。地铁里，梅丽从包里掏出镜子，被匆匆进来的男孩撞落，碎了一地。脸色煞白的梅丽，惊悚中，捡起碎玻璃。打开手机，给大江的信息仍无回音，打电话不在服务区。

大江怎么了？梅丽倏地冒出一个念头，即刻被自己否定，不可能，去过他的单位，与他的同事聊过天喝过酒。他父亲病危？山区里无信号，大江出了啥事？梅丽捏紧手机，不时瞄上一眼。

下午，与重要客户商谈业务，梅丽将手机设置成静音，放进包里。签好合同，额头渗出了细汗。慌乱中从包里翻出手机，还是没回复。

极度不安中，梅丽决定，申请年休假，去大山里，与大江汇合。

飞机上，梅丽摸出镜子，焦虑无处不在。猛然间，似听见镜子里有声音说："振作精神，坦然以对。自信是一剂良药。"

有镜子的提醒真好，梅丽黛眉舒展，从包里拿出本小说阅读。

吴亚原

第三辑　印花洋布

　　印花说话常神情诧异，讲到兴头上，仿若满嘴跑出莲花。下课铃一响，我们就跟在她左右，听鬼怪故事。我们心里悚悚，仿佛一不留神，鬼怪就会从坟墓里蹦出。她的故事开头："很久很久以前……"我们竖起耳朵，聚精会神。那个阴气逼人的弄堂，是她故事的源头。

印花洋布

　　印花是我的小学同桌，她有件印满桃花的外套，一穿四五年，紧紧绷绷，别别扭扭，把渐趋丰满的身子裹成粽子样。不知谁给她起个外号：印花洋布。

　　印花说话常神情讶异，讲到兴头上，仿若满嘴跑出莲花。下课铃一响，我们就跟在她左右，听鬼怪故事。我们心里悚悚，仿佛一不留神，鬼怪就会从坟墓里蹦出。她的故事开头："很久很久以前……"我们竖起耳朵，聚精会神。那个阴气逼人的弄堂，是她故事的源头。

　　故事里的弄堂，小北风呼呼地吹，穿堂风狼嚎般嘶叫，鬼魅晃悠，"哗啦啦"骇人的声音，随时响起。黑白无常贴着墙壁，等候阎王爷指令，捉拿命数已到之人。

　　小弄堂与我家后院隔着堵高高的瓦墙。一到晚上，风儿呜咽，墙头蓑草摇曳，关紧后门，扫视阴森森的小院，小小的响动都会吓得我尖声大叫。大人们吓唬小孩："不乖的话就到小弄堂罚站。"静夜里，只有狗吠，少了孩子们的哭声。

　　太阳高照的日子，印花拉着我的手走进弄堂，碎石路边，小沟里淌着脏兮兮的污水。印花说："白天，鬼魂瑟缩在洞穴里隐藏着，伺机行动；晚上，鬼魂游荡在水沟上，窥探村子里的动静。"

我跟奶奶睡一屋，到了晚上，稍有一点动静，我就扯着奶奶衣角不放。一听到狂吠声，奶奶神色黯然："黑无常又来索命了。"

被窝里，我搂着奶奶的脖子，学着印花讲故事。奶奶说："这块印花洋布，哪来这么多色彩，说书先生都没说过，她倒是一出又一出。"在奶奶的臂弯中，我进入了梦乡。晒场上，我们玩一种古老的游戏，"叮——叮——"悠长诡异的声音像是来自远古，蒙上眼睛的我们撑开双手摸索着什么。夜幕愈发凝重，雾气一缕缕弥漫，月亮害羞地藏在云层中，星星失却了光彩。"鬼怪来抓魂灵了。"印花惊呼一声，紧紧拉着我的手，躲过鬼怪的追踪，纵身一跃，突出重围……

奶奶拍拍我汗津津的背："又做噩梦了吧。"

奶奶去找她："印花洋布，看不出哦，小小年纪一肚子鬼怪，哪听来的？"印花喏嚅着："自己想出来的。"父亲在一旁诧异："了不得，长大当个小说家。"印花问："小说家是啥？"父亲说："编故事写书的人。"印花笑了："我要好好读书。"奶奶说："这丫头当真了，拿个镜子照照去吧，秀才有那么好当？不给我孙女讲鬼故事，就上上大吉了。"

没有故事的滋润，放学路上，我们像秋日的野花，蔫蔫的，没了精神。

仲春的下午，闪电划破了长空，闷雷砸落在田野。我和印花正走在树朗桥上，印花猛地站住。贴着我的耳朵说："我过桥怎么突然心里怕怕的。"我说："为什么？"她说："不知道。"我觉得印花挺有灵气的，就往桥下看了看，没觉得有什么。

翌日，树朗桥边聚集起人群，河滩上躺着位中年男人，肿胀的身子仿佛要撑破深蓝色中山装。数学老师跪在边上，哭成了泪人。人们叹息："这年头……可惜了。"印花拉着我的手跑向学校。一整天，我脑子里全是河边的一幕，最爱的语文课也听不进去。

那一天，印花的姨奶奶携二十七八的儿子来她家做客。

小河边，老黄牛戴着眼罩，围着牛车盘转悠，印花停下脚步，幽幽地说："要去海那边。"我羡慕极了，说大海边可好玩了。印花说姨奶奶老夸她，表叔的眼睛老在她身上转。我给了印花一拳："客人喜欢你。"印花的眸子里汪着泪水："妈说家里穷得吃不饱饭，姨奶奶家有鱼有虾有零食。"

后来便好久不见印花，几次去她家，被她妈妈骂了出来。我跑到河边，干涸的河床里汪着一对水潭，像哭泣的眼睛。我忧伤极了："印花去哪了？"水潭里跳起几条小鱼。坐在河滩上，我泪流满面，好想听印花讲故事。

春来冬去，我上了高中，童年往事已然淡化。

腊月里，踩着积雪放学回家，我闻到米香味儿，仓库里雾气氤氲，白白的年糕条晾满桌子。一位农妇模样的女人操着口难听的方言，三岁模样的女孩扯着她的手叫妈妈。我呆了："印花？"抬头间她一脸羞涩。我说："四年没听你的故事了。"

印花眼神里全是落寞，凄楚一笑："我会讲故事？"

年糕粉揉得筋道，木槌击打声中，耳畔分明传来久违了的声音："很久很久以前……"

河边的错误

那年秋天，刚满 12 岁的我对啥都充满好奇，除了跳房子、玩皮筋，亦无好玩的东西。因此我常去河边，坐在苦楝树下，看河上的风景。

河对岸是间废弃的食堂，一半作为生产队的仓库，一半成了村里的代销店，店门开在侧面。经营代销店的是个麻脸汉子，我们称他为"麻子叔"。每当夕阳西下，麻子叔会虚掩店门，去河边淘米洗菜。

我坐在树下，看天边的云彩幻化出奇妙的图案。我辨认着：稻穗、禾苗、向日葵、仙女。麻子叔蹲在埠阶上："丫头，啥事让你这么开心？"我说："课本里的画飞到天上去了。""小丫头蛮有想象力。"麻子叔瞥了眼天边，摇摇头，继续洗他的菜。

鸟儿叽喳，晚霞映红小河。恍惚间，我仿佛看见有个人影，潜入代销店。看错了吧？我揉揉眼睛，继续看天边的云彩，竖起耳朵，捕捉周围的声音。"吱呀"一声刺过耳膜，细长的人影挤出店门，手里捧着麻饼。我闻到了麻饼的香味，使劲吞下口水，不禁喊出："抓小偷！"

麻子叔呼地从埠阶上立起，米筲箕丢在河边，追了上去。我撒开脚丫子，跑过小桥。麻子叔将少女摁在晒场上，脸上的麻坑盛满愤怒，两只麻饼滚落在地上。围观的人群直盯着麻饼，我甚至听到了咽口水的声音。"小芳姐！"我失声惊呼。趴在地上的小芳姐用哀怨的眼神看向我："饿死人的日子，不能找点吃的？""看你嘴硬。"麻子叔反剪小芳姐的双手。"快说，饿死谁了？"边上的民兵连长顺手从裤袋里，掏出根细麻绳。

麻子叔愣了下，匆匆捡起麻饼。小芳姐使劲挣扎，民兵连长手脚麻利，绑牢小芳姐双手。等跛脚婶满脸通红、瘸着腿赶到时，小芳姐已被押走。跛脚婶瘫在地上，鼻涕眼泪糊了一脸，悲号："是娘害了你……"

我哭着跑回家，妈妈安慰我："你不是故意的。"

小芳姐大我4岁，住我家隔壁，娘俩在家以打草帽谋生。她对我可好了，带我去村后的小土冈，采摘甜甜的野红莓，拔几根酸酸梅。遇人欺负我，她会像姐姐那样保护着我。

晚霞余晖里，我坐在苦楝树下，望着对岸，不能原谅自己。河面上的鸭子，"嘎嘎嘎"扑棱着翅膀，不知啥是忧伤。

我怕见跛脚婶。半夜里起来尿尿，听到呜咽声，贴着板壁缝隙张望，黑漆漆的一片。跛脚婶的话断断续续："小芳，娘饿晕了，躺床上念叨，见了阎王爷，都没尝过麻饼……"我躲进被窝里抽泣，伤痛的心无处着落。

天空飘着雪花，小芳姐闯进屋子，拎小鸡似的拎起蜷缩在灶膛前柴堆里瑟瑟发抖的我："没良心的丫头，我平时待你多好。"我惊恐的目光满是祈求："姐，你揍我一顿吧。"小芳姐将我塞进灶膛，火苗烧灼全身。疼痛感将我从梦中拽醒，心怦怦跳个不停，浑身滚烫滚烫。

妈妈找药让我服下，烧退了。河边的一幕却像杂草一样在我心里疯长，缠得我透不过气来。同学们背地里骂我是害人精。我神情恍惚，似掉进深渊，老师鼓励我好好读书。我是个害人精？

为减轻心里的愧疚，我去地头割了几棵青菜、拔了几根萝卜，偷偷放在跛脚婶家门口。

河边的阴影，一直困扰着我，麻饼月亮似的堵在脑海。只有读书，才能淡化心里的忧伤。妈妈摇摇头："爱叽喳的小喜鹊，成了闷嘴葫芦。"

过年了，我捏着外婆给的压岁钱，悄悄走进代销店。见到我，麻子叔一愣："丫头，好久没来店里，也不见你去河边。"我眼睛盯着脚尖不吭声。麻子叔说："别自责了，都怪我一时冲动，小芳的脾气也真犟，撞到枪口上，嘴还硬着呢。事情总算过去了。"

我嗫嚅："小芳姐去哪了？"

"关了几天，小芳认了错。回家的路上，她走上桥头，'扑通'一声跳进河里，被一个男人救起了。"

"后来呢？"我松了口气。

"男人是外乡人，三十好几没娶上媳妇，小芳跟着他走了。"

"小芳姐为啥不回家？"

"姑娘家没面子嘛。"麻子叔深深地叹口气，双手拄着柜台埋下头。走出代销店，我轻轻推开跛脚婶家的门，将盛着麻饼的纸袋，悄悄放在矮凳上。

大学毕业那年，我拎着行李袋，来到河边的苦楝树下。对岸，笑眯眯的跛脚婶牵着小女孩的手，走出代销店。

"外婆，麻饼真好吃。"女孩脆生生的声音，我听得真切。

衣橱里的秘密

过了暑假，慕云就读二年级了。

慕云爱听妈妈讲故事。妈妈的故事中，宫殿里住着皇后，皇后的衣橱里挂着好多裙装。皇后玉臂一挥，衣裙飘逸出衣橱，像大雁一样，排列在寝宫，摆出各种姿势，任皇后挑选。寝宫是啥玩意儿，慕云不知。妈妈解释："皇后睡觉的地方，电视剧里可以见到。"

慕云在电视里看到了寝宫，也见到了皇后。慕云觉得，妈妈比皇后还要好看，妈妈有长长的腿，细细的腰，高高的胸。镜子里的妈妈，红扑扑的脸，像朵玫瑰花，弯弯的眉眼，如天上的新月。妈妈抿嘴一笑，唇边的酒窝，溢出喜悦。

妈妈的衣橱里挂着好多漂亮的衣裙，颜色各异，一件比一件好看。慕云羡慕妈妈，长大了，自己能像妈妈那么优雅吗？

妈妈带着慕云逛商城，给慕云挑了款公主裙，选了双水晶鞋，试衣镜里的小人儿，却没有白雪公主那样的美丽，慕云有点沮丧。妈妈拿着一大堆衣裙，走进试衣室，让慕云好生等着。试衣室，进出着不一样的女人，带着兴奋进去，堆满喜悦出来。一个大姐姐对着镜子试衣，笑容躲藏进面部，换下衣裙出来，俏脸变了颜色。

慕云嫌大人麻烦，转身向衣架子走去。慕云看见一群女孩，躲进衣裙里，摆出各种姿势，从衣服领子里冒出笑脸。一位仙女似的姐姐，向慕云招手。慕云蹦跳着加入她们，穿梭在衣架里。好神奇哦，这边的衣领里钻出张娇羞的面孔，那边衣袖里伸出魔爪似的手骨。

"慕云，别撞倒衣架子。"妈妈肘弯里挂着新衣服，准备去付钱。慕云撒娇："我和仙女姐姐在玩抓魔鬼的游戏。""别说胡话了。"妈妈摸摸慕云的头，收银员将衣服装进袋子，递给妈妈。慕云哇哇大哭："魔鬼偷走了我的公主裙。"妈妈说："还没付钱呢，说不定是营业员收起来了。"旁边一个阿姨笑眯眯招呼妈妈："你选的裙子？"妈妈谢了阿姨，慕云破涕为笑。妈妈关照："以后小心点，别让坏人钻了空子。"

夜幕降临，妈妈牵着慕云的小手回家，将公主裙挂在衣橱里。

慕云靠着床头读童话。故事中，老鼠夹在墙缝里。窸窸窣窣的响动灌进耳膜，慕云大着胆子走向衣橱，打开橱门，公主裙里有一女孩挤弄着眉眼。慕云揉揉眼睛，公主裙好端端在衣架上。慕云踮起脚，小手探进衣裙，空荡荡的，似有风儿吹过。

躺回床上，慕云竖起耳朵，捕捉着黑夜里的声响，迷糊中进入梦乡。

一群小仙女，穿着慕云的连衣裙，飘飘然飞出衣橱。慕云傻眼了，穿黄颜色泡泡袖连衣裙的仙女，拉着慕云的手："我们住进了衣橱，与你一起玩儿。"慕云一愣："你们从哪来的？"小仙女说："皇后的寝宫。"慕云乌溜溜的眼睛，看向四周，好漂亮的寝宫，与电视里一模一样。

慕云太高兴了，得把妈妈找来，让妈妈穿上最好看的裙子，戴上缀满珠宝的凤冠，妈妈肯定比电视里的皇后好看。慕云挣脱开小仙女，撒开小脚丫子，跑出寝宫。这一跑，慕云把自己跑醒了，梦里的情境，真切分明。

慕云一骨碌起床，借着路灯的光亮，蹑手蹑脚走向衣橱，轻轻拉开橱门，小手伸向衣裙，一股清香味儿，从手里传入全身。慕云说："仙女姐姐快出来，我叫上妈妈，咱们继续玩。"轻轻的声音掠过耳畔："衣橱里的秘密，不得外传。"

慕云稚嫩的小指，钩住仙女柔滑的小指。"好开心哦，我也有了秘密。"慕云蹦跳到床上，按亮床头灯，墙上菊花形状的挂钟上的时针分针并拢在一个点位。妈妈说过，半夜十二点是子夜，最容易发生神奇的故事。

没有妈妈的参与，慕云好难受。盛夏的傍晚，慕云拉开妈妈的衣橱，一排排裙装漂亮极了。"如何将妈妈召唤进梦里？"这想法纠缠在慕云心头。

华灯初上，母女俩手牵手散步去公园，妈妈的裙摆在风中飞舞。慕云有了主意，悄悄将妈妈的连衣裙移进了自己的衣橱。妈妈说好事得分享。慕云是个守规矩的孩子，她想让小仙女一睹妈妈的风采，这既让妈妈分享了秘密，又不会坏了规矩。

慕云喜欢用文字夹杂着拼音，用梦的意境，融入自己的想象，来描写童话故事。此时，慕云读着童话，进入梦乡。

寝宫里，慕云与众仙女一起，簇拥着美丽的皇后。母女俩对上眸子，慕云轻轻唤呼："妈妈。"

莲 蓬

"噼里啪啦"的鞭炮声中，莲蓬站在村边的大槐树下，踮着脚，脖子伸得老长。妈妈去城里快一年了，她的样子都有点模糊了。莲蓬晓得妈妈长得好看，奶奶说四乡八里就属妈妈最漂亮，也最乖巧。

夕阳的余晖下，妈妈穿着离去时的旧棉衣，脚步轻盈，北风吹乱了披肩长发，像风中荷花。妈妈抱住莲蓬，眼泪流了一脸。"过年了，妈妈不许哭，笑眯眯的才乖。"莲蓬手背的肉窝窝里汪着妈妈的泪水。

妈妈拉着莲蓬黏糊糊的小手，头发上有了红红的纸屑，爸爸傻乎乎地站在门口，桌子上菜肴散发着浓浓的香味。

说了一晚上的话，奶奶拉起腻在妈妈身边的莲蓬去里屋。

半夜起来尿尿，妈妈房间里的灯还亮着，透过板壁，莲蓬听到爸爸说："哪来那么多的钱？"

妈妈说："只管养好你的病，有我呢。"

"难为你了。"

"为你，上刀山下火海，我不在乎。"妈妈将爸爸拽进被窝。莲蓬从板壁缝隙里看得分明。

"人一病，容易思东想西。我只想来日方长，报答你对我的好。"

有些话，莲蓬不懂，但她喜欢爸爸妈妈的亲热样。

半年前，家里笼罩上乌云，铁塔般的爸爸瘦成了竹竿样，妈妈脸上的笑容丢失了，家里最值钱的电视机也不见了。喜欢唠叨的奶奶脸上盖了层霜，老背着人抹眼泪，话少了很多。

先前奶奶说过，爸爸为了追妈妈，拿出看家的本领，打败了一个排的火力，洞房花烛夜，羡煞了村里的小伙，嫉妒了周边的姑娘。

莲蓬问："奶奶，一个排多少人？"

"好几十个呢。"

爸爸好厉害，打败了这么多人。可如今的爸爸，手臂像屋前干枯的柴火，双腿如河滩上风干的芦苇。大热天，毯子下的身子像筛糠般颤抖，眼睛陷进眼窝子，肚皮圆滚滚的，紧绷着。看到爸爸的样子莲蓬就想哭，可妈妈说不许哭，还不让莲蓬靠近爸爸。莲蓬就坐在门槛上跟爸爸说有趣的事，王奶奶家的猪妈妈生了一窝小猪，那只花白小猪最调皮，捧着妈妈的奶头不松嘴；李爷爷家的小猫捕捉到一只老鼠，尾巴滴着血，吱吱直叫呢；邻居家的芳芳跟着爸妈去城里上学……

爸爸最爱听莲蓬嘀咕，稚气的童音平息了心中的燥热。

奶奶念叨："钱，到哪去弄救命钱？"

妈妈对奶奶说："我去城里挣钱。"

妈妈要去城里了，她为爸爸刮胡子，爸爸的眼泪掉了一地，妈妈的手抖动着，爸爸的脸上有了条细细的血痕。

太阳像个鸡蛋黄，悄悄地弹出天边。妈妈握着爸爸的手说："等着我！"爸爸死死盯住妈妈的脸，像是要烙进脑子里，声音低沉："只是苦了你！"

春天里，草儿绿了，花儿红了，爸爸还是病歪歪的。"丁零零"的铃声划破了静谧的村庄，邮电员单脚撑起自行车，递给奶奶一张带有绿线条的长方形纸，奶奶脸上的纹路渐渐舒展，亲了亲莲莲的小脸说："爸爸有救了！"从此，莲莲喜欢上自行车的铃声，铃声中，奶奶脸上有了笑容。

莲莲跟着奶奶去县城医院，爸爸的脸色一次比一次红润，手指圆了起来，衬衫下的肚子瘪了。爸爸对莲莲说："过不了多久，爸爸就可以出院了。"

"爸爸出院了，妈妈也可以回来了。"莲莲笑弯了眉。

奶奶说："妈妈得赚钱，秋天，莲莲不是上学了吗？让妈妈带个好看的书包。"

"那时，爸爸的病也好了。"

想起这些，莲莲就觉得妈妈了不起，人长得好看，又有一身的本事，妈妈比池塘里的荷花更美。

正月十五，吃过甜甜香香的元宵，妈妈用热毛巾敷了下爸爸的脸，轻轻地刮去爸爸脸上的胡茬子，眼眶里的水渐渐变厚："你要好好养病。"

"再休养大半年我也能干活了，你也别加班了。"

"放心吧，最困难的时期已经过去了，我还是回厂子。"

妈妈在爸爸深情的目光中，渐行渐远。

又是一年，妈妈回家了，爸爸的病全好了。

盛夏，爸爸修建的荷池边，莲莲依在妈妈怀里说："爸爸会对妈妈好的。""出淤泥而不染，濯清涟而不妖。"妈妈望着池里的荷花出神念叨。

这是妈妈喜欢的词儿，莲莲还会背呢！妈妈的名字叫荷花。

妈妈的眼睛

夜色凝重，星星眨着眼睛，月亮摆出一副忧愁的面孔，秋虫扯着嗓子在苦楝树上嘶鸣，震落一枚枚树果子。

我睁大眼睛扫视四周，空落落的公园里，只剩下我一个。半空中传来妈妈的声音："月儿。"月色朦胧，我看见妈妈笑眯眯地向我走来，穿着她最爱的连衣裙。我拉着妈妈的手，再也不肯松开："妈妈，我一直找不到您。"

妈妈一把搂住我："妈妈回来了。"

"那么长的时间，您去哪了？"妈妈的气色还算不错。

"荒原上，有个姐姐陪伴着我，她叫啥呢？对，她叫颖渡。"妈妈指着不远处站着的那位文静的女孩，对我说。

妈妈喜欢温柔的女孩，可我遗传了父亲的性格，脸上无丝毫温柔相。

平时，每当我不开心，妈妈就让我看着她的眼睛。她的眉宇释放出温情，我的目光碰撞到妈妈的眼睛，狂躁的心便渐渐平息。我不明白妈妈为啥跟着那个叫颖渡的姐姐去见鬼的荒原。我问妈妈："荒原在哪里？离这儿有多远？"

妈妈说："说近就在眼前，说远也挺远的。"

没有妈妈的日子，邻居大妈说我整天臭着一张苦瓜脸。我也觉得自己像一堆破棉絮，谁看了都嫌弃。

此时，我忆起妈妈走的那天，乌云密布，鸡鸣犬吠，一只老鼠贴着墙根乱窜。大热天里，妈妈穿着有寿字图案的棉袄，躺在爸爸临时搭的木板床上，蚊帐低垂，妈妈的双手叠放在衣襟间，正好盖住那个寿字。掀开妈妈脸上的白布，她的眉宇间温柔依旧，我将妈妈最爱的连衣裙放在她身边。

为了救我，妈妈被汽车撞倒在马路上。恐慌中的我呼叫着妈妈，扑倒在血泊中，妈妈使出好大劲儿，睁开眼睛，嚅动着嘴唇："看着妈妈的眼睛。"我盯着妈妈明亮的大眼睛，从乌黑的眼珠里，读出了温柔，读出了安详。在我的凝视中，妈妈闭上眼睛。

"妈妈，带我去见颖渡姐姐。"我拉着妈妈的手，唯恐一撒手就找不到她。"颖渡姐姐不是你能见的。"妈妈抚摸我的脸庞，"荒原不是你能走的……月儿，妈想你想得太苦，脑子里重叠着你的身影，颖渡说让我跟着她，坚持到第三十五天，母女就可相见。妈妈做到了，月儿该高兴才是。"她的泪水滴在我的手背，十分冰冷。

我拭去妈妈的泪水："都怪月儿不好，不听您的劝阻，走路总爱捧本书读，斑马线上，飞来横祸，您使劲将我推向路边……"

妈妈常笑我看书不分场合。那次妈妈做饭，我去上厕所，直到妈妈唤我吃饭，才拿着本书出来，捧着饭碗继续看书；那次去郊外踏春，我笃悠悠坐在树杈上，捧着书读得专心，让爸妈找了好久。

"月儿太任性了，让妈妈丢了。"多少次，我对着妈妈的照片忏悔，脑子像进了水，心里一片空白。

"妈妈，月儿接受灵魂的拷问，仍赎不完我的罪孽，您带我去荒原吧，让我来照顾您。"妈妈不答，神色凝重。"我不爱理睬爸爸，谁让我遗传了他的性格，如有妈妈您的几分温柔，也不至于目睹您远去。面对爸爸的火暴脾气、没来由的训斥，您无原则忍让，您说已经习惯，我真的难以理解。岁月未能摧毁您眉宇间的温柔，却把您从我身边带走。"

"曾经走过的路，让它远去。"妈妈的眼神里全是不舍。

"妈妈，您带走了女儿的幸福和梦想。"

妈妈拉着我的手不忍松开："别包裹起自己。月儿，你秉性耿直，熬过困苦，开启新的人生。"

不远处，颖渡侧过瘦长的身影，扬扬手中的招魂幡。妈妈乞求她，让自己再与女儿说上几句。瞬间，妈妈的眸子放出异彩，眉宇间的温柔，柔软了我看似刚强、实则脆弱的心。

看着妈妈的眼睛，一股温情流入我的心田，我对妈妈说："听您的，我的人生刚刚起步，月儿决不言败。"

妈妈眉眼弯弯："妈妈在天上给你鼓劲，看着你考入心仪的大学。"

秋风萧瑟，乌云掠过明月，苦楝树的果子掉了一地。旷野上，弥漫起一层薄雾。雾中招魂幡若隐若现，颖渡打着手势催促："使命难违，该上路了。"

月光中，妈妈掰开我的手指，眉宇间的温柔像盛放的菊花，一瓣瓣，飘落进我的心里。

"妈妈！"我的呼喊声中，妈妈越走越远，湮没在惨白的月色里。

葱油海瓜子

十年了，海兰再也没亲近过大海。大海，在海兰的记忆里，只剩下深深的痛。怎么也没想到在同事的婚宴上，那盘葱油海瓜子，又将她推向大海的怀抱。

海兰竟记不起婚礼的全过程，脑子里全是油浸浸、粉亮亮的海瓜子，白嫩嫩的肉包着汁水，绿绿的小葱撒在上面。舀一勺尝尝，鲜美柔滑，唇齿留香。心里惦记着海瓜子，无暇顾及其他，海兰想舀上一勺，给女儿尝个鲜。轻轻拨动转台，谁料转台偏离，身边的同事说了声谢谢，舀了满满一勺。转台又动了，海瓜子正好停在海兰面前，刚拿起勺子，却逢新人敬酒。一来二去，盘子里只剩下葱绿一片。

给女儿做碗葱油海瓜子，成了海兰的心病。为制作这道菜，她问遍了同事，甚至请教酒店的大厨，掌握了烹饪要领，焯水，切葱，加酱，油爆，心里演练过无数次后，海兰去了菜市场，一问海瓜子的价格，凭自己微薄的薪水，实难消受。去海边捡上一碗半盏，将理论变成实践。当脑子里蹦出这个念头，海兰着实吓了一跳。你能承受？脑子里有个声音钻出来。该放手时且放手。让孩子亲近大海，另一个声音干脆了当。别犹豫了，星期天赶海去！

"退潮啰!"涛声挟裹着少年的呼喊,回荡在海面上,随着潮水退却,一大片灰黑油亮的泥土毫无羞涩地裸露出来,在太阳的照耀下,折射出奇妙的色彩。海兰绾起裤脚,做了个深呼吸,拉着女儿的小手,小心翼翼地踩了上去,稀泥没过了脚踝,淹上小腿,一股冰凉沁入心头,身子失重晃摇。面对大海,海兰的心难以平复,默默地对自己说:"该放手了,该让女儿与大海来个亲密的接触了。"

孩子们在滩涂上矫健如燕。当年,也是女儿这个年龄,自己早与大海混得娴熟,泥里跋涉如履平地,捉螃蟹、捡海瓜子,啥没干过。看着女儿心慌慌迈不开脚步,海兰愧疚极了,她当初为不触及心里的痛,把女儿圈在身边。

海兰毅然放开女儿的手,说:"丫头,沉住气,叉开腿,一步一步慢慢来。"海兰神态自若,稳稳地迈开双腿,一个个脚窝窝整整齐齐,延伸到大海。女儿岂敢示弱,深一脚浅一脚踩向滩涂,虽姿势不当,但参差的脚印写着无畏。海兰鼓励女儿:"别害怕,生长在海边的孩子,必须与大海交上朋友。""妈,我知道啰。"女儿海燕似的飞翔在海滩。

玩够了,女儿一步一滑走向海兰,问:"妈妈,海瓜子藏在啥地方?看人家捡了好多。"海兰说:"海瓜子躲在滩涂下,如雨水打过的小点点,像一朵朵梅花。"

"妈妈,我看到梅花了。"女儿欣喜若狂,柔嫩的小手戳进"梅花",捏出两颗南瓜子大小,比南瓜子略胖些的海瓜子。接过女儿手中的海瓜子,在"脚窝窝"里荡尽稀泥,放入玻璃瓶,瓶里的海瓜子精巧柔美。女儿嚷嚷:"粉嘟嘟的好漂亮,我要多捡一些。"海兰心里自责,早该如此。

海兰弯下腰,亲了亲女儿小脸:"去吧!捡满一瓶,妈做盘葱油海瓜子,让你尝个鲜。"看着乖巧的女儿,海兰的眼睛潮湿了。兴头上，"扑通"一声，女儿跌倒在滩涂里，稀泥上的红，蚯蚓似的蜿蜒着。

女儿手腕滴着血，一看伤口较浅，海兰紧缩的心放下了，扯截衬衫袖子，包扎好女儿的伤口，看着女儿的眼睛："丫头，如不行，咱回家。"女儿头一扬："妈，没那么娇气，一点小伤奈何得了我？"女儿把刚学的词儿也用上了。海兰指着脚上的疤痕："当年，你外公就舍得放开手，成天让我在海边野。"女儿羡慕："外公待你真好，为什么长这么大，我第一次来海边？"

女儿的话勾起海兰的痛，该让孩子知道了："十年前，一个骇人的夜晚，你爸爸被风浪裹入大海……噩耗传来，妈妈悲痛欲绝，未满周岁的你用无邪的目光盯着我，上翘的嘴角笑出米粒大酒窝。女儿啊，是你燃起妈妈对生活的勇气。从此，我再也听不得海涛声，把家搬往距大海十里外的小村。"滩涂上，母女俩紧紧相拥。

晚霞满天，一大一小两辆自行车，悠闲骑行在小路上。

暮色渐渐凝重，桌子上，一碗葱油海瓜子散发出诱人的香味，看着女儿吃得有滋有味，海兰笑了。

吴亚原

第四辑　雨中的姨妈

　　下雨天，我的脑海里总会浮现一幅画面，湿漉漉的石板路，汪着水，雨中的姨妈，神情安然，俊俏的脸庞，爬满弯曲的雨水。姨妈捋了捋湿答答的长发，杂沓的脚步让雨水减湿她的衣衫。姨妈美艳惊人，像天上掉落人间的仙女。

口　罩

江南的冬天不好过，晴天还有点阳光味儿，阴天落雨就不行了，家里啥都冷冰冰的。这不，禽流感趁机侵入，不得已，小城的人们都戴上了口罩。小曼在网上淘了好多口罩，慢慢地就喜欢上了。口罩样式各异，有防护性能好的、式样新颖时尚的、结构造型完美的，那款纳米银抗菌口罩，小巧精致，是小曼的最爱。

一早起来对着镜子化妆，原本俏丽的脸庞，愈发精致。小曼挑选了一款有独特芳香味儿的口罩，对着镜子比画，太过瘾了，宛如体验口鼻瑜伽，身心渐渐放松。"有口罩真好！"是自己发出的声音？小曼愣了，声音沉着冷静，与平时大不一样。

时间不允许小曼一一尝试，她瞥了眼抽屉里的口罩，拎起手袋。

运气不好，车被人撞进了修理厂。小曼戴着口罩上了公交，天气有些反常，车内好闷，随手打开车窗，风吹乱了她的长发。早高峰，人挤着人。小曼身边挤过一个黄头发，只见他瞄准一位美眉，右手食指与中指熟稔地从美眉双肩包里挟出皮夹子，几位乘客对身边发生的一幕，愣是装作看不见。小曼狠狠地瞪了他几眼，对方却无任何收敛，盛怒之下，小曼一改平时的胆小，声音高了八度断喝："住手！"在众人鄙视下，小偷丢下钱包灰溜溜地下车。乘客们向小曼投来赞许的目光。

下班后匆匆往家里赶。胡乱扒拉了几口饭，小曼将一抽屉口罩一股脑儿抖落在床上，她扮着鬼脸，试戴一个嘟哝一句，每试一种，发出的声音居然各异，有的如仙女之音，曼妙轻柔，有的像悍妇骂街，泼辣横蛮。太有趣了！最喜欢那个纳米银，戴上后说话的声音富有磁性，像极了偶像周迅。对着镜子练习，居然可以乱真。

平时，小曼嫌自己声音过于尖细，像金属划过玻璃，刺耳，自己尚觉难听，何况别人。有了口罩，说不定练一阵子，能收获意想不到的效果，才不辜负爹娘赐予自己的俏模样。

有口罩真好，小曼可以发出任何一种声音。小曼飘飘然了，颤抖着双手，轻按手机，觅来心仪的电影票，主动出击心仪的他，忐忑不安中，等来了他的回音："愿意一起分享精彩的影片。"

按捺住怦怦的心跳，走进电影院，小曼坐在情侣座位上，几乎同一时间，暗恋了两年的小伙也落了座。随着剧情的推进，女主角洒脱的演技，富有磁性的声音，令小伙着迷。小曼说："你喜欢女主角？她是我的偶像。"小伙柔声相问："是你在说话？如此美妙的嗓音，我当是电影里的台词。"

"是吗？如我声音好听，你可天天陪我说话。"小曼如被电击一般，一股暖流直袭胸口，心里一激动，声音更富有磁性，吸引了邻座齐刷刷的目光。"我的心都被你融化了。"小伙一把拉过小曼的纤手，紧紧握在一起，再也不忍分开。

小曼太幸福了，觉得自己有能耐，俊朗的男友相伴左右，公交车上吓退了小偷，美好的未来正向她招手。

幸福中的小曼，做了一个连自己都诧异的决定，既然有如此美妙的声音，何不圆儿时之梦？遂报名了歌唱节目。一切都如预想中那么顺利。小曼着一袭粉色长裙，披一款嫩黄丝巾，戴上最爱的纳米银，踩着霓虹灯光踏上舞台，观众被她的风姿所倾倒，小曼亮起动人的歌喉，宛如天籁。歌声中掌声雷动，导师被她的声音所征服，情不自禁为她转身。

小曼激动得热泪盈眶，心里有好多话想表达，不知从何说起。导师们真切地希望她摘除口罩来个面对面清唱。摘除口罩，无疑是要了小曼的命。站在舞台上，小曼不知如何是好，导师与观众热切的目光中，尚有千万句话要说，出口却成了："不想摘除口罩。"如此，观众的愿望愈发强烈，主持人煽动性的说辞让小曼"盛情难却"，她一把扯下口罩，将姣好的面容呈现给观众。小曼深深地运了一口气，脱口而唱，尖细刺耳的歌声仿佛能刺破人的耳膜，观众和导师用手捂住了耳朵。嘲笑声四起："刚才是假唱的吗?"更有人起哄，要求查明究竟是怎么回事。小曼泪流满面。

小曼都不记得自己是怎样离开舞台的。

音乐声蓦然响起，手机里传来男友的怒吼声："真丢脸，我要跟你一刀两断。"

做年糕

小北风呼呼地叫，屋檐下冰凌子明晃晃的。我顶着风雪跑回家，站门口跺了几脚，抖落掉身上雪花，把书包扔在桌子上。

看着灰蒙蒙的天空，母亲发愁，老天爷折腾人，夏天的太阳猛烈得晒裂了稻田，这会儿冷得紧，上场雪没化完，烂雪片又下了起来。一旁的父亲找剪子剪开信封，脸上有了几缕愁绪。母亲问："小姑子来信？"父亲点点头："外甥女回乡插队，妹妹先来踩个点。"

母亲说："细皮嫩肉的上海娃，吃得了乡间苦？"父亲说："知青下乡响应号召。"然后话锋一转，"过了冬至，该做年糕了。"我雀跃："姑姑来了做年糕！"母亲瞥了眼楼梯下盛晚稻谷的木桶，摇摇头："就这点谷子，做啥年糕？"父亲的脸上添了愁云。

掰着指头到冬至，过了冬至贴近年关，乡村习俗年底做年糕。母亲的话，如兜头一盆冷水，泼得我瑟瑟发抖，天天巴望着做年糕，冷不丁断了念想。父亲摸着我的头："会有法子的，让姑姑尝尝年糕饺子。"母亲板着面孔："过头话说不得。"父亲笑笑。

转眼快放寒假，本来话不多的父亲愈发沉闷。自行车铃声里，邮递员递给父亲一封信。父亲拆开信封，白皙的脸上泛起愁云。我学得乖巧："爹爹，不做年糕也行，包个猪油汤团，让姑姑尝尝家乡味儿。"父亲笑道："丫头刚学的新词?"我羞红了脸。父亲看着天空发愣。

那年夏天，我们多了个玩处，开裂的河床上汪着一个个水潭。打打水仗摸几条鱼虾，简直不要太爽。可大人们高兴不起来，农闲时，父亲去山岙修水库。父亲说："等修好了水库，就不用看老天爷的脸色啰。"那太好了，年年做年糕。可眼下，没有晚稻米，拿啥做年糕?

父亲脸上的笑容难觅，往猪圈跑的次数增加，喂猪本是母亲的活，父亲常从母亲手中夺过猪食桶，"噔噔噔"的脚步带着期望。

踩着厚厚的积雪，父亲挑着地里拔的大头菜上街去卖。回时，父亲的脸上无一丝笑容。我伸手探进父亲的口袋，瘪瘪的，没有一粒糖果。父亲甩掉我的手，脸上有些不耐烦。我心里装满委屈，泪水溢出眼眶。

晚上，爱看书的父亲，破天荒把书扔在一边。

我听父亲说过，以前因为生活所迫，可怜的姑姑三岁就被送往上海做童养媳。我没见过姑姑。

再过五天，姑姑就要到了，父亲吃饭没味儿。半夜里，父母的声音吵醒了我，父亲说："对门老赵，老夸咱家的母猪，一胎能下十几只崽，粉团似的惹人眼馋。"母亲说："别打母猪的主意，干脆先卖了我吧。"床板咯吱作响，母亲下了床，紧跟着父亲也下床："大冷天会感冒的。"父亲将母亲拽到床上。母亲说："那年丫头生病住院，向小姑子借钱，她连封信都不回。""或许没收到呢。"父亲声音很小。我侧着身耳朵贴上板壁，一口冷气呛到喉咙，剧烈咳嗽中，父母的声音越来越轻，我迷糊进入梦乡。

清晨，父亲催促我起床："明天做年糕，帮你妈磨粉去。"我一骨碌从床上爬起，蹦蹦跳跳走向灶间。我吸下鼻子，无熟悉的红薯味儿，多了缸没过水面的大米。

我高兴地扯着母亲的衣角问："明天做年糕?"母亲一脸凄苦："来年油盐钱不知在哪。"我小心翼翼："咱家的母猪明年春天下崽，卖了不就有钱。"母亲叹息："母猪被你父亲换大米了。"母亲用衣袖拭下眼睛。

翌日清晨，父亲从轮船码头接来姑姑，我们已放置好桌椅，长饭桌上排列着印年糕板。灶间里米香氤氲，灶洞里火舌飞舞。捣子头翻飞中，父亲捧上热气腾腾的粉团，摘下一小段、一小段，搓成条扔向桌面，手忙脚乱中，年糕板翻面的和声里，我将印有花纹的年糕条，敲上红红的梅花印记。

姑姑麻利地印着年糕，脸上堆满笑容："乡村的日子有滋有味，你表姐会喜欢的。"

母亲端上专为姑姑做的豆沙馅、咸菜豆丝馅，父亲捏了两个年糕饺递给姑姑，姑姑连呼好吃。母亲温柔的眼神看向姑姑："多吃点。"姑姑红着脸吃完年糕饺，说："嫂子，当年我……"

母亲摆摆手，打断姑姑的话："这些年我记性越来越差，很多事都记不得了。"

雨中的姨妈

下雨天，我的脑海里总会浮现一幅画面，湿漉漉的石板路，汪着水，雨中的姨妈，神情安然，俊俏的脸庞，爬满弯曲的雨水。姨妈捋了捋湿答答的长发，杂沓的脚步让雨水溅湿她的衣衫。姨妈美艳惊人，像天上掉落人间的仙女。

桥上，跑来位白衬衫青年，撑着油布伞。瞬间，姨妈的头顶笼罩一片明黄，雨水顺着伞骨滴落。姨妈瞥了眼青年，脸上泛起红晕。像是看透了他的疑惑，姨妈自顾自说："稳妥妥走路多好，跑急了，雨水冲击着眼睛，涩涩的，难受，不差那几分钟。"青年附和："雨天路滑，摔一跤不划算。"

月湖上，竹洲岛对应月岛。青年是姨妈的同学，就读竹洲岛上的二中。月岛是姨妈放学必经之路，遇老天搭错神经，临时降雨，青年快速跑回家，找出事先准备的雨伞。春夏季节，雷阵雨总爱亲吻江南，大地湿润温热。油布伞下的青年男女，神情羞涩，略带紧张，一步一步，走成了雨中一景。

读一年级的我，几次撞见过雨中的姨妈。

那年，读高二的姨妈响应号召，扎根边疆。火车站里，青年提着行李，被子四角上绑了顶簇新的黑布伞，伞柄戳出外头。看着他的样子，姨妈的俏脸露出了酒窝。

三十年后的仲春，我从海外归来，月岛丑陋的丫头脱颖成大家闺秀。我行走在月岛，看见淡绿色油纸伞，渐行渐近，伞下藕色连衣裙。儿时的记忆，复苏在脑海："雨中的姨妈?"我脱口喊出，声音飘忽在雨中。伞下的女孩鄙视我一眼。姨妈的故事，撞开我的心扉，蘑菇状的蒙古包鲜活在脑海。

　　草原上，姨妈纤细的手指夹起散发着草香味的干牛粪，塞进泥砌土灶，烧壶奶茶，就着烙饼，享用美味的早餐。当羊膻味覆盖住新鲜劲儿，简陋的蒙古包憋得姨妈心里发慌。江南妹子沦落成牧羊女，秀发起了油腻，俏脸晒出红斑。激情尚存，心已无处着落。

　　姨妈满腔的热血不再沸腾，她适应不了粗犷的草原。与牛羊为伍，话不多的姨妈愈发沉闷。夕阳埋进草原，姨妈发现丢了两只羊，众人分散行动，背雨伞的青年与姨妈一组。伞是姨妈的保护神。为置伞套，姨妈翻遍行李袋，找出碎花齐膝裙，狠心扯开，拿起针线缝制。姨妈也够娇惯，下雨天穿着塑料雨衣放牧，雨衣摩擦皮肤，颈部拱出一排疹子，梦里痒醒。姨妈宁可淋雨，也不再穿那玩意。青年笃信，是老天爷赐他良缘。

　　夜空中翻滚着乌云，洒下雨滴。青年撑开雨伞，姨妈接住伞骨滴下的雨水，叹道："连雨水都是硬的。"

　　青年碰了下姨妈的肩头："慢慢地咱就适应了。"

　　姨妈说："不愿学苏武牧羊。"

　　"总归有出头的日子。"

　　广阔天地，作为何在?姨妈喜欢"风吹草低见牛羊"的意境，亲临此景，却尝到无奈。草原上除了牛羊和蒙古包，树木难觅。人累了，雨也消停了，姨妈眼前一亮："油松。"黑布伞晾在一边，双双坐在树下，空中的月亮已挣脱出乌云。

　　姨妈顺手拔株青草，叹息："像野草一样扎根草原?"

青年说："读了十几年书，难道是为了放羊？"

姨妈说："一进蒙古包，我的心就发怵。"

"就不信大学的门，不向优秀青年敞开。"青年轻轻揽过姨妈的肩头。姨妈眸子里亮出光点："咱们一起自学文化课，迎接高考。"天穹苍茫，月儿渐明，青年搂紧姨妈，明月为他们做证，雨伞连接起孤寂之心。姨妈的双手环上青年的腰，似水的夜色将有情人包裹……月光下，青年成了我姨父。

风里雨里，雨伞下的姨妈、姨父，成了草原上一道风景。羊儿啃着青草，恋人捧着课本，寂寥的日子有了起色。

晴天一声霹雳，姨妈怀孕了。姨妈和姨父吵过，闹过，尝试过各种法子。表妹牢牢吸附在姨妈的子宫上，硬是不肯舍弃。姨妈的肚子慢慢地隆起。表妹在姨妈的肚子里挥拳蹬腿，唤醒了她的母爱。姨妈燃起希望。

若干年后，姨妈、姨父考上大学。

暑假里，我同姨妈一家，来到内蒙古寻觅旧时印迹。天空飘起太阳雨，伞下，姨妈、姨父神情凝重，请求大草原谅解他们，年轻时的无知。

从乡下来到城里的花生

别小瞧花生，俺们见识可广了，下卡车上闷罐子车，穿国道上高速进入大都市。可有件事俺始终不明白，这到底为啥？请待俺细细道来。

俺的家乡在胶东半岛，一个盛产花生的地方。俺是德强老汉亲手培育的良种，俏生生的纹路纵横身上，绛红色衣衫裹住白生生的肉体。《本草纲目》早有记载，花生香可舒脾，辛可润肺，佳品也。

老汉六十多岁，体态健朗，精神着呢。大儿子安家城里，小儿子也将踏上打工之路。

春天里，老汉去了趟城里，回时憋了一肚子气。他一脚踩在田埂上，脚底的风带起舒展的嫩叶。他毫无顾忌地解开裤扣，黄黄的液体洒了俺们一身。

"呸！"一口浓痰飞过田畦，仿佛把满腔怨气吐尽。蹲下，叨叨地收不拢嘴巴："城里有啥好，憋死人了。"都说城里的楼房有多高，此念头野草般缠在心头，儿子怂恿："去看看不就得了。"老汉真的去数高楼，数落了头上的帽子，捡起，多了几个清晰的鞋底印，外加一街鄙视的目光。

匆匆回到儿子家，像走进关动物的小笼子，老汉跟孙子挤一张床，床边挤张小桌子，转身都难，解个手更不容易。有天，不知吃了啥玩意儿，疼痛难忍要拉肚子，提着裤腰到卫生间，一推门，里面传来不耐烦的声音："人家正洗脸呢。"这一洗不打紧，足足半小时。他趴在床上，肚子闹腾得紧，汗水流了一身，耳朵捕捉动静，几次起身，推推紧闭的门，门里的声音更不耐烦："讲点规矩行不？"实在憋不住了，厨房拿了个水桶，关紧房门做个了断。门外"吱呀"一声，蹑手蹑脚做贼似的拎起水桶，冲进卫生间，"哗啦啦"一下。"一屋子臭气，这日子咋过！"城里媳妇捂着鼻子冲进房间，"砰"的一声，墙上的画框震落在地，一地碎玻璃看着他狞笑。

老汉落伍了。年轻人眼中的城市，肯定不一样！俺偷偷地笑。

收获的日子，老汉和他的儿子把俺们从地里拽出，放进大水槽，洗了个冲浪浴，通体一个爽啊。老汉抚摸着俺的身体，见一粒土屑嵌在外套，他又拿起了水龙头。

晚上，父子俩帮俺们穿上麻袋做的外套，送往滨海城市。这一刻，俺的心怦怦乱跳，像新娘即将远嫁。

翌日，老汉送俺们上车，自豪感与不舍纠集在脸上。

来不及观赏城市风光，却被送入一间硕大的仓库。几个装扮入时的城里人，打开麻袋，抚摸着俺们的身体，顺手脱去姐姐的衣衫，竖起大拇指称赞："罕见，红衣白肉。"俺在心里祈求："快带俺们逛街去吧。"

俺们又被扛上大卡车。车子在颠簸中停下，眼前断壁残垣，城中村？废墟尽头有一个仓库，几个小伙将俺们扛到地上，俺探出脑袋，库房中央有个泥塘，黑漆漆的，丑陋无比，心里颇感不爽，难不成再种俺们一次，不可能！屋子里哪有明媚阳光，又何来和煦春风？

猛然间，俺们被推入泥塘，湿漉漉的泥浆包裹一身，一股味儿直袭心胸，下地狱？俺忍不住干呕几下，心里诸多不适。猛然间，几大袋泥土纷纷扬扬，覆盖住泥塘，压得俺快要窒息。嫌俺们太过干净，还是怕冻着俺们？兄弟姐妹猜测着，俺挺挺胸挪开泥土，一丝空气直沁心扉。泥塘边几位小伙一脸茫然，手持棍棒上下搅动，可怜我七魂丢了三魄，心一阵痉挛，没了知觉。

醒来已是清晨，眼睛如蒙了层黑纱，竟有复来人世的感觉，摸摸身上的泥块，揉揉眼睛，瞥一眼兄弟姐妹，全一副德性。一股浓烈的腥味袭来，满眼红男绿女，吆喝一声高过一声。"刚出土的花生，新鲜又好吃，快来买！"大叔手拿木铲声如洪钟，俺回过神，城里的菜市场？手提篮子的大妈踱到摊前："称些花生。"大叔手脚麻利，一铲子把俺们铲进塑料袋，往秤上一丢："两斤多一点。""花生上泥实在太多。"大妈摇摇头。"泥不多花生咋能新鲜？"大叔笑呵呵解释。

"泥土是重新糊上的。"俺大声疾呼，无奈没人听得懂。

接下来，得重新清洗……此事，俺不懂。那个拌泥土的小伙也迷茫，他就是老汉的儿子，与俺一起从乡下来城里。

此刻，昨日的情景恍如眼前，耳边响起小伙憨憨的声音："洗干净的花生，为啥要糊上泥土，城里人吃饱了撑的？"

春　苗

　　山梅是村里的赤脚医生。

　　与农家丫头一样，她有个喊得应的名字，上学时老师不知有意还是无意，把"三妹"写成"山梅"。

　　十八岁的山梅，虽乡野打扮，却出落得俊俏。山梅梳着一刀齐的短发，红丝带缠一绺发丝往右边一扎，套件红格子外衣，背着药箱穿梭于田间山岙，如雪中红梅蓬勃着。村人眼里，山梅是全科医生，样样都会，谁头疼脑热、拉个肚子什么的，她都会背起药箱赶来，哪怕是半夜。

　　山梅心气高着呢，她要去城里当真正的医生。培训班里，就有医生捏着山梅的手："这手小巧绵软有力道，天生为妇产科预备的。"

　　那年春天，夕阳像熟透的红柿子，挂在山岙，姑娘媳妇们搬来长凳椅子，占好了位置，晒场上放映着《春苗》。银幕上，春苗背着药箱走来，小伙们的眼睛齐刷刷瞥向山梅："春苗，春苗！"

　　媳妇们惊奇，她们走路的样子也像，活脱脱一个春苗。姑娘们在妒忌中你推我搡。

　　此刻，山梅一脸羞涩。年初，赤脚医生培训班的领班是卫生院副院长，一个散发着好闻味道的英俊男人。他说："山梅像极了春苗。"

山梅最怕针灸，一碰那两三寸长细细软软的针，心慌手颤抖，扎进人体穴位，还得不停捻动，太邪乎了。"放松，别那么紧张，就像电影中春苗那样。"副院长轻松地将银针扎入自己小腿的足三里穴。抬头说："就这么简单。"一次闲聊中，副院长说："有没有人说你像电影里的春苗？"山梅脸若桃花："我不知道。"

山梅去镇上进药品，从医生们的口中得知，副院长单身一人。山梅的心如沐浴了春风，荡漾开来，像是被人偷窥了心里秘密，慌里慌张的她转身离开，却与来人撞了个满怀。"山梅，是你。"男人的眸子里全是温柔，四目相视，山梅的心怦怦乱跳……日子在憧憬中过去。一想到这些，山梅的脸又红了。

山梅的心大着呢："迟早我会走出小山岙。"

一个春光明媚的午后，山梅踏进一间温馨的宿舍，好听的男中音唤道："春苗，春苗。"男人唤山梅为春苗。

男人握着山梅的手，说："卫生院招收有经验的赤脚医生，我留了个名额。"话没说完，已揽过山梅的纤腰，炽热的唇贴了上来。一股电流袭遍全身，羞涩中的山梅，心底开出朵红玫瑰，头脑里浮现一袭白衣的自己，坐在明亮的窗户边，听诊器按在病人的心脏，"咚咚咚"的心跳声让她陶醉。沉醉中……男人一脸满足，山梅的脸如桃花般芬芳。

山梅心如秋日的湖泊，泛着涟漪。期盼中，没等来成为白衣天使的消息，身子却发生了变化，慌乱中跑去医院找他。"看似那么儒雅的一个人，原是披着羊皮的狼。"一听就是内科女大夫轻柔的声音。"多少姑娘遭其猪手，报应啊，被贬到深山老林，也是他活该！"护士小刘尖锐的嗓音似划玻璃般难听。山梅瘫倒在地上，脑子里一片空白。

　　忍悲痛回到医务室，山梅找出孕妇禁忌药。对自己说，没有过不了的坎。此时，当医生的念头更加强烈。

　　体内的小生灵有意与山梅作对。山梅翻遍了赤脚医生手册，寻来夹竹桃叶子，再找些桂枝，煎在一起，狠心服下……

　　若干年后，着一袭深绿手术服的山梅从妇科手术室探出身子："谁是病人的家属？失血过多，需要抢救。"一个四十多岁、打扮入时的男人迎了上来："我是。"一刹那，山梅的心像被蝎子蜇了一下："你？"男人略一愣神，忙点头签字。合拢本子，山梅心里思忖，敢做不敢当，连假名都用上了！径直走向手术室。

　　一股无名之火蹿上山梅的胸口。该死的家伙，秉性不改，勾引妙龄少女，弄出个宫外孕，还假装镇静，好在送得及时。这个败类，几年前听说他辞职下海，做医疗器械生意。看他人模狗样的打扮，成了有钱人，愈发把自己当回事了。山梅的手微微颤抖，脸色由红转白。手术器械的碰撞声，将山梅拽回现实，一上手术台，山梅的心归于宁静，无影灯下，绝不能出一丁点儿差错，敬重生命才是最重要的。山梅告诫自己，这次绝不例外。

　　手术台上，年轻的女孩醒了。山梅轻轻地舒了一口气，脸如晨曦中的山茶花。

清　泉

"渴死鬼，我给你送水来了。"黄土坡上的墓地里，三个水壶排列在低矮残缺的坟碑前，老太太提起水壶，缓缓地洒向坟头。银丝遮住了老太太的脸颊，浑浊的眼泪将额前的白发湿成一绺。

"死鬼呵，你一直在我的梦中喊渴，每年给你送水，还没喝够？怪你笨，也怪你狠，让我这么多年一直牵挂你，老喽，该是最后一次了……"老太太放下水壶，撩起衣襟，抹了下昏花的双眼，手扶坟碑慢慢地起来，坐在坟边的石头上。春日的阳光灿烂，她眼睛眯成一条缝，沟壑丛生的脸颊有了层暖色。唉！一晃五十多年过去了。

那个时候，她清秀水灵，是村里最美丽的姑娘，有一个好听的名字：清泉。那年头，孩子的名字总爱与水沾点边，比如水英水强什么的。离沙漠近，村子里常有勘探队的青年过路或借宿，一来二往，清泉与长相英俊的小伙对上了眼。小伙有一副火热心肠，一手驾驶绝活。

清泉的心像灌了蜜般甘甜，梦里也会笑醒。小伙手脚利索，勤快又有亲近感，妈妈如含了个核桃，笑得合不拢嘴巴，找人择了吉日，好将女婿迎进家门。

车来车往，日子如梭。小伙又要去玉门。黎明前月色柔和，踩着一地星光，清泉拎着沉甸甸的蓝花布袋子，心也沉甸甸的，如壶里的水，晃荡不安。离别时辰将到，情到深处反而无言，一切尽在不言中，他捏紧她的纤手，吻住她的红唇，驾驶室春意荡漾，天边的月亮羞红了脸。

一羽黑如绸缎的乌鸦落在坟前的胡杨树上。老太太蓦地一凛，颤巍巍站起来，佝偻着身子拿起第二壶水，轻轻地洒在黄土里。说："你一定恨我，恨我不给你多灌两壶水。穷家富路，我何曾没有，可惜你一直亲近我，哪顾得上？也曾敲着坐垫暗示过你，谁知……要搁今日，打个手机不就完了，命啊！"时隔多年，当时的情景如在眼前，她将糕点一一供上，点上三炷香。香气缠绵中，老太太双眼模糊起来。

袅袅的烟雾中……小伙看着老太太说："来了，一眼就能认出你，只是额角上多了道疤痕。我不恨你，只怨自己粗心。那天，车子抛了锚，我拍尽水壶，喝完最后一滴水，寻遍驾驶室的各个角落，焦急中瞧见车窗外一棵胡杨树，枝杈上的绿摇曳西风。那里肯定有水！我放弃寻找匆匆跑去，双手撬开沙子，湿漉漉的，信心大增，体力慢慢耗尽，口渴得紧，我捧一把沙子塞进口中，一刹那头晕目眩，眼前一黑撞进沙里。冥冥中认定，水壶在那个地方，已无一丝力气……命该如此！"

老太太衣袖揩了下眼泪："你一点没变，我却老成这个样子啰！我是有孙子孙女的人啰！"往事浮上心头。

婚期将至，村边黄土坡，乡间公路，留下了清泉一串串孤独的脚印，看着一辆辆车子飞驰而去，拦车打探他的信息，只有西风呜咽。猛地，心无来由"扑通扑通"乱跳，一种不祥的预感侵袭心头，没找到水？"咔嚓"一辆卡车横在清泉的眼前。

车子载清泉到大漠，天地昏黄乱云飞渡，一辆小半截埋进黄沙的卡车，一棵没了叶子的胡杨，寂寞在沙漠。树下，貌似有个孩子扑倒在沙里。走近一看，心彻底碎了，满嘴细沙，双手插进沙里的风干了的人儿，竟然是他！衣襟上的纽扣是她临行前所缝。清泉发疯般跑向汽车，不知哪来的力气，一把打开车门，掀开驾驶室坐垫，两壶水原封不动。她崩溃了，抓着胸口号叫："是我害了你！是我害了你呀！"一头撞在车窗上，鲜血顺着玻璃流下，渗透进黄沙……醒来时，娘说："人走了，你有爹娘，还有两个妹妹。"

往日灵巧的清泉，半天说不上一句话。嫁了一个大她十几岁的男人，日子如温泉水。清泉心里，猫抓般难受，白日里，脑子里冷不丁会浮现沙漠中的情景。睡梦里，小伙声嘶力竭地向她讨水喝。

老太太踉踉跄跄跌坐在地上，抚摸着墓碑说："老伴去了天堂，孩子们有了自己的家，欠你的也该还清了。"

"嘟嘚！"树上的乌鸦飞了，一片阴影消逝在正午的阳光下，老太太一脸安详，满脸的皱纹仿佛在这一刻舒展，嘴角微微上扬，缓缓地闭上了眼睛。

寻找拥抱

潜意识里，采明期待一次真正的拥抱。

十年了，采明没享受过一次真正的拥抱。也许有人会说，不就一个拥抱，也忒矫情了。

采明在微信发了一则有关拥抱的朋友圈，立马得到多人点赞，有好友留言："情真意切的拥抱，去了爪哇国。没往心里去的敷衍，干脆不要。"

采明心情大好，趁机百度一下，拥抱，多表示亲爱……关于拥抱的好处、方式，整整一版。

已过不惑的采明，结婚时成双，至今依然一对。日子如平静的湖面，泛不起涟漪，溅起朵水花都难。

采明突发奇想，去舞厅见识一回，买票，找个能探视全方位的卡座。

舞曲响起，舞者们鱼样滑入舞池，跟着音乐节奏，靓女笑靥如花，一脸风情；帅男左右窥视，寻找艳遇。采明笑自己用词不当，作践人家。偌大的舞池，总有真正相爱的情侣。

灯光朦胧，一位西装男士牵着绾着长发、抿着红唇、体态婀娜的女子，风一样飘入舞池，卿卿我我说着什么，女的双手勾住男人脖子，男的环住女子细腰，恩爱缠绵。采明联想，情到深处，眸子淬出火花，心随之荡漾，出自肺腑、发自内心而紧紧拥抱。这才是真正的拥抱。

此时，她渴望爱人的怀抱。心隐隐作痛，曾言执手偕老的爱人经岁月风化，心仿佛裹上层绝缘纸，已经漠然，拥抱成了奢侈品，望之莫及了。不大的空间，被无形之手，划分出楚河汉界。沉思中，奔放的舞曲响起，长发女子又与一小伙，搂抱着跃进舞池，看采明诧异的神情，边上的女舞者不屑："是领班，阅人无数。"人性堕落至此，看似情深，原是作秀。采明觉得自己可笑，爱已支离破碎，还巴巴地寻觅。如此的拥抱也忒廉价，采明坐不住了。

拥抱不是情侣专利。那天，采明带上妈妈最爱的散发着甜香的糖炒栗子。她将袋子往桌上一扔，说："妈，我爱你！"一把抱住妈妈，额头蹭着她的肩膀。妈妈脸红了："死丫头，还来这套。"剥开一粒栗子，塞进女儿口中。采明哑然失笑，妈妈的爱太过含蓄。

采明羡慕，对门小夫妻牵着女儿的小手，时而亲上一个、搂抱一下，脸上溢满幸福。

落寞中同学相聚，采明穿着米黄的风衣，踏进包厢。同学调侃："冻龄女郎?"初恋从对面挤过来，握着采明的手："愈发漂亮了。"心里一暖，竟有曾经沧海的感觉。初恋挨着采明坐下，她的心怦怦乱跳。

笑闹中，有人提议做个游戏，与边上的同学来个拥抱，为避免尴尬，关灯三分钟。得到大家的一致认可。采明思忖，思路也够野的。不知谁的手快，灭了灯，初恋一把搂过采明。刹那间，有种全新的感觉弥漫全身，温柔之手轻拍她的背部，一股暖流吹进耳膜，心头如揣撞鹿，手臂怯生生地环上他的腰部，心里安慰自己，这只是做个游戏。灯亮了，慌乱中推开他，墙上镜子里的自己，两腮染上桃红，杯未干，人已醉。

　　微醺中，初恋坚持送采明回家，犹豫中坐上出租车。初恋的手缠上她的腰肢，被采明一把掰开，初恋涎着脸，手复缠上，又被掰开。如此三番，车子停在宾馆门前，初恋拽着采明的手挪出出租车，笑道："人生难得几回醉。"霓虹的闪烁，让采明神志大清，使劲甩脱初恋的手："当我谁啊！"初恋不屑："都什么年代了，装什么正经呢。"

　　采明迷茫，看似温文尔雅之人，竟露出这番嘴脸，心里旋即将他屏蔽。这是我想要的拥抱？绝对不是。没有真挚情感，何来发自内心的爱。与其这样，不如守护自己一方天地。

　　采明裹紧风衣，走向家的方向。

　　走出电梯，恍惚中有一女孩扑到采明怀里："妈妈。"采明搂着女孩一脸的满足："妈妈不好，回来晚了。"女孩从额上掀下亮亮的五角星，轻轻贴在采明额头，撒娇："老师说妞妞有爱心。"采明蹲下来拉着女孩手："说给妈妈听听。"女孩说："我和明明一起滑滑梯，他从梯子上摔了下来，脸成了小花猫，我从兜兜里找出纸巾，擦净他脸上的脏东西。"采明一把抱起女孩，泪流满面："妞妞太了不起了，妈妈向你学习。"采明掏出钥匙开门，转身，哪有女孩？不过自己臆想而已。

　　有女儿真好！满满的幸福，充盈采明的心田。

吴亚原

第五辑　梦里桃花源

　　女人来到一个绝佳之处，宛若桃花源。那里的人们崇尚踏青赏花，吟诗作词。"这地方好，适合我。"女人自语。女人也学她们那样，穿双软底透空锦靿靴，着件翻领小袖齐膝袄，配上条纹小口裤，发髻绾起，步摇钗插，金灿灿的链子摇晃着春光。

缸鸭狗

深秋，一位操着浓重乡音的银发老人来到开明街，寻找老底子（旧时）汤团店。街边的大伯带他去了，拐弯到城隍庙对面，玻璃门上"缸鸭狗"的字样让老人感叹。临窗而坐，大伯手一挥，两碗汤团摆放面前，氤氲气息里，老人问："阿狗是你父亲？"大伯点头称是。

此情此景，最宜回味往事。

金秋十月，天飘祥云，鼓乐声声里，喜船靠岸。阿狗着长衫戴礼帽，喜气洋洋候在河埠头。新娘脚步轻轻盈盈，红盖头晃晃悠悠。

洞房，阿狗用秤杆挑开红盖头，新娘羞赧的目光瞥向阿狗，心里甜甜的，如吃了碗汤团。新娘姣美如花，阿狗豪爽耿直。阿狗自小与姆妈相依为命，去船上帮过工，到三北学过生意。他手脚勤快，眼头活络，学徒三年就掌握了做生意的诀窍，决定自闯一番天地。

闻着芸香味儿，新娘鱼一样滑进被窝。阿狗吹灭油灯，龙凤被里缠绵缱绻。阿狗拥着娇妻问："江家孤儿寡母家底薄，娘子竟肯嫁入？"新娘微微娇喘："姆妈包的汤团，又大又甜，娘说能包这样汤团的人，大气，包容，嫁入这样人家能苦到哪？"

阿狗纳闷:"你尝过姆妈包的汤团?"

新娘说:"大姨住你家对面。"阿狗忆起,那年大年三十,梳着羊角辫的小娘(小姑娘)来大姨家做客。年初一清晨,姨夫肚子疼得要命,汤团吃不成(宁波习俗,正月初一必吃汤团),还得赶紧瞧郎中,大姨便把她托付给姆妈。姆妈正在灶头下汤团,闻到甜香味儿,小娘咽着口水。姆妈把汤团分盛三碗,自己碗里只盛两个。看着小娘吃完汤团,阿狗又从碗里舀两个汤团给她。

阿狗笑道:"小娘原是凤秀。"

凤秀说:"自那以后,汤团的味道长在心里,我发誓做个宁波人,天天包汤团吃。"

阿狗疼爱地抱紧凤秀:"是不是天天念叨着宁波汤团,岳母才让你嫁了过来?"凤秀羞红着脸:"你是我肚子里的蛔虫?看把你高兴的。"

花烛结出并蒂,阿狗心里打起算盘。

阿狗与姆妈一合计,卖掉寒舍,加上家中的积蓄,在开明街开了家汤团店。店名叫啥呢?大字不识一个的他,一拍脑袋想到了,江阿狗。以姓名为号,说完又犯难。凤秀说:"这好办,排门上画幅画,不就成了。宁波话将'江'读作'缸','鸭'念为'阿',加只黄狗就可。"姆妈戳下凤秀的脸颊说鬼精灵。阿狗立马找来笔墨。

不一会儿,排门板上:一口盛满糯米的缸,一条攀上缸沿的黄狗,一只扑棱着翅膀的麻鸭,边上放碗冒着热气的汤团。凤秀自小爱画画,常在墙壁上、泥地里乱涂,这下派上了用场。姆妈说:"画得真像。"阿狗夸媳妇有能耐。

是夜,一家人围在一起包汤团。姆妈教凤秀,先将风过的猪板油剥去表皮,捣烂;再将优质黑芝麻洗净炒熟,舂碎去壳。白糖、黑芝麻、板油糅合一起,搓成葡萄大小的丸子;糯米粉搓捏成长条，一小段一小段摘下，揉软裹入馅子，搓成紫杨梅大小的汤团，放入团匾。说话间，姆妈将酒酿、白糖、桂花等弄妥帖。姆妈边示范边说："汤团像极宁波人的处世为人，热忱、实在、圆润、包容、开放。"阿狗说："做生意就得这样。"凤秀道："儿媳妇记住了。"

鸡叫声啼破了小两口分的美梦，姆妈早已捅旺炉子。

进来位老伯临窗而坐，叫碗汤团。姆妈麻利地把汤团倒入沸水，碗里放上适量糖桂花、酒酿。不时，白糯糯的汤团如鸽子般浮在水面，漏勺舀起盛在碗里，"加汤水。汤团一碗！"凤秀脆生生的吆喝声中，老伯咬开汤团皮子，油香四溢，甜糯滑润。一位小伙吃了汤团后连呼过瘾，随口吟出："三更四更半夜头，要吃汤团'缸鸭狗'。一碗落肚勿肯走，两碗三碗上瘾头……"一时间，顺口溜在街头巷尾传扬。

老人念着顺口溜，泪水濡湿了眼睛："在加州，耳畔常回响起少年时的歌谣，思乡之情化解不开。"

"顺口溜是您老所作？"

老人点点头："那时总爱往汤团店跑。出国后，最惦记的家乡风物，无非是宁波汤团。"品着糯润的汤团，沉浸在"缸鸭狗"的故事里。老人赞叹："老底子味道！"

老人感慨："正月初一吃汤团，成了国外宁波人的习俗。去岁我从超市觅得'缸鸭狗'汤团，终究吃不出旧时的味儿……"

只愿相随无别离

"雾失楼台，月迷津渡。桃源望断无寻处。"吟诵声戛然而止。

"诗雨，快帮娘来看看，头上是不是又长出白发了？"冷不丁，平时极温柔的母亲声音都高了八度。诗雨脆生生答应着，匆匆行向上房。几日前，诗雨在娘一头青丝里，挑出一根银发。

娘的乌发瀑布样倾泻在诗雨的指缝，诗雨最善察觉他人心里的秘密。诗雨轻轻扯下银丝，绕到娘的面前，娘的眼睫毛抖落下几滴泪珠。

"娘，不就一根白发，女儿都高出娘半个头了，长几根白发有啥稀奇。"诗雨有所察觉，不知父母之间发生何事，娘常常一个人愣神。从奶奶的眼神里，分明读出对娘的不满。

院子里桃花绽放，窗外杨柳堆烟。春光里诗雨对天祈祷：愿父母相随无别离。从不刻意留心容颜的母亲，却为一根白发纠结。这不，家里隔三岔五有媒婆模样的女人进出。不会吧，诗雨诧异，自己还在念书呢，父母不是坦言，女儿非二十岁不嫁吗？她的脸上起了红晕。她曾悄悄行至房间窃听，但厚厚的板壁，无一丝缝隙，隔绝了声音。

莫不是……这是不要了娘的命吗！诗雨柳眉骤然紧锁。

母亲心中只有父亲，娘是爹的唯一。奶奶膝下子孙满堂，嫌不够热闹？民国时期，政府提倡新民主主义。为了让女儿受最好的教育，父母送姊妹俩上了女校。诗雨在学校里，常听同桌说起狐媚子姨娘，尽使幺蛾子，好好一户人家竟像澡堂子一般嘈杂。

诗雨曾教同桌如何窥探狐媚子动向，让其露出狐狸尾巴，揪紧了不放。同桌不敢造次，诗雨在旁干着急。只叹老天不公，妇女地位低下。诗雨崇拜爹爹，说话富有诗意，他说娘的声音里富有色彩，微笑里有馥郁的气味，簌簌作响的衣裙风情万千。孰料火星飞溅到家里，遇风就会腾跃。

诗雨折进上房，娘正对着镜子出神，双手环着娘的脖子，娘回过头笑道："放学了？"诗雨娇嗔："娘，您看都几点了。"梳妆台上《红楼梦》翻在第二十七章，诗雨知道娘心里憋屈。每逢不爽，娘总是借阅读平息忧愁。

有次，奶奶不知哪来的脾气，当众骂娘心眼忒小，无大家气度。娘躲在房里翻阅一遍《红楼梦》，平复了心情，优雅地出入厅堂。还有一次，温文尔雅的爹不知为何惹恼了娘。娘像戏里的旦角，哭肿了眼睛，憔悴了容颜，侧卧美人靠，捏方绸帕，捧本书解忧。《红楼梦》像张晴雨表，测量出娘的心情。反正诗雨如此认为。

诗雨小心翼翼地问娘："爹说了啥？"娘答非所问："女儿，娘是否老了？"诗雨说："娘比玫瑰艳丽，比牡丹更有风韵。""丫头，就你嘴甜。"娘开了笑颜。诗雨打量一番娘："娘脸上有几许忧愁，眉宇间藏着心事。女儿研究过面相，说的可准？"

娘戳了戳诗雨的脸："小姑娘家懂啥，写作业去。"诗雨挨着娘坐下："女儿早就察觉了，奶奶给您施加压力，要给她儿子纳个小的？"娘一掌拍在她的手背上，嗔诧："愈发没规矩了，此话小孩子讲得？"诗雨搂着娘的肩膀说："娘的烦心事儿我懂，您不是督促女儿阅读诗书。"

娘的脸上露出欣慰："只怕你爹经不住奶奶唠叨，耳根子软了，就没了主张，谁让他是孝顺儿子。"诗雨在娘的表情里读出，再正经的男人，也经不起江湖的诱惑。

娘蛾眉紧蹙，神情黯然。诗雨心里暗暗使劲，绝不让狐媚子来伤害娘，得设法灭掉爹心中的火星。灭火星最有效的办法，就是扼杀奶奶心里的萌芽。那个嘴唇像涂了猪血的媒婆被诗雨挡在门外，用压岁钱封住她的口。

诗雨自小就迷上探秘，常倚在奶奶怀里，听她编排姨奶奶的不是，埋怨爷爷没良心。善良如奶奶定会改变主意，诗雨信心十足。

除了上学，诗雨一有空就黏上奶奶，奉上好吃的，陪她去戏园子，讲学校里的开心事，聊些尊重女性的话题。奶奶问诗雨："乖孙女，莫不是你妈妈怂恿你？"诗雨摇摇头："奶奶的心思我知道，作为新青年，倡导男女平等。"奶奶笑言："鬼精灵，就爱窥探人的心思。"

诗雨撒娇："还不是向奶奶学的，孙女只是学到皮毛而已。"奶奶笑道："愈发调皮了。"

诗雨的脸灿若夏花。

梦里桃花源

　　樱花飞影里，夜幕凝重，女人侧卧床上看书，没翻几页就迷糊起来，梦里都是春的气味。

　　女人来到一个绝佳之处，宛若桃花源。那里的人们崇尚踏青赏花，吟诗作词。"这地方好，适合我。"女人自语。女人也学她们那样，穿双软底透空锦靿靴，着件翻领小袖齐膝袄，配上条纹小口裤，发髻绾起，步摇斜插，金灿灿的链子摇晃着春光。

　　此时，走来一位羽扇纶巾的倜傥男，像极自己的男人。倜傥男语言诙谐，带着一个单反，"咔嚓"声中把女人与桃花摄入镜头。耳畔就有了"人面桃花相映红"的赞美。

　　是夜，留宿客栈，卸去步摇，除去华服，女人似乎与倜傥男相知多年，缠绵恩爱，天窗上月儿羞红了脸，躲进云层。"妈妈。"清脆呼喊声，女人一激灵，醒了。咋把女儿给忘了，起身去隔壁，梦中的女儿笑出了酒窝。

　　秀发滑过女人的肩头，散落于玉臂。女人心一凛，步摇放哪了？台面上没有，抽屉里不见，纸篓翻了个底。男人惺忪着睡眼，从床头坐起："大半夜的发啥神经，还让不让人睡了？"女人说："刚买的步摇丢了。"

　　古代女人盘发髻才插步摇，男人知道女人又梦游了。

“送情人了吧？”女人说。橙色床头灯掩饰住男人的尴尬，梦游中女人不曾注意到。愣神片刻后男人说：“大半夜的尽说梦话，睡吧。”“你才说梦话。”女人迷茫，我不是在桃花源，倜傥男去哪了？女人钻进被窝，沉睡中的她嘴角上扬，蛾眉弯弯，男人若有所思。

女人的梦在继续。客栈里，倜傥男把玩着步摇，女人娇嗔：“原是你玩我步摇，我还怪他呢。”倜傥男揶揄：“原来你有一个他。”女人思忖，装蒜，看他这副模样，少得了女人？倜傥男似乎看穿了女人的心思，食指按在鼻尖嘘了一声：“别惊醒女儿。”

妆台前，女人撸起长发，绾了个优雅的发髻，倜傥男娴熟地插上步摇：“真美，要在盛唐，让杨贵妃给你端茶，可好？”女人笑笑：“你是唐明皇？”倜傥男说：“添点乐趣嘛。”倜傥男拉起女人的手，旋转一圈，兴致十足，女儿拉着妈妈的裙摆，加入其中，咿咿呀呀地唱着跳着。女人感叹，一家子多幸福。

长长的叹息中女人醒了，盯着身边的男人，不自觉诧异，忆起梦中情节，羞红了脸。起身走向隔壁，床罩无皱褶，哪有女儿。若有所失中，女人钻进被窝侧过身子，双臂缠上男人，胸贴牢他的背脊，男人挪了挪身子，继续打鼾。

女人神情黯然，以往男人无论睡得多沉，只要女人一贴上他，必有反应。一年了，男人就这副德性。女人为自己的荒唐，深深地反思。

为维护二人世界，女人提议不要孩子，男人举双手赞同。

此时，她好想有个女儿。梦中的女儿多乖巧，她羡慕同龄人，孩子都会打酱油了，她就得为愚蠢买单了。

那天，女人生日，难得一起吃个饭。男人内急上洗手间，包里手机“叮咚”一声，屏幕上弹出女子妖娆的头像：“亲爱的，想死你啦！”女人不动声色。

窗帘缝隙里，溜进缕缕晨光。女人从抽屉里找出钥匙，悄悄打开衣橱，隐藏衣物间的保险柜正面朝着她。手不住颤抖，按几遍才听到"咔嚓"一声，钥匙插进小孔，拧开，精致的盒子，一条项链卧在其中，闪烁着高贵的金色。女人揉揉胸口，指尖挑起项链，并蒂莲挂件抖落出暖暖的温情，手指轻轻摩挲，心骤然一紧，翻过来一看，寓意结婚纪念日的数字，消失得干干净净。

　　"一生一世我爱你。"男人的声音回荡在耳边。七年了，一切变了样儿。女人瘫坐地上，泪水一滴一滴落下。

　　抽泣声惊醒了男人，诧异地看向女人。冷不防一条项链砸他头上，男人说："半夜里梦游，大清早又发什么疯？"女人说："字去哪了？"男人一愣，搪塞："谋取职位，兑换现金送礼了，这不给你补上了吗？"

　　女人无意戳穿他的谎言，顺手剥开一只橘子，丢了两瓣于口中，咂了咂嘴说："我怀孕两个月了。"

　　男人一骨碌从床上坐起："真的？"话一出口，女人把自己都惊到了。

好梦留人睡

穿越弄堂的感觉，绝对美妙。

穿弄堂，我最有经验。鞋跟叩击石板地的声响，有节奏更有回味。弄堂是城市脉络，隐蔽于喧嚣的街市。小弄深处的藏书楼，藏着书魂，掖着精灵。夏日里，穿堂风贴着墙壁吹拂，小精灵出来游荡，由此，乘凉者的叙说中，有了深深浅浅的故事。小弄尽头，是沉思的最佳所在，心情郁闷时，我靠着青灰色砖墙，一愣大半天，无人窥探我的秘密。

可叹岁月抹掉了痕迹，只能在楼与楼之间徘徊。没法子，我将穿弄堂的习惯延伸到梦里。白天思，睡前想，晚上能不做梦？脑袋一碰上枕头，梦露出诡谲的神态，幽灵似的游进我的脑袋，吸走我灵魂中的精髓。

梦里小弄，千奇百怪，亮光与黑暗交融。有时，我贴着墙壁行走，隔着砖墙听到屋子里的说话声，女人放肆的呻吟声，男人狗样的喘息声。有时候，我会双手撑墙一跃，飞上屋檐，从窗户里，偷窥寻常日子的秘密。两口子在打架，女人死命将软耷耷的枕头扔过去，蜷缩在床角的男人，嘴上骂咧咧，在裹紧的被子里腾出一只手，推排球那样猛推。

好梦令人醉。梦里我看到一位女子，着一袭白裙，鬓角别朵栀子花，风摆杨柳在幽深的弄堂，鞋跟敲击石板地，"嗒嗒"声响彻整条弄堂。墙边窗户探出一颗"杨梅头"，惊呼："民国女子。"三尺之远的我，扬起拳头，对准窗里的"杨梅头"一阵比画，"杨梅头"倏地缩进窗户。抬首，女子隐没在弄堂深处。

我加快脚步追到街口。红绿灯闪烁，小车飞驰，哪有白衣女子的身影。

心里焦急，醒了。忆起梦中之事，不由欣喜，动了春心？身体不觉有了反应，少顷，又恢复原状。哪怕有贼胆，也没了贼心。

几月前我向妻提议，要不分床睡？没想到妻一口答应。心里泛起疑虑，脸上却是从容。妻小心眼，哪有这么爽快？才过不惑的我们，分床而眠，说出去不遭人笑话才怪。别计较为好，梦才是我的期待。

夏日的晚上，我拿本书去星巴克，点了杯拿铁，一位白衣女子款款行来，眼前蓦地一亮，梦中女子？她走到我身边，驻足，疑惑的眼神看向我："我们见过？"我脱口而出："梦里？"

女子笑了："是吗？"我回答："当然。"手机里帮她点了杯焦糖玛奇朵。女子说："梦里，我穿梭于深巷小弄，总觉有一男子尾随，是你？"我呵呵一乐："这就奇了，梦里相遇，太不可思议了。"女子笑了："知音难觅。"夜幕降临，我们出了星巴克，信步走向街边小弄。

我惊奇，城区居然藏有小弄。不知何时，我已拉起她的纤手，冰冰的十分受用。深入弄堂，她已拐进巷子深处的小院。我抚摸着手指，凉意仍在。拍了下脑袋，死脑筋，连手机号码也没索要。

翌日晚上，我又去星巴克，对门而坐，刷着手机。纸杯里的拿铁只剩下一口，咖啡厅的座位空出了大半，揉揉涩涩的眼睛，走进公园里的长廊，小弄去哪了？我转向另一边，一条幽静小河，栏杆上倚着几对情侣。对面，高楼一幢挨着一幢。

心一阵悸动，碰到鬼了？不会吧，梦游了？也不可能，公园离我家步行要个把小时。我打开手机，昨天的微信账单了然。

我发动汽车引擎，驶往家的方向。

倒在床上，捂一捂凉飕飕的背脊。把昨天的事细想一遍，除了记不清女子容颜，再无新的发现。拿本书催眠，不一会进入了梦乡。我又潜入幽深小弄，微风吹来浓郁的芳香味儿，我抽动鼻翼，前方白衣女子鬓边的栀子花夺目。我紧赶几步，向她索要了电话号码，录入手机通讯录。

闲聊中，我将昨晚的遭遇叙述一遍，她说："怎会呢？没找对地方吧，我一直住那儿，舍不得搬家。""可能吧。"我也怀疑自己。我们手拉手，不觉来到昨夜所在，一样的小弄，一样的院子，看来是我迷糊了。醒来后，我打开手机，通讯录里，新增一个号码，只是少了两位数字。

星期天，我泊好车，寻觅记忆里小弄，沿着公园长廊前行，走进一处院落。有石碑伫立院中，一张女子照片，镶嵌碑中，年代悠久，看不清容颜，鬓边栀子花依稀可辨。

怀着崇敬之心，我对着石碑，深深一鞠躬。

新月如钩

摆脱了难缠的主，又嫌丫鬟嘴碎，月光下，新月黛眉微蹙，眸子里泪光点点，迷茫地走向后院。影影绰绰的树荫下，小少爷背影洒脱。新月蓦地止步，小少爷转过身子，说："表妹既然来了，不妨坐会儿。"新月站也不是，走也不好。

"表妹过得可好？"小少爷语气里满是怜惜。

"挨日子罢了。"新月哽咽着扭头离去。院子里，有多少双眼睛盯着自己，巴不得你弄出点动静，掺杂进油盐调料，咀嚼起来才带劲。

静夜里，小少爷吟诵低沉："……七八个星天外，两三点雨山前，旧时茅店社林边，路转溪桥忽见。"新月脚步犹豫了下，身子隐没进院墙。

辛弃疾的《西江月》，新月最爱，也是他的最爱，年少时，他俩将村边小树林、樟溪河上小桥，称作"社林""溪桥"，多少次溪桥相会，学戏中人折扇轻展，衣袂翻飞，童音婉转间眼神迷离。此时，虽一墙之隔，却如隔天涯。独倚墙角，溢满喜气的婚约，闪出新月脑海。

儿时，听母亲说起，身为府上姨太太，姨妈未曾生养，将丫鬟生的小少爷收在名下。长大后，新月将成为小少爷的新娘。大少爷成亲那天，姨妈拉着新月的手动情地说："长得愈发可人，早点嫁过来吧。"羞得新月脸红到耳根。

婚约是啥样子？好奇心促使新月，悄悄去母亲的房间，"怦怦"心跳中，揭开盒盖，绛红色的婚约静卧盒底，轻轻展开，几行字映入眼帘："小儿清风，小女新月，定于民国二十年五月完婚。"父母签名工整严谨。新月脸上腾起红晕，贪婪地多看几眼，将婚约贴在心口，想象一年后，与表哥执手相拥，胸口如揣只小兔，乱蹦乱窜。

花园里春光明媚，小少爷采朵桃花别上表妹的发间，红着脸轻呼："妹妹。"新月笑靥若花，轻声道："啥事？"小少爷嗫嚅："我见到了婚约。"新月粉脸含羞，莲步轻移，背后灼灼目光，刺得心头暖酥酥的。

不久，贤淑的大少奶奶失足落井，出殡那天，轮椅上的大少爷，捶胸拍腿痛不欲生，世上竟有如此痴情男子，腿脚冰凉心却是炽热。

岁月悠悠，相思绵绵，鸳鸯枕已绣成，并蒂莲尚差一朵。好日子渐行渐近，新月如泡在罐里的蜜枣，整个儿透出甜美。

一个月圆之夜，父亲一场豪赌，输尽荣华富贵，还输掉了人的尊严。新月抱着未绣成的并蒂莲，与母亲一起扶着衣袖裤腿尚滴着血的父亲走进柴房。母亲泪流满面，从柴堆找出妆盒，紧紧捧着，如捧着一家希望。

清晨，姨妈步履匆匆踏进柴房："妹妹婚约何在？"母亲颤抖着手，从妆盒里拿出婚约，姨妈笑声诡异，一把夺过婚约，十指翻动，纸屑雪花般飞满柴堆。

母亲昏倒在地，姨妈鄙视的目光瞥向妹妹，扭着肥硕的腰肢扬长而去。

母亲带新月去找姨妈，姨妈说："只要新月肯嫁到府上。"母女俩蒙了。姨妈轻轻一句："给大少爷做填房吧。"一声闷雷，击得新月眼前一黑。姨妈不失时机地甩出一句："救人要紧。"新月从心底迸出"好"字，力气随之荡尽，倚在母亲身上："女儿嫁给大少爷，娘该高兴才是。"

"娘，我与新月有约在先。"小少爷从房里跑出。

"婚约呢，拿来我瞧。"

小少爷匆匆跑回房间，翻遍妆台抽屉都寻不见。一句"非表妹不娶"，冲出门外。

小少爷含恨北上，新月嫁到府上。

月夜相遇，令新月辗转难眠。一年来，过的啥日子？半身动弹不了的大少爷，难行男人之事，但手特别能动弹，折磨女人的方法诡谲。听丫鬟说，大少奶奶自寻短见而亡。新月周旋在男人身边，处处设防。深夜的书房，是新月的阵地，泪水浸润进日子里。

深夜，男人鼾声如雷，新月回到书房，噙泪书写苦楚，叙说爱意。泪眼蒙眬中，小少爷着月白长衫，向她行来，一声新月，叫得回肠百转。小少爷拉着表妹的手："一年来，我在心里演绎过千百种溪桥相遇的情景，却无花园里那种。"

新月递上信纸，似将自己提交，小少爷脸色慢慢红润，声音呜咽："与你相比，我的苦不值一提。"一把拥过新月，吻净她脸上泪珠："没了婚约，我一样娶你，明月可以做证。"相思融化在心跳中……轻轻推开他。"走吧！往后的日子长着呢。"牵牢的手不忍分开。

望着星空，惊喜中新月自语，这一切都是真的？天上明月皎洁，星星调皮地眨着眼睛。

离　别

电视剧《潜伏》一播放，就让柳叶爱上了。

夜幕凝重，沉浸在剧情中的柳叶，不禁翻开宋词："……杨柳岸，晓风残月。此去经年，应是良辰好景虚设。"吟诵中，柳叶不能自已，此去经年，喜欢宋词的女人都将离去，你仍不记得归来。六十年了，我独对你风情万种。

那年，鹅黄的柳叶染成翠绿，淅淅沥沥的春雨，浸润进小城角落，巷子里的石板路湿漉漉的。柳叶的心，也像被雨水浸湿，提不起兴致。

酷爱诗词的她，竟写不出别离词。薄薄的词谱，压得她喘不过气来，精灵似的词牌，在脑子里乱蹦。子夜，偶尔几声狗吠，打破了宁静的夜晚。枕边响起国梁轻微的鼾声。

嫁入府上不久，国梁去沪上经营一家药房。将百草堂交予柳叶打理。国梁这一出行，柳叶的心不能着落，高高地悬着。

夕阳下三江古渡，熙熙攘攘。国梁悄悄一句："我会惦记着你。"柳叶俏脸腾起红晕。目送他背着行囊，登上甲板，他展开她写的《采桑子》，大声念道："与君一别相思苦，柳叶娉婷，劲草擎缨，独倚栏杆盼月明。"国梁会心一笑，如炬的目光锁定柳叶，挥手："等我归来。"柳叶踮起脚尖，摘下颈上红丝巾挥舞：

"写信哦。"波涛里轮船成了黑点，柳叶揉揉发涩的眼睛，落寞如水一样袭来。

春末的一个清晨，百草堂走进来一位着长衫的青年，看柳叶手捧《宋词》，探问："'杨柳堆烟，帘幕无重数。'书中可有欧阳修的《蝶恋花》？"柳叶嫣然一笑："庭院深深深几许。"柳叶将青年让进里间，青年从鞋垫下取出一张纸，递与柳叶。

柳叶双眸起雾，一首《雨霖铃》寄托别情，夫君的词里隐藏着数味中药，末尾的感叹号惊人。柳叶为难："少了大血藤、穿心莲，我去别的药房匀下。"青年拱手："有劳你了。"

柳叶跑遍了城里药房，无果。

星月当空，柳叶约上青年，与父亲一起徒步去二十里外的凤岭，父亲的好友陈叔在那开了家药房。出城不久，崎岖的小路上，行来一小队国军，领队的问："这么晚去哪？"父亲哈下身子回答："刚刚得知亲家病重，带小两口去探望。"领队手一挥："还不快走。"柳叶心里思忖，要是国梁在该有多好。

敲开药房大门，陈叔打着哈欠一脸惊诧，柳叶拱手道："不知叔叔可有穿心莲和大血藤？"陈叔从里屋搬出药材："此药奇缺，日前，正好雇山民采了点，匀些吧。"

柳叶说："叔叔，全给我吧，沪上急用。"一想起国梁，柳叶眸子里闪着光亮。父亲一旁帮腔："老弟你就应了吧。"陈叔低头包好药材。

翌日清晨，父亲带着青年扛回两袋大米，把药材裹入其中，坐船回城。所幸没被查出。

宋词气息挟裹着药香味儿，日子远去。

不知为何，沪上的药房转让。有才华的国梁上任国军司令秘书。

新中国成立前夕，部队开拔台湾，途经家乡，国梁挤时间回了趟家。夫妻相拥，道不尽离别之苦，叹时间太过短暂。柳叶不禁问道："药店为何转让？"国梁说："个中隐情也不言明，我以别种形式潜伏在敌人心脏。黎明将至，照顾好自己，迎接新中国的曙光。"

柳叶点点头，不知何时才能相见。眼泪如断了线的珍珠。

执手相看泪眼，国梁握紧柳叶的手，不忍松开，一瞥腕表，生生放手，迈着正步离去。柳叶追出巷子喊道："国梁，我等你归来！"一辆吉普车载着夫君绝尘而去。

茶壶里的水"咕噜噜"冒着泡儿。柳叶泡一杯菊花茶，拽自己回到现实。两岸开禁多年，夫君迟迟不归，莫不是组了新家？她深信他就在那个岛上。每年春天，她都会去厦门，静静地站在沙滩上，隔海相望，将心中的思念说与海风。

柳叶关心台胞的消息，几次跑上海，询问夫君的下落。一次次乘兴而去，失望而归，愁絮如家乡的小酒，连绵不绝。

满头银丝的柳叶，一遍又一遍看《潜伏》，她将余则成当成了夫君，渐渐地与他对上了话。冷不丁她会发问："国梁，你在那边过得可好？归来吧！"

电视翻看中，岁月更换。"多情自古伤离别，更那堪，冷落清秋节！"柳叶靠在沙发上吟诵。不知多少次，柳叶目送余则成踏上机场，就如当年目送国梁远去。

戏里芳菲

　　芳菲爱戏，越剧《红楼梦》不知演过多少台，在家乡倒是第一次。水镇人眼尖耳敏捷，哪个角儿唱错个词，会笑话上十天半个月。

　　是夜，廊桥边人涌如潮，樟溪河小船汇集。紧锣密鼓中，芳菲扮演的林黛玉闪亮登台，黛眉微蹙，明眸迷离。浑厚柔美的音色，委婉动人的唱腔，若山谷里的清音，风卷翠峦，音旋野湫。

　　林妹妹一颦一笑，带出世家小姐的风范，轻轻一个回眸，眼睛里淡淡的忧伤，乡人看了揪心、怜爱，还有种莫名的感动。人们的心被芳菲演的林黛玉牢牢抓住了。

　　"活脱脱一个林妹妹。"台下，不知是哪位小伙的喊声。

　　刹那间，鼓掌声盖过喝彩声，一浪高过一浪。面对乡亲，芳菲更是用心，一曲《焚稿》演得肝肠寸断，唱到"如今是知音已绝，诗稿怎存"时，更是悲怆激愤的唱腔，戛然而止，人物的情绪渲染到极致。最后"只落得一弯冷月葬诗魂"更是唱得婉转抑扬，将凄凉付之冷月。水镇人心目中的林妹妹，莫过于此了。雷鸣般掌声中，帷幕徐徐合拢。

　　水镇沉浸在亢奋中。街上，姑娘们遇见芳菲一脸惊诧，戏里戏外都像林妹妹，行动乃似风拂柳。小伙们目光里淬出了火花，一声声"林妹妹"呼得意味深长。男人们说世上竟有比仙女还好看的妹子。那泼辣的妇人揪着男人的耳朵:"饱饱眼福罢了,谅你也不敢有什么其他想法。"芳菲俏脸娇羞,袅袅婷婷走向廊桥。

对着廊桥,芳菲愣神。月光下,母亲牵着她的小手,多少次从桥上走过。那次看完演出,芳菲对母亲说:"长大后,我要像戏里的姐姐那样,演林妹妹。"

母亲曾是戏班子里的台柱子。在母亲的熏陶下,三岁时,芳菲就会唱《红楼梦》里的《宝黛初会》,母亲高兴之余,嘶哑着声音夸赞:"丫头是块唱戏的料。"

那场战争,让芳菲成了孤女。

刚穿上戏服那阵子,芳菲的脑海里常常浮现母亲临终前的眼神,小小的她穿上母亲的戏服,长袖善舞,衣袂翻飞,"冷月葬诗魂"中,母亲永远地闭上了眼睛。从此,学唱戏的念头在她心里恣意生长。

邂逅戏班子,对着众多的戏文人,芳菲眼神儿娇羞,兰花指轻盈,一曲《宝黛初会》唱得缠绵悠扬:"只道他腹内草莽人轻浮,却原来骨骼清奇非俗流。"让师父大为赞赏,直言是可琢之玉。

杨柳岸,晨曦初露,芳菲依照书中细节,一个动作,几多娇嗔,模仿上百遍;夜幕凝重,油灯如豆,芳菲坐在窗前,一支纤笔,几张薄纸,学林妹妹的样子写诗填词。

台上一分钟,台下十年功。连续几台《红楼梦》,醉倒了乡人。

读过书的芳菲,戏中词,大凡喜爱的,听过一遍都能记住。枕边的《红楼梦》,让她痴迷。睡梦里,她都在思索诗的韵律。她将自己深深融入,觉得自己离弱不禁风尚远。晚餐时,她把盘中食物匀一半给师姐。师姐说:"小蛮腰够纤细了,莫不真想修成林妹妹的模样?"芳菲眉眼儿一睃:"怕师姐演的小生,体态不够强健。"师姐嫣然一笑:"尖刻词儿出自你口,想生气也不成。"

吊嗓子念台词,塑身段练唱腔。婉转的越曲里,翻飞的水袖中,芳菲长成了林妹妹模样。

芳菲演的林妹妹婉约动人,清丽脱俗,倾倒一城戏迷。一次排戏中,演宝玉的师姐不知为何竟将《读西厢》的台词"像这样的好书,老爷却不许我读"中的"书"念成了"事","读"念成"做",大相径庭了。芳菲一脸正直:"师姐,你是宝玉,只能想林妹妹,其他一概不许哦。"师姐脸上腾起红晕,指头戳了一下芳菲的粉脸:"伶牙俐齿的丫头,损人且让人无从反驳。"芳菲笑得花枝乱颤。边上的师妹调侃:"戏里戏外,使惯了小性子,谁让人家是公认的林妹妹。"

想到这里,芳菲扑哧一笑。

水镇最后一场戏,还演《红楼梦》。演到《黛玉葬花》,芳菲悲世态炎凉、人情淡薄,唱到"质本洁来还洁去,强于污淖陷渠沟"时,一股发自肺腑之气,荡尽了她的精气神。紫红色的帷幕,掩盖住晕倒在地的芳菲。

芳菲为自己感叹,她饰演祝英台,赢不了如潮掌声,甚至能听到票友们揶揄:芳菲的祝英台演得不过瘾,总有林黛玉的影子。芳菲清楚,演着演着,总会由着性子来,很难控制住情绪。

莫非自己来世上,原本是为了演好林妹妹?

离魂草

曙光初现，松峰山秋叶璀璨，鸟儿啁啾。古老的羊楼洞醒了。

小街上马蹄嗒嗒，川生一拽缰绳，脑后黑辫子一甩，纵身跃下马背，稳妥妥踩在青石板上。

肚子唱起空城计，川生将白马拴在街边老树上，踏上台阶，正与小店出来的少女撞了个满怀，纸袋里点心滚落一地，便宜了街头流浪狗。少女美目一瞪："你没长眼睛！"川生连声道歉："小生不是有意冒犯，小姐请谅解。"眸子对接，少女羞红着脸跑回小店，挑了几样点心，川生抢着付钱。

少女回眸一笑离去。川生叫一碗酸辣汤、几个肉包子慢慢享用，心里抹不掉少女娇憨的模样。

成了小店常客的川生，方知少女为玉川茶庄三小姐香草，生性泼辣。一来二去，便有了交往。

秋日下午，吊脚楼下，川生一袭白袍，行往松峰山下。翘首观音泉边，淡绿色衣袂飘逸，渐行渐近。行至泉边，香草示意川生上山。

松峰山上，无了拘束的香草不禁吟出："羊楼古巷青石幽，洞庄百年木楼秋。千载修得茶香绕，观音泉韵洗风流。"集景色与茶韵一体，将洞庄茶号嵌入诗中。饱读诗书的川生连呼好诗。香草神情黯然："诗好，景色美，人未必都好。"

川生疑惑："此话怎讲?"

"小女子自小有了婚约。"

"是谁?"川生慌神。

"洞庄茶号边上的大户人家。"

"小少爷?"

香草默然。

"绝对不行!这个公子爷,人长成竹竿子一根,却花心十足。"

香草眼里起了雾水。

"跟我浪迹天涯?"川生目光里淬出火花。香草眸子里有了星星点点。川生拉起香草手:"等着我。"红晕染上了香草的俏脸……

马蹄声中,已到年底。川生归心似箭,星夜策马飞驰。

翌日,小店里,川生的目光直视窗外。猛听邻桌大爷说:"清风茶庄小少爷病情加重,要娶亲冲喜。"清风茶庄?川生走出门外,行往玉川茶庄。

一听订购茶砖,伙计来了精神:"咱家的茶以老青茶为原料,观音泉水为源,泡在杯中色泽青褐,浓郁馨香,且能化腻健胃,御寒提神。科尔沁草原的皇亲国戚最爱喝咱家的砖茶。"川生点头签约,无意一问:"听说府上大喜?"伙计诡谲一笑:"遭罪哦,冲喜。小少爷染上花柳病,命在旦夕,腊月廿五迎娶三小姐。"

"还有五天。"川生默念着,不知如何迈出茶庄。咋办?绞尽脑汁,想不出办法。川生本已决定春天里借马队兄弟掩护,带香草离开。如今马队北上,怪自己患上风寒,路上耽搁了几天。

川生的心像灰蒙蒙的天空,无一丝云彩,嘴角燎起水泡。鼓起勇气踏进柳府,老爷见川生微微一怔。川生直言:"我要见三小姐。"

老爷说："小女将成婚，外姓男子不得相见。"

"您把女儿推向火坑？"

"婚约在先，不得违背。"

"我要娶香草。"

"不能乱来。"

香草挣脱开丫鬟的手，自房里跑出。两月不见，香草面容憔悴，人瘦了一圈，她对川生说："获悉马队北上，我心都碎了，怕你忘了誓言。"川生道："此生相守，执手偕老。"香草牵起川生的手双双跪下："爹，让我跟川生走吧！"

老爷摇头："做人得讲诚信。再说，胳膊拧不过大腿，人家势力大着呢。"香草一咬牙："再不成，还有一死。"川生盯紧香草："不如一决雌雄。"闻言，老爷心定了。女儿早就央求过父亲，这些天他一直关注川生。听女儿说起，川生父亲曾是朝廷命官，因进谏惹怒龙颜，株连全族，发配边疆。从此，川生策马扬鞭于茶马古道。老爷看小伙实心眼，合意。他扶起川生："小子，日子照旧过，别被人瞧出破绽，到时我会通知你。"遂吩咐家人，红红火火办婚礼。

腊月廿五，迎亲队伍浩浩荡荡开出小镇，行至观音泉边，猛然间一阵大风，刮得抬轿人晕头转向。蓦地，山坡上出现观世音，拂尘一挥："香草姑娘为离魂草转世，时机已到，收回天庭。"山脚下闪出白袍人马。

原来，昨夜老爷找了川生，说出策划好的一切，迎亲队伍转道观音泉，借口新娘为新郎许愿。到时，观音一发话，便让川生带上香草立马走人。天赐良机，一阵大风如及时雨，川生香草相对而笑，朝天一拜，骑上白马潇洒离去。

从此，羊楼洞人将最好的茶叶，储在竹楼上泉洞里，用观音泉水冲泡，香气四溢，称为离魂草。

书　魂

　　新月弯弯，我游荡在记忆中的弄堂。月朗星稀，我徘徊于空无人迹的小巷。我步履轻盈，体态婀娜，发髻上别一朵栀子花。

　　白天，我在古老的书楼里，撩开书的锦衣，在其细腻的肌肤里，揪出肉眼难以辨别的书虫。一日复着一日，心比止水还静。

　　很多很多年前，我在梦里穿过长长的弄堂，飞进巍峨的书楼，站在古老的书橱前，翻阅厚厚的线装书。历史的笔墨，成就一幅幅画卷，重叠交错，抹不去岁月的痕迹。

　　那年，院子里的栀子树，在初夏的阳光里，轻轻绽开淡绿色的花苞。我搬条矮凳站上去，挑朵最美的别在发髻，馥郁味香了整条弄堂。闲时，我用晾干的花瓣制成书签，夹在书中。

　　我在父亲肩头笑闹："一屋子书香气。"

　　父亲道："女儿说话离不了书。"

　　我说："要将书香味儿浸润进孩子们的骨髓里。"

　　我在女校教书，父亲说我手执教鞭的样子，颇有魅力。我爱诗书，宁静的书房却拴不牢我的心。我向往藏书楼，哪怕转悠上一次也好。我央求父亲，他说祖训岂能违背。父亲说过，藏书楼的钥匙在各房手中，聚齐才能开锁，非大事不能进。无望中，我将渴望融入梦里。

睡前祈祷了千百次，梦的翅膀，载着我飞向神圣的地方。

月色朦胧，我踏进神圣的藏书楼。令人敬重的梨洲老人（黄宗羲）站书橱边沉思。我惊呼："梨州先生。"他一愣，放下手中的善本惊诧："女子岂能上楼？"

我笑言："为何不能？"

他叹道："尝叹读书难，藏书尤难，藏之久而不散，则难之难矣。"

我说："一句一个难字，也只有梨洲先生能体会。"

"见过楼里的藏书，就知道有多难。"说话间他已离去。

我对着他的背影喊："女子为何不能上楼？"

拐角处撞来一句："自己悟去。"

我被自己的喊声拽醒，梨洲老人所言极是，不难哪有繁复的规矩？何来书藏古今？

我的小书房中的千余本书，已够我折腾。一出梅雨季，我将书搬到院子里，一本本晾晒。我一页页翻查，修破补损。我在毒辣的太阳下，查看阅读留下的痕迹，一条条画线，令我有重读的欲望。母亲递给我一方凉手巾，疼惜地摇摇头："心思全用在书上了。"

江南潮湿，我栽种虎尾兰，种植绿萝，吸潮它们最为拿手。母亲笑我是书的丫鬟。书的丫鬟？这辈子就让我做书的丫鬟吧。

有梦的日子真好。书翻到夜深，迷糊中，我走出幽深的弄堂，月色为书楼蒙上一层薄纱，添了几分神秘。我如燕子般敏捷，跃上藏书楼，驻足于清朝文献专橱，取本地方志翻阅。

一缕淡淡的清香直袭鼻翼，我顺手拿起芸草（防虫蛀最好的草本）端详。一位青衣女子倏地站在我面前："请将地方志放回书橱。"

她看着我说："你是唯一登上书楼的女子。"

我说："可这是在梦中。"随之惊喜，"你是为书嫁到府上的女子？"

她点点头："羡慕你，梦可与我作对。"

我说："敬佩您，甘愿为书化作芸草。"

她牵着我的手，走遍书楼，却不允我染指一本。我暗暗发誓，身为藏书世家的女儿，我不出阁。她能设法嫁入府中，我为何不能学她，坚守书楼，哪怕化作书魂。她看出我的心思："你不后悔？"

我说："与书为伍，此生足矣。"

晨鼓声里，我醒了，梦里遭遇，清晰若真，淡淡的芸草味缠绕着画梁，手上凉意依旧。我问自己："你确定了？"诗书相伴，是我此生的追求。我喜欢与孩子们一起，常带他们去湖边，仰望藏书楼，灌输古城悠久的历史，诠释藏书楼逸事。

岁月与梦交替，新中国的曙光已照亮大地。

一个秋日的深夜，刚进入梦乡，一股浓烈的焦煳味直冲鼻翼，呛醒了我。一骨碌下床，打开窗户一望，藏书楼毗邻的院落升起缕缕浓烟。我告知父亲："藏书楼着火了。"父亲倚窗口一望："你咋知道？"我说："直觉。"父亲敲着铜锣，招来族人，我们穿过弄堂，直奔藏书楼，火舌如蛇芯子般将舔到马头墙。我冒着危险，与父亲一起开启救火设施，水龙直冲马头墙，隔绝了火苗蔓延。

大火扑灭了，浓烟封住我的咽喉，灵魂飞向藏书楼。书橱前，青衣女子赞叹的目光迎向我："藏书楼无恙。"

欣慰中我展开笑靥，新中国的曙光就在眼前。

酒　香

秋天刚卸下盛妆，严冬就插上翅膀，灰蒙蒙的天空飘起了雪花。

翠屏扶着娘艰难地走在乡间小道上，短短一段路，磕磕绊绊，歇歇停停，从清晨走到中午，到了镇子上，娘走不动了，颤巍巍坐在铺满雪花的台阶上。望着气派的酒楼，翠屏胆怯地站在娘的身边，手脚不知搁哪。

酒馆里走出衣着得体的少爷，看一眼瑟瑟发抖的母女嚷道："叫花子，这里能坐吗?!"翠屏不知所措："老板，我娘走不动了，求您啦。""快走，快走! 别让我再看见你们。"翠屏费力地扶起娘，娘腿脚一软，跌坐在地上。酒馆里走出一位后生，搬了把椅子放在台阶边，对少爷说："哥，就让她们歇歇吧。"少爷瞥他一眼："爱管闲事，没准人死了，还赖上咱海家。"边上的伙计说："二少爷心肠好，十里八乡谁人不晓，歇一会儿再走吧。"说着端来两碗粥和几个馒头。翠屏目光落到"同山酒馆"牌匾上，心不由得一凛，曾听父亲提过"同山烧"，原是到了同山镇。一碗粥让娘有了点精神，翠屏扶着娘走向镇边祠堂。

小北风呼呼地叫，祠堂里，娘握着翠屏的手："娘怕是熬不过今夜，你一个姑娘家，往后的路咋走?"翠屏搂着娘泪水涟涟:

"娘，您要好好活下去。"太阳升起的时候，娘永远地闭上了眼睛。翠屏从田里捡来一根稻草，来到同山酒馆门前，将稻草插上发辫，捡起一块残砖，在石板地上画出字迹娟秀的"翠屏愿意卖身葬母！"低头跪在台阶边。

恰逢二少爷回酒馆，一把扶起她，拔去翠屏头上的稻草："姑娘如愿意，可留在酒坊干活。"翠屏跪倒在地，连磕三个响头："翠屏做牛做马，也还不清二少爷的恩情。"

酒坊里，一身利索的翠屏俊俏可人，擦桌子扫地手脚麻利。闲时，与伙计一起谈笑，一谈到女人，翠屏就抿着嘴躲到角落里，干些缝补衣服、袜子之类的琐事，颇招伙计们待见。言谈中，方知二少爷饱读诗书，懂易经悉道学，号称"海半仙"。他酿的"同山烧"醇香可口且不上头。方圆百里的酒客都竖起大拇指，连呼过瘾。

翠屏出身于酿酒世家，上过几年私塾，原本过着衣食无忧的日子。该死的日本人一把火烧了村子，闯进酒坊，父亲扛起一坛烈酒泼向他们，划几根火柴，呼地扔了过去，火苗腾起，父亲顺势掐死敌人，背上却被捅了一刀，血气方刚的哥哥冲向他们，亦毙命于刀下。娘带着翠屏逃离家乡。

腊月，酒坊里静寂无声。浓烈的酒香，让翠屏情不自禁，贴近酒坛，一坛坛嗅着，口中念念有词："一号酒香味独特，是上品，二号酒稍欠些火候……"正当她如痴如醉地沉湎于其中，背后忽然响起海半仙浑厚的男中音："姑娘懂酿酒?"翠屏羞涩道："父亲曾是明州酿酒高手，小女子略懂一点。"

"明州郑家?"海半仙诧异。

"正是。"翠屏眼眶里起了雾水。

"恕我唐突。"海半仙眼神里满是歉疚。

翠屏说："无妨，多亏遇见少爷，让小女子绝处逢生。"

"要不与我一起探讨酿酒技艺?"翠屏聪慧能干,海半仙心里蓦地一动。翠屏嫣然一笑,谢过少爷。

酒缸里的酒花,一朵朵排列缸边,翠屏细细地观察,她熟悉酿酒工序,每个步骤的细节不同,酿出的酒口味也不一样。"同山烧"采用优质的泉水酿造,清澈醇香。曾听父亲说起,"同山烧"口感极好,似乎少点亮色,如结合自家的蒸馏技巧,肯定能拔高一筹,无奈翠屏不知配方。

夜里躺在床上,翠屏翻开记忆的闸门,苦苦思索中进入梦乡。郑氏酒坊里,父亲察看缸里的酒花,翠屏问:"如何提升酒的亮色?"父亲说:"注重酿酒的每个细节,三分耐心,七分细心,还需十足的诚信,好好领悟吧。"鸡叫声将她拽出梦中,她索性起床,摸黑走向酒坊。酒坊里隐约有灯光,推门,海半仙手拿油灯,蹲在酒坛边嗅着,琢磨着。

开门声让他回过头,一看是翠屏,他说:"半夜里突发灵感,来酒坊探个明白。"翠屏笑言:"我梦见父亲教我酿酒诀窍,却又琢磨不透。"她将梦境复述一遍。海半仙笑道:"你父亲说得好,得慢慢悟。我俩心有灵犀?"翠屏羞红着脸:"是个梦而已。"

季节更换,又是一年正月。海府上下喜气洋洋,夫人笑着对儿子说:"该定亲了。"海半仙说:"娘,我有了心上人。"夫人不悦:"她?不行……"海半仙说:"翠屏出身酿酒世家。"夫人道:"信口开河?""儿子去过明州。"海半仙递上一封信。夫人拆开一看,喜上眉梢:"竟是老相识的女儿。"门外的翠屏笑意盈盈。

海半仙大手一挥,伙计捧上一坛酒,翠屏袅袅娜娜手托盘子走上堂前,盘中琥珀杯叮当。翠屏娴熟地打开酒坛,款款捧起坛子,一一斟满酒杯。顿时,酒香绕梁,小花猫馋得舔着舌头,跳下窗台。阳光射进木格子窗棂,海半仙举起杯中之酒,对着阳光一照,释出淡淡的烟青色,奇幻美妙。他拉起翠屏的手,跪下磕头："这酒，我与翠屏精心酿造，请父母过目品尝。"

老爷夫人接过翠屏奉上的琥珀杯，鼻翼轻抽，眉梢舒展，呷一口细细品味："色泽奇妙，柔和顺滑，醇香满口。"

两人相视而笑。

吴亚原

第六辑　失却的芙蓉花

　　我急切地从父亲手中接过钥匙，捣鼓几下，铜锁"啪"地弹开。箱子里除了木盒子、几张纸、几根蜡烛，并无什物。我拿起木盒子，揭开底层的纸，一片花瓣贴着盒底，释出淡淡的幽香。奶奶留给我的？

失却的芙蓉花

黑漆漆的屋子里，散发着一股香味儿。靠着龙骨墙的樟木箱，盖子翻开，里面是蓝红相间的寿衣，敞开的木盒里卧着两朵华贵的芙蓉花，金灿灿的花边，勾勒出层叠的花瓣。

我常梦到此境。梦里惊醒，我的心突突乱跳，翻出儿时的记忆。樟木箱在奶奶屋里见过，芙蓉花与寿衣，竟无一丝的印象。梦境折腾得我心房悸动，眼圈发黑。梦中情景，搅乱我的思绪。

我坐在电脑前赶制报表，脑海里蹦出芙蓉花。报税时，竟发现填错了几项数据。心悚悚地重新填报，又忘掉好友的邀约。我的记忆似乎出现了断层，学龄前那年空白一片。

我从母亲口中得知，奶奶是大户人家的小姐，出嫁时十里红妆。奶奶身姿绰约，乌黑油亮的发髻上插着两朵芙蓉花，容颜愈发姣好。芙蓉花亦称富贵花，哪怕寒冬季节也照样盛放。奶奶的嫁入为林家带来了好运，岂料爷爷英年早逝。

日前，我接到父亲来电，老屋即将拆迁，心里老是忐忑。冥冥中似在催促我回去。

秋风里，我开车回乡。身板硬朗的父亲早候在门前，走进久违的老屋，莫名的诡谲笼罩着我，时间在这一刻凝固。我心慌慌，尝试拼出那段记忆。

我踏进奶奶的房间，墙边的樟木箱挂着把铜锁。一把铜钥匙浮现在眼前，就像父亲手里那把。我心一凛，奶奶的钥匙？

我急切地从父亲手中接过钥匙，捣鼓几下，铜锁"啪"地弹开。箱子里除了木盒子、几张纸、几根蜡烛，并无什物。我拿起木盒子，揭开底层的纸，一片花瓣贴着盒底，释出淡淡的幽香。奶奶留给我的？

我不由将梦里的芙蓉花，放入木盒；摊开箱底的纸，包装起梦里的寿衣。我闭上眼睛，双手揉搓着太阳穴，时光裂开条缝儿，漏出神秘光线。

奶奶过世时，正逢出差，我哭肿了双眼，心底却有解脱的感觉。此时，我眼前就有画面：棺木里的奶奶穿着蓝缎子棉袄、红缎子披风、嘴巴微微张开，面容安详。奶奶临终前，父亲曾贴着她的耳朵，告知孙女去远方出差，奶奶轻轻呼出口气，合上了嘴巴。

奶奶的床依然是老样子，铺一领草席，挂白底蓝花夏布蚊帐。儿时，我胆子小，头拱在奶奶怀里睡觉，阁楼一个响动，吓得我半死，尿了床。夜半，烛光影里，奶奶背着我打开铜锁，两朵芙蓉花放大在墙壁上，黑悚悚的影子十分骇人。

父亲说："小时候，你老扯着奶奶的衣角不放。"

我问："奶奶的箱子里究竟藏着什么？"

父亲诧异："你不是打开过箱子？"

"真的？"我迷茫。

父亲说："趁奶奶去邻居家走动，你拿铜钥匙打开樟木箱，爬进箱子，抖开一件件寿衣，然后坐在箱子里，将盒子里的芙蓉花，一瓣瓣拆开，你缩成老虾样，弓在箱子里流着哈喇子。花瓣散落在寿衣上，尿骚味冲天。奶奶气出了一场病。"

"尿在樟木箱里？"我羞红了脸。

"那天中午你喝了两碗粥。你犯了大忌，奶奶蒙在被子哭哑了喉咙。"

我心里一阵颤抖，宛若一桶冷水泼在身上。

父亲说："你妈从田里赶回，一篮子青菜散落在灶间，她从水缸里舀来一桶桶水，泼在你头上，连泼三桶才算解气。"

"我跌在地上，失去了知觉。"我倚着门框，尘封的记忆从光阴里漏出。

父亲说："你在床上一躺三天，醒来后，笑嘻嘻的，像是啥也没发生。你的行为亵渎了神灵，寿衣上的佛祖像是你奶奶亲手绣制。"

父亲的讲述，唤醒了我的记忆。芙蓉花去哪了？我轻轻撩起夏布蚊帐，如掀开尘封的时光。我双脚一抬上了床，一头扎进奶奶的怀抱。

时光返回黑夜，星星闪烁，我听到奶奶低语："都说芙蓉花富贵，可带给我什么？夫君早逝，家道没落。好在懂诗文的儿子，养育了一个比一个有出息的孙子孙女，该知足了。""奶奶，芙蓉花呢？""我站在奉化江边，送花瓣逐浪远去。"

"为何留下一瓣？"四周静寂无声，在星星簇拥下，奶奶飘然离去。

看我从床上坐起，父亲说："你奶奶在临终前，让我保存樟木箱。我在木盒底层……"

"奶奶不想她让最爱的孙女，失却人生中那段经历。"泪水盈满了我的眼眶。

野菊花的秋天

公交快到站时，她看见路边一簇野菊花，便下了车。摘朵野菊花，漫无目的地拐上高速。她的介入，让车辆减速，秋风温柔，惯常的喧嚣失却了分量。终于有人注意到她，竟有几分兴奋，司机在拨打电话。她捋了下灰白的头发，报警吧。

呼啸的警笛声中，车辆纷纷停靠在路肩。车上下来一位皮肤黝黑的女警，扶她上车。避开女警深邃的眼神，她从口袋中摸出皱巴巴的"护身符"，上有女儿写的家庭地址，在女警咕噜声中，警车已下高速，驶进熟悉的街区。

看警车远去，她拿来拖把，在空荡荡的屋子里，狠着劲擦个来回。恍惚间，有人用家乡话问她："你何苦呢？"她答道："长长的十年，想回也回不去啰。"她的心掉落谷底。摊上个老大不小的孩子，难伺候且难亲近，无意中对上他的眼神，不屑中带有恨意。

她走出家门，池边的野菊花绚丽盛放，多像年轻时的自己，光鲜惹人怜爱。她蹲下身采摘一捧，回家插在花瓶里。嗅着芳香味儿，锥心的痛弥漫全身，一辈子节俭，供女儿留学，自己却在异国艰难度日。她一下子老了，头发像枯萎的野菊花，无一丝光泽，杂乱地散在布满皱纹的脑门上。

都怪女儿，嫁了个带孩子的男人。把她从遥远的江南，拉到陌生的国度照顾孩子。她本身不喜小孩，硬性与他相处了几年，难哦！叛逆期的孩子，贼贼的眼睛释放出敌意，分明在说他才是别墅的主人，她像路边的野菊花，无人理睬。

女儿愈发不像话，跟男人去国内发展，把一老一小丢在别墅里。而她普通话都说不利落，更甭提英文。孤独像一把沾满冰雪的利箭，戳她的心，舔她的血。

唉！去买菜吧。不会开车难在加拿大生活。上超市得走个把小时。她硬着头皮坐上公交，颤巍巍从口袋掏出"护身符"，请司机到站提醒。上超市，她选好食材，颤抖着手摸出纸币结账。

长长的冬季最难挨，她拎着菜袋子，脚底打滑，走在积起雪墙的人行道上。作孽啊，养了个缺心肺的女儿。大风刮起屋顶的雪，飘在她的脸上，心被风撕裂成野菊花样，一瓣一瓣，哆哆嗦嗦。

读过书的她亦有尊严，穿身灰扑扑的衣衫，忍受路人鄙夷。放眼周边，独独她手提肩背浑身挂满购物袋。小道两旁的野菊花，仿佛知晓她的苦楚，摇曳着枯干的花枝。酸楚涌上喉咙，她扶着电线杆，干呕了几声，走回家中。

门铃声响起，个子比她高出半个头的男孩糗着脸，上唇两撇淡淡的黑，令人不悦。他背着书包侧进门里，挣脱掉球鞋，"蹬蹬"跑上楼梯，"砰"的关门声，震得她心悸。揉揉胸口，把菜放入冰箱，整点猪肉萝卜啥的做饭。

此刻，她站灶前。故乡，再不济与邻居唠唠东村的丑事，咀嚼西村的趣事。锅碗瓢盆的声响里，她用家乡话说开了："放点盐，加些糖，倒点料酒，切几片姜，弄点蒜末，再加点醋，起锅装盘。"淋漓酣畅地过了嘴瘾。

"吃饭了，东东。"她站楼梯口喊。

"来了。"像是被汽车碾过，压得扁扁的声音极不顺畅。饭后，孩子碗筷一推，牙缝里挤出毫无诚意的"谢谢"，结束一天的相处。不痛不痒的对话，渗透进寒意，踩踏她的心。

　　翌日，孩子去同学家小住，她将他的衣物用品塞进背包。回来后，孩子说："都怪你，我被同学取笑，穿紧绷绷的睡衣，用老掉牙的洗漱品。"

　　她也不是省油的灯："有本事叫你爸回来，我容易吗？"

　　"谁让你女儿抢走我爸。"孩子一跺脚，肩上的包扔在地上。

　　"瞎说，将包捡起来。"

　　"我偏不。"

　　她捡起包扔了过去，避让中孩子被椅子绊倒，一骨碌起身冲向她。她侧过身子，上楼躲进卧室。电话铃响起，女儿说："妈，与孩子生气，犯得着吗？"

　　她对着话筒哭喊："死丫头，竟敢瞒我……"

　　"妈，别生气，做完这个项目，我们就回来了。"

　　"真的？"

　　话筒里女儿声音动听："当然，夏天您当外婆了，好日子等着我们呢。"

　　桌子上野菊花展开笑靥，她的眼中闪出久违了的光亮。

满堂红

馥郁的芳香里，我走近一栋高楼。狭长的花坛边，一个女人弯着不再柔软的腰，右手握着锄莳花土，左臂搭着条丝巾。女人拔起一棵茅草，丢进塑料袋，对着栀子树说："问你呢，为何右边的花儿盛放，左边还打着朵儿？"栀子花在夏风里摇曳，算是回答。

小雅？我刚点赞她的朋友圈，九宫格里溢光叠彩。花坛前的那一位，妃色连衣裙衬托出匀称的身材，手臂上淡粉色丝巾平添几分优雅。

墙边栀子树的枝杈像伞样展开，右边繁枝茂叶，左边枝叶稀落。树干中间一块口杯大的疤痕，光滑得有点匪夷。我心里一凛，脱口呼出："小雅。"

小雅拉着我的手，脸笑成了向日葵："你没啥变化，还是老样子。"

我说："倒是你，愈发年轻了。"

小雅笑道："时光在我们身上，刻下了痕迹，别去计较为好。"

巡视周边，矮矮的冬青立在墙边。独独她家楼下，鲜花盛开。花坛里月季娇艳，蝴蝶兰闪动翅膀，绿色带刺的是仙人掌，长满细长叶子的是满堂红。

年少时，朦胧的月色下，少女们坐在石凳上，用满堂红包裹指甲。翌日清晨，我们在栀子树下围成一圈，伸出双手，比谁的指甲染得好看。小雅葱管似的十指，纤巧出挑，柔滑的手背，趴着八个肉窝窝。

年复一年，栀子树下，我们比着比着，比成了大姑娘。我摘片细长的绿叶，拽回思绪。眼下的我们，早过了知天命之年。

我诧异："你还种它？"

"花开时节，我依旧用满堂红花包指甲。"小雅伸手拍拍我的肩头，"你不喜欢了？"我一把抓住她的手，手背白皙，四个肉窝窝依旧。看看自己的手，青筋突显，纹路爬满手背。

"入冬后你的手肿得像馒头，青一块紫一块的。"小雅笑道。

"哪像你，有双令人羡慕的手。"话一出口，我的脸涨成红布样。小雅淡定从容，拿着小铲子松土。

记忆中的那个黑夜，星星眨着诡异的眼睛。塑料压机不知搭错哪根筋，浑然吞噬小雅的左手，染着满堂红的指甲，滚落在压机边。

小雅笑道："在想什么呢？这次回来，喝完我外孙的满月酒再走？"

"当然，为沾点喜气，我飞越重洋来找你。"

重逢的喜悦里，我们对着花坛，有一搭没一搭地闲聊着，时光在那一刻凝固。我摘朵栀子花别在小雅头上，清逸俏丽。眼前的栀子树有点眼熟，莫不是老屋院子里的那棵？是缺根枝杈的缘故，变了形状？小雅像是看出我的心思，抚摸着树身上疤痕，目光些许伤怀："极度绝望中，我漫无目的地踏进废墟，闻着浓郁的花香味儿，看到一簇簇绿叶，拱出瓦砾，叶子间绽放着粉白的栀子花。心里大为感动，我要找回儿时的乐园。于是我找来锄头土箕，清除瓦砾，刨却泥土，把折断的枝杈埋进土里，将栀子树移栽到此。"

我心里涌出股暖流："为儿时的伙伴，你守护着一方净土。"

几十年不见，在家人口中得知，小雅嫁了个大大咧咧的男人。都说她命硬，相继失去两个儿子。栀子树迁移小区那年，小雅怀上了女儿。

小雅说："我曾向命运妥协过，沉沦过。后来我想明白了，不就缺只手嘛，左手臂也能搭把力。女人的活儿难不倒我，织毛衣穿针眼我都能。家里的粗细活我全包了，啥时要帮忙，微信呼我下就可。"

我说："新买的冰箱门关不上，你行吗？"

"人是逼出来的，研究下就可以。"小雅的脸上透出坚毅。

"你常常抚摸栀子树的疤痕，与她说话？"

小雅诧异："你咋晓得的？"我的目光瞥向树干，轻轻抚摸着树疤。小雅掀开丝巾，露出手臂上的疤痕。我捏捏她的左臂，结实有力，肌肤里浅蓝的血管隐约。小雅伸出右臂，与左臂并齐，除却短了一截，亦无两样。我紧紧拥抱住小雅，心头涌上暖流。

小雅说："失去儿子，我精神委顿。废墟上的栀子树在逆境中求生的本能激励了我。一个大活人，岂不如一棵树？从此，我坚持按摩手臂，保持身体平衡。这不，女儿嫁了户好人家，生个大胖小子，我做外婆了。"

我扯起丝巾，披上她的手臂。说笑中，栀子花绽放了一树。花坛里，满堂红毛茸茸的花苞，撑开了叶子。

画中向日葵

我约阿林到花港大酒店喝上一杯。

酒店卡座里，阿林的笑脸像秋日的向日葵。她拿起杯子抿了口红酒，舒适地靠在椅背上，一副很享受的样子："小时候玩的地方。"

儿时的我们，穿梭在向日葵花海里，一身沾满泥土。

远去的光阴，激活在眼前。记得那次，我与阿林去镇上，饮食店门口，师傅从油锅里捞出"滋滋"作响的油条，嗅着香味儿，咽着口水。搁在那时，咋也想不到，四十年后，我俩会笃悠悠坐在酒店里品着美酒。

隔窗眺望，昔日的村庄成了时尚小区。阿林家住高楼，生活舒适。阿林羡慕我满世界跑，她可不敢坐飞机。我俩东扯一句、西拉半句地聊着。她眼睛一亮，揪下我一根白发感叹："老啰。"

阿林问："可记得？我家院子里三棵向日葵，台风折了枝干，我将弟弟的尿布撕成长条，包扎它的伤口。妈妈发现后狠狠揍了我一顿。"

印满伤痕的手臂提着喷水壶，在呵护下，向日葵开出绚丽的黄花。

"我常梦见三棵向日葵。"

我揶揄："生三个女儿，缘起梦里？"

阿林点点头："可遭了不少罪。"

那年，阿林与来自山里的瓦匠好上，怀了孩子。我们取笑她，不羞？阿林可不管，挺着大肚子，呼着"阿大，阿二，阿三"，对着向日葵，说她要生三个女儿，像葵花般阳光。我们笑她不知天高地厚。

岁月更替，阿林活得滋润。仨女儿怕妈累着，孩子都不让她带。逢年节，家里的食物堆成了山，墙角叠放着一箱箱好酒。三姐妹花一样晃悠在她眼前。

"当年，你为何着魔似的生下阿三？"

"圆梦。梦里向日葵演化成少女，着绿裙子，戴金色头冠，围着我叫妈妈。"阿林的目光恬静平和。

记得那次画画课，老师表扬阿林把向日葵画得细腻逼真，花盘边缘一圈黄色花瓣，中间紫色碎花。坐后排的我，妒忌得眼眶蓄泪。

那年，我们领了独生子女证。独独阿林，躲到山里婆婆家。好几次，计生干部追寻到山村，瓦匠得知消息，拎着酒瓶带她转移山岙。她像游击队员，与计生干部周旋。

阿林说："最险的那次，我和瓦匠前脚出村，她们后脚进村。婆婆操着山里人惯有的高嗓门，与她们拉扯上了。一位女干部想挤过山路，婆婆顺势倒在路上撒泼。瓦匠蹲下身子，背上我钻进山沟。心慌手打滑，摔碎了酒瓶。"

"天擦黑，瓦匠冒险回家取酒。秋风里，我瑟缩在茅草堆，摸到个软绵绵的东西，吓得我脚底一滑，扭伤了脚踝。野猫子蹿出山洞，带走我的心气，崩溃了。肚子里阿三一脚踹醒了我。结籽的向日葵岂能舍弃？换作现在，能遭此罪？"

我俩碰杯间，红酒晃悠出往事。宋丹丹、黄宏演的《超生游击队》不就是阿林的翻版？家里四壁徒空，该罚的还没罚齐，该借的已经借遍。两次超生，她拖着笨重的身子，心中的向日葵支撑她度过困境。

举杯碰撞，她说："那年春晚，看得我泪如雨下，宋丹丹演得太好了。怀阿三时，我在山洞里躲了几月，吃没定餐，睡没整觉，随时准备转移。"

去了趟洗手间，阿林看我的眼神有点异样，目光里掺杂着羡慕、嫉妒、失落。她一口闷下杯中红酒。我笑言："怎么，不认识我了？"

她说："你还是老样子。可我的脸上皱纹这么多，圆滚滚的身子像柴油桶，头发也白了一半。"

我笑言："到这年岁，谁跑得掉？"

她趴在餐桌上嘤嘤地哭："服务员说我好福气，养了个体贴的女儿。"

"啥眼光，你生就一副福相，我咋与你比？"

阿林像记起啥似的问我："你家外孙多大了？"

"别提了，五年间生了三娃。"

她一愣："我仨女儿才生三娃……咱扯平了。"

她喝得有点高，我陪她回家。挂在客厅里那幅向日葵，吸引我的眼球："你画的？"她点点头，捧出一本画册翻开，姿态各异的向日葵，灵性十足，眉目传神，勾勒出微妙的境界。尤其那张，阳光下，阿林神情自若，三棵向日葵朝她笑得灿烂。

她笑道："阿大的画册，自小跟着我画画，老师夸她有天赋，这幅画还得过大奖呢。"

阿林与向日葵难以分解的缘分，令我感动。

蟹爪兰的诚意

新春，儿子捧来一盆蟹爪兰，水嫩的叶瓣对称，绿中带点紫红，叶子覆盖住花盆。水莲眉头一皱，儿子也忒小气，弄几瓣叶子来糊弄妈。在儿子敞开的包里露出那本《人生海海》，她拿来翻了几页，双目放光："麦家的小说，是我最爱。"

"妈，我才看一半。"看水莲脸色骤变，儿子忙说："给您的，我去当当网选了几本您喜欢的小说，海运过来时间长些，但价格实惠。"

水莲欣喜："只怕眼睛吃不消。"

儿子说："您悠着点就是。"

"有书看好，等饭吃的日子，难熬。"水莲笑道。

水莲移民加拿大有些年头了，就这一个宝贝儿子。

儿媳却爱较劲儿，嫌水莲搛菜给孩子，不讲卫生，索性不上一桌吃饭。空荡荡的别墅，乌眼鸡似的相对，很是逼仄。傍晚，随着车库门的升降声，儿媳下了班，水莲心怦怦的，虱叮虫咬般不适。有了老二后，儿媳在家带孩子。稍不如意，火星子四溅。她心疼夹在中间的儿子，主动申报老年公寓。

老年公寓让水莲不爽的是，香水味混杂着老人味儿。一年间，上帝召去七位老人，老伴成了那七分之一。诡异的气氛浸润进公寓，水莲的心沉到谷底，不来这鬼地方，说不定老伴还在世上。

逮到位华人护工，水莲想多聊几句，可人家哪有空闲陪你。几本小说被翻得卷起书角，本可去图书馆借上几本，可不会开车的她，如关进牢笼，郁闷。

阳台上，一片枫叶砸在水莲的脸上，很痛，伸手抓住枫叶，一手殷红的碎片。人老了也像凋零的枫叶，终将融入泥土。

此时，她思念国内好友，哪怕是说不到一块的同事。公寓里，满目的金发，叽里咕噜的鸟语。那位年岁相仿的华人，拉住水莲的手不放，满口粤语，听得水莲一头雾水。肢体语言，加上拗口的英语单词，连自己都不落忍。面包、热狗、沙拉麻木了脑子，偶尔吃个中餐，品不出滋味，做顿可口的饭菜，成了她的奢望。

春天里，病毒肆虐，上帝无悲悯之意，收走几位老人。吓得水莲不敢出门，捧着书对着蟹爪兰出神。分隔半年，儿子在视频里说想妈了，要过来看看。水莲问能来？儿子说自有法子。

接到儿子的电话，让水莲站阳台上等着。水莲倚着栏杆，盯着马路出神。公寓大门紧闭，插翅也难飞入。猛听到儿子喊她："妈，我来看您了。"一台吊车停在马路边，高高的驾驶室里，儿子趴在窗口向她挥手："妈妈，儿子想您了。"

"我也想你们了。"

"待在房间，千万别出去哦。"

热泪盛满水莲的眼眶，大声问："车子哪来的？"秋风吹来儿子的声音："朋友开车送我来的。"母子隔空喊着话，枫叶展开笑颜，大雁排成人字，小鸟啁啾在树上。水莲寂寞的心被焐暖。往后的岁月，这个场景，够她回味了。

是夜，她睡得香甜。睡梦中花香萦绕，晨曦爬进窗户，将水莲从梦里拽出，窗台上的蟹爪兰手掌样的叶子一截连着一截，叶子顶端，生出绿绿的花萼，包裹着红红的花蕾，叶子围绕花盆一圈。水莲捧着花盆，对相框里的老伴说："有蟹爪兰相伴，我不寂寞了。"手机"叮咚"一声，儿子发来小视频，大孙女红嘟嘟的嘴唇一张，脆生生喊出："奶奶好！华华想您啦。"推车里的小孙女笑出好看的酒窝。

看着小视频，水莲闻到清香味儿，花苞绽开，如玲珑的小手翘着兰花指。她喃喃道："朵大的是华华，朵小的是夏夏。都是奶奶的心尖尖。"她轻轻揉着蟹爪兰叶子，仿佛拉着孙女的手，泪水顺着沟壑丛生的脸庞下滑。

儿子知晓妈不擅长侍弄花草。蟹爪兰易培育，且有富生命力，水莲提着水壶，脸笑成金秋的菊花。

又是一年枫叶璀璨，水莲的房间里闹腾了，阳台上十盆蟹爪兰绿意葱茏，叶子顶上那点红，分外惹眼。说粤语的老人拉着水莲的手："妹子，辛苦你啦！"满口英文的老人，竖起大拇指。

水莲说："我将蟹爪兰叶子剪下，插入花盆。目睹它分枝添叶，含苞绽放，心里有了盼望。寂寥的日子也充满喜悦。"

护工将水莲的话，译成英语。十双不同肤色、青筋突兀的手，捧起花盆，围着水莲咨询，比对着哪盆叶子更滋润。

诗里白玉兰

　　她个子高挑，打扮得体。年近花甲的她，体态无年轻人那样轻盈，却也绰约有姿，像盛放到极致的白玉兰，少了妖娆，多了韵味。

　　当了十年诗词班班长，铁打的营部，流水的兵，诗协的会员多半是她的同学，他们叫她兰姐。偶有新学员提起兰姐的夫君，她的眼圈发红，身子微颤，说不出话来。遇此事，边上的老学员便岔开话题。

　　未及她退休，夫君便去了天堂。与诗做伴，兰姐活得倒也洒脱。夫君的离去，她也曾消沉过，抑郁过。

　　那夜的月亮，察觉到她的心情，躲进了云层。踩着一地落叶，她徘徊在湖边，像落群的大雁，孤单落寞。李清照的词句泛出她脑海："物是人非事事休，欲语泪先流。"抑郁的神情，逃不脱富有书卷气的女人那双敏锐的眼睛。

　　女人欲搭话，她却将自己紧裹。几次相逢，她渐渐被女人的气质折服，敞开了心扉。聊起诗词班，女人神采飞扬，班级里，四五十号学员，在仄仄平平仄中，探究入声字运用，享受着诗意词韵。女人是诗社社长，也曾无助过。山崖边，为救一个孩子，爱她的男人跌落悬崖。她借纳兰词"背灯和月就花阴，已是十年踪迹十年心"表述。命运将她俩连在一起。兰姐骤然来了兴致，用诗点亮心中的明灯，释出夕阳里的异彩。

诗韵浸润进她的骨髓，结出一朵朵小花，酝酿在心里，化作思念。唐诗宋词像她的爱人，如她的儿女，在她心里闹腾。她与夫君眸子相对，情深意切中，拟就一首新诗。她与孩子融为一体，赋就一曲新词。

上班的闲余，我翻出记忆中的唐诗，百度中，逛进"白玉兰"的博客，一间间小房子里，追溯她的时间长河，留下深刻印象。让寂寥中的我，另辟一方天地。我查看博主的微信，个性签名为："诗词能纯洁心灵，遇上了就不想错过。"立马加她微信，一聊投缘，我也报上诗词班。

教室里，那位身姿挺拔、气质如兰的女子，当属兰姐。她微笑道："欢迎加入我们，一起学诗作词。"

成了兰姐的同学，我心中的热忱堪比天热："一直盼着这一天。"

边上的同学说："兰姐的诗比白玉兰芬芳。"

我沉浸在诗词里，琢磨着格律诗词入门。为弄懂"入声字"，我再次打兰姐的博客。她淘来《词林正韵》，苦苦探究，"入声字"无论平仄，都当仄声字应用，她把自己融入其中，吃饭时想，走路时记，睡前背诵进梦乡。七百多个"入声字"烙在她的脑海里了。

读她的文字，兰香萦绕，如玉器叩击我心壁。凝望窗外的星星，我展开想象的翅膀，将梦的碎片，挂在意识的墙壁上，摘下来细细推敲，炼成诗词。微信中，电话里，我找兰姐探讨诗词。她说："写诗词，必得熟读唐诗宋词，细细推敲领悟。我在烧饭时思索，买菜路上寻思。有次，竟问摊主诗词咋卖？好在人家不在意，没惹出笑话。"

人间四月天，空中飘荡着白玉兰的芳香。穿着连衣裙的兰姐优雅恬淡，谈起姚江诗社那位诗友，身患慢性病，笔耕不辍，"入声字"用得巧妙。兰姐拿出打印好的诗词，学习探讨诗的着眼点、韵脚的妙用。我们决定捐款，帮诗友走出窘境。

　　翌日清晨，兰姐打来电话，让我去小区接她。手握方向盘，我心里纳闷，平时，她总说坐公交地铁很方便的，怎么今日？车子驶入小区，亦不见人影，驱车她家楼下。兰姐挂着拐，站成了玉兰树，树边堆放着物品。她笑道："回家时不慎扭伤了脚踝。"

　　我说："脚好了再去吧。"

　　她说："不行，做人得讲信用，快把后备箱打开。"

　　我诧异："一大堆物品，家都搬空了吧？"

　　兰姐笑道："尽点心而已。"她的大方是出了名的，每次出外活动，她拉着一旅行箱食品，上车分发给我们，诙谐道："咀嚼会产生诗意。"

　　我将崭新的床上用品、精美的食物搬上车，心里感慨兰姐的心是敞亮的，她还备有大红包呢。

　　能为诗友做点什么，她很高兴。对着车窗外春色，兰姐吟出："十年生死两茫茫，不思量，自难忘。"

　　她以苏轼的《江城子》，追思爱人。这次，她的眼圈居然没红。

待我青丝及眉

　　站在阳台上，我捋着刚吹干的长发，柔滑滋润，发间有着淡淡清香。耳边似听到，茶花在落寞中感叹，红梅带着疑问绽放。

　　舒展下腰肢，靓发随着腰间摆动，洋洋洒洒。我被自己的秀发倾倒，何况那个爱我爱得发疯的家伙。

　　我以小区景色为背景，秀几张长发及腰，配上"春风先发苑中梅，樱杏桃李次第开"，刚发到朋友圈，立马收到了他酷酷的点赞。此刻，我想他了。婚约已经推迟，佳期暂定春暖花开。竟有咫尺天涯的感觉。打了几行字，下了很大决心，轻按发送键。少顷他回复："支持!"后面竖了一排大拇指。

　　我的长发情结，始于歌舞剧《十里红妆女儿梦》，一句"待我长发及腰，少年娶我可好？待你青丝绾正，铺十里红妆可愿"，令懵懂少女咀嚼十年，梦里演绎过百回。若干年后，长发已及腰，那个家伙说愿铺十里红妆娶我。

　　这几天不知咋回事，爱睡懒觉的我总是很早醒来，于是，我说到阳台转悠一会儿，再去上班。出门前，妈妈破例拥抱着我叮咛道："小心开车。"我调侃："想刮擦都难找一辆车。"我拉起妈妈的双手，客厅里旋转，秀发像撑开的阳伞，恣意飞舞。妈妈开心地笑了。回首，妈妈红了眼眶。

报名支援灾区，事先未曾告诉妈妈。昨晚，我百般讨好妈妈，把从小到大的趣事开心事，罗列一番，抢过妈妈手里的抹布，洗碗擦地。妈妈笑道："又有啥事瞒着我？"妈妈淡定的样子，让我信心十足，黏在妈妈的肩头，说："我已报名支援灾区，请妈妈获准。"妈妈捏住我的手："以你的性格，哪肯落后，保护好自己。春天里，妈盼着女儿风风光光出嫁呢。""保证。"我响亮地喊出二字，已泪水涟涟。

医院小会议室，手巧的护士长摊开理发工具，抢在姐妹们之前，我坐上椅子，招呼护士长施展技艺。"咔嚓咔嚓"的剪刀声中，一缕缕长发飘落在地上，冰冷的剃刀，纵横在我的头皮，心里弥漫起削骨之痛，为了患者，我愿意！忍住眼眶里打转的泪水，想象自己光头的模样，会不会很酷？或许很丑，像寺院里的小尼姑。我扑哧一笑，抑郁的心情随之释放，姐妹们跟着我开心，好久没这样笑过。

之前姐妹们商量为防感染剃个光头。当时的自己，一万个不愿意，蓄了十年长发，难以割舍。节俭如我，宁可少穿一件时装，也要选最好的护发品打理秀发，十天半月定期到美发厅护理造型，秀发情结已扎进心里。再说，妈妈在意我的发型，希望我披着长发出嫁。

那晚，新月如钩，我从地铁口出来，被那个家伙追上，他唤一声："美眉，你飘逸的长发，诗意了夜色。"我抵挡不了他的如珠妙语，防备心完全丧失。两情相悦间岁月流淌，执手相依中慢慢变老。

与其冒着被感染的风险，不如将其扼杀在萌芽中。脑子里闪出下午谁说的一句："青山在，何愁不生秀发"。我被自己的言辞感动，催眠曲中，进入梦乡。

此时，我摸摸光光的头顶，为自己的果断喝彩。递上手机让同事拍上一张。甜甜的笑靥，青青的头皮，另有一番风韵。午餐时分，我将照片传给妈妈。铃声骤然响起，打开视频，妈妈红了眼圈。我笑着逗妈妈："没见过女儿这番模样，很酷是吧。"妈妈无语凝噎。"正忙着呢，晚上见。"我怕控制不住自己，关闭视频，心隐隐作痛，妈妈就我一个女儿，难怪她如此伤心。

手机"叮咚"一声："元宵佳节思春，万千青丝无扰。得胜归来之日，与卿共度良宵。"我回复："待我青丝及眉，拂柳泛舟钱湖。飞花扑面而来，携手踏青堤岸。"我将手机放进抽屉，上锁。

上班了，我戴上帽子，面对患者，心无一丝杂念。

下班发动汽车引擎，鬼使神差竟到了那个小区，好想去新房转上一圈。可我肩负着医者使命。停车遥望，情切中拨通他的电话，问好声中，我轻轻舒了口气："明天就要离别，你多保重。"

他说："好想见你一面，看看酷酷的你。"

"我已到家，出不来了。"

"视频下？"

"等我回来！"按键前，对着屏幕我重重一吻。光头新娘怎能面对亲爱的他，看来心里还是有抵触。

"待我青丝及眉，同赴春天盛宴。"我调转车头，信心满满。

吴亚原

第七辑 大樟树下

　　我们坐在盘根错节的树根上，看满天的星星。每个人都像是在和星星说话，说自己的愿望，说自己的留恋。我们越说越兴奋，忘了时间，忘了疲惫。直到田野升起了层层薄雾，月色水一样铺开。

大樟树下

　　这个秋夜，我们几个像当年一样，聚集在大樟树下，夸张地叉开双腿，手拉着手，共同环抱起大樟树来。欢笑声里，十八年前那个夜晚里的故事，不觉浮上脑海。

　　月光下，似乎又闻到了辣蓼草刺鼻的味儿。

　　那年，我考上了大专，同学们相聚在桥头为我送行。小雅点燃了辣蓼草，说是为了驱赶蚊子。阿林说："娘子军少了个党代表，多遗憾呐，谁去喊咱们的党代表？我先去田里摘个西瓜等着。"我听了，拉上小雅："我们俩去找党代表。"

　　踏上机耕路，我和小雅手拉手向古樟村跑去。

　　踩着一地的清辉，我问小雅："听说明扬最近不如意，今晚能来吗？"小雅说："找个借口请他，能来吧。"二里地的路程，我们不停地想着各种"借口"，快到明扬家门口时，我一拍脑瓜子："明扬不是爱将日子过成一段段笑话吗？今天就让他笑个够。"小雅说："有啥好点子？"我说："你就是最好的点子。"小雅给了我一拳，圆圆的脸笑成了向日葵。

　　轻轻叩响明扬家的门，很快，门开了一条缝儿。见是小雅，明扬脸上堆满了笑。我说："明扬，快和我们看星星去。"他偷偷瞄了一眼小雅："好嘞。"

路上，我跟明扬打趣："不去大上海顶替父职?"他笑道："妹妹去也一样。"小雅说："你就甘愿种一辈子的田?"明扬说："种田有啥不好，把日子敲成碎片过，每一段皆可回味。"我摇摇头思忖："种田可不是作诗，辛苦的事儿可多着呐。"明扬说："面对现实吧，能与大樟树做伴，也挺好。"

　　当年，明扬的爷爷带着大着肚子的奶奶，一路逃荒，历尽艰辛来到大樟树下。屁股刚落到树根，头上就有了"喳喳喳"的欢叫声。爷爷抬起头，只见枝杈上一个黑乎乎的窝，一对喜鹊欢快地叫着。奶奶说："这对宝贝，叫得真好听!"爷爷说："喜鹊叫，喜事来，莫不是让咱留下来?"奶奶告诉爷爷："怕是要生了，别走了。"爷爷说："好，咱就和喜鹊在这儿做邻居吧。"说着，马上找来树枝和稻草，搭了个简单的窝。第二天，在喜鹊欢快的叫声中，明扬父亲嘹亮的啼哭声便回荡在大樟树下。从此，明扬一家人就落户在了古樟村。

　　我收到入学通知书那天，听说明扬的爷爷召回了在上海工作的儿子，老人家说大樟树的叶子枯萎了，飘零在秋天的田野里。

　　夜色中，明扬瞥向小雅："我是离不开大樟树了。"小雅说："也好，有你守着大樟树，守着我们的记忆，离开故乡的我们，也就有了盼望。"

　　说话间，我们仨来到了大樟树下。这时，阿林已经切好了西瓜，挑出一块最大的递给明扬。

　　我们坐在盘根错节的树根上，看满天的星星。每个人都像是在和星星说话，说自己的愿望，说自己的留恋。我们越说越兴奋，忘了时间，忘了疲惫。直到田野升起了层层薄雾，月色水一样铺开。

　　突然，我有些伤感："这一去，我们不知何时才能再会。"小雅说："只要大樟树在，我们就不会散。来，咱们再拥抱一下大樟树吧。"我说:"好,再闻闻大樟树的气息。"大家听了,都说好,都站起身来,叉开双腿站稳,手拉手着,围住了大樟树的树身。

没想到,这一别,竟然十八年了。

这天晚饭后,我正在厨房里洗碗。客厅的电视里传出关于古樟树的新闻。听到"大樟树"三个字,我立刻来到客厅,盯着电视的屏幕看。只见新闻报道的现场,浓烟滚滚,火舌如蛇芯子般蹿向树干,那可是一棵大樟树啊!我的心立刻疼了起来。画面中,扑火的人们不顾一切地向前冲去,渐渐地,火势减弱下来。最后一丝火苗,是被一个挥着大扫把的壮汉扑灭的,我愣住了,壮汉的背影竟是那般熟悉。

浓烟还没散去,记者的话筒就递向挂着大扫把的汉子。惊悚中,我看到了熟悉的面孔,是明扬!对,是明扬!别看他脸上蒙了层灰,可那双眼睛依然像星星般明亮。明扬的声音有点沙哑:"大樟树是我的伴儿,是我的亲人,我不仅仅是在替自己守护着,我还在为我童年的伙伴们守护着。"

我急忙找到手机,逐个给久未联系的伙伴们打了电话。小雅说她也看到了新闻,听说,是明扬及时报警的,也是他带领村民救火的,不然大樟树就被烧毁了。"真是痴人一个,一天不去大樟树下转悠,饭都吃不香。"阿林在电话里告诉我,"那天明扬的儿子发高烧,他老婆找不着明扬,急坏了,只好抱起儿子直奔大樟树。还真被他老婆猜中了,明扬正埋头清理大樟树下的脏东西呢,嘴里还在嘟哝着什么。他老婆气坏了,跟他说,打电话你也不接,孩子都烧成这样了,也找不着你。你就跟大樟树过吧!"说着,老婆把儿子丢到他的怀里。抱着烫山芋般的儿子,明扬才回过神来,孩子病得不轻啊。

这一次听到明扬的故事,我没有笑出声来,心里是酸酸的感动。

　　我说："家里的事没有忙完的时候。这回，说啥也得去看看咱们的大樟树了，尤其得看看明扬，看看他过得咋样，有没有需要帮忙的事情。"

　　于是，便有了开头一幕。

时光深处的那次偷

那个时候，我们老是吃不饱，常常肚子饿。临近小学毕业，我们常聚在一起，总寻思弄点吃的。家里腌制的萝卜咸菜冬瓜，被我们偷吃了个遍。最好吃的当属老尼姑种的瓜果。

肚子饿的问题总是围绕着我们。不知谁嘀咕一声："炒个年糕吧？"英子说："炒年糕我最拿手，蒜爆大白菜，不要太好吃哦。"小丽说："不就是炒年糕，有那么好吃？"

"没那么好吃吧！"小姐妹们的眼睛瞥向英子。英子说："忍住口水吧。"小时候，我们常玩过家家，七手八脚在晒场边用碎砖头搭灶，破罐做锅，石板为案，野草为食材。

"先点火，铁锅烧得微微红，倒点菜油，大蒜斜切成半寸长，煸炒至香味四溢起锅，然后放入白菜，加盐翻炒至五分熟，将厚薄均匀的年糕堆在菜上焖。打开盖子，放入煸炒好的大蒜翻炒。"英子模拟着炒年糕时"嗞扑""嚓嚓"的声音。

"英子，别说了，口水咽得喉咙痛，胃酸咕咚咕咚往外冒。"小丽捂着胸口，"把我们馋虫勾出来了，谁教你的？"英子神秘一笑："不告诉你们，晚上咱去偷菜。"嬉笑中我们推来搡去。

开春，家家会存些年糕备春耕，只是大白菜难找。

"去侦察下。"小丽说话果断。谁去呢？英子说："我去，掘菜庵里的老尼姑，人长得丑，菜园子却拾掇得眉清目秀。"英子喜欢用小说里的词汇。

英子一阵风似的消失在村后。英子虽是家里独养囡，却无一丝娇气。那次，英子与同学吵架，对方骂她野孩子。英子回家哭诉，她妈说："你不就是个野丫头吗？"英子破涕为笑。

不时，英子气喘吁吁跑来："老尼姑真有办法，将地里的大白菜用纸包起来过冬，撕开纸的一角，大白菜雪白粉嫩，都能掐出水来，边上的蒜叶碧绿青翠。"小丽提议，每人从家里偷出两条年糕，美美地享受一顿。

夜晚，我们踩着一地月光去村后。月光下的掘菜庵有点诡异，断壁残墙，野草葳蕤，石板上布满青苔，碎砖瓦砾间藤萝横生。废墟里，兀立间小房子，破败的门窗像在苟延残喘。我们蹑手蹑脚到门口，眼睛贴着门缝：破旧的小桌上，油灯如豆，脸盆里水冒热气，老尼姑坐在桌旁，灰布长衫没系带子，衣角拖在地上。她用热毛巾轻轻地敷在胸上。少时，她站起来把毛巾放回盆里，昏黄的灯光衬托出小巧精美乳房。我们心怦怦乱跳。不知谁"咦"了一声，老尼姑蓦地一凛，掩住衣襟断喝："小丫头，想吃炒年糕，捎上白菜大蒜走人。"

我们撒腿就跑，逃跑中英子顺了棵大白菜，小丽抓了把大蒜叶。

跌跌撞撞进了家门，楼上呼噜声大起。英子上灶我烧火，火苗中尽是老尼姑的影子。记得妈妈说过，老尼姑其实不老，才四十出头。抗战时母女俩要饭到这，日本人的一枚细菌炸弹让她娘染上鼠疫见了阎王。庵里的主持收留了她……新中国成立后一场大火，掘菜庵夷为废墟，她也毁了容颜，心地善良的小尼姑成了村里的照顾对象。当时我还问过娘："她有孩子吗？"娘蓦地一惊："小孩子家家别乱说话。"

我苦苦思索，见惯了妈妈们给婴儿喂奶，绝不是那样，老尼姑到底在干啥？

　　氤氲气中，英子打了个饱嗝："莫不是老尼姑嫌奶子不够大，想揉大一点。"小丽说："说不定她想要孩子，揉揉能出奶水？""羞死了！""那她在干啥？"是啊，在干啥呢？那个晚上，步入青春期的我们很晚才进入梦乡。

　　仲夏，掘菜庵草木丰盛，放学路上，嘴馋的我们拐进庵里。又酸又甜的野红莓是我们的最爱，搁在平时，怕猴急的我们被刺柴伤手，老尼姑早就捧出一大碗，放在门口的石凳子上了。不知谁说了声："去看看老尼姑。"

　　贴紧门缝，见老尼姑坐在桌边，衣襟散开，好看的胸变成个烂桃子，她左手扶住奶子，右手从溃烂处抓了个米粒似的东西，放在木碗里。"咦！虫子。"我们惊呼。

　　老尼姑掩住衣襟倒在床上，虚汗从额头流下。我们推门而入，老尼姑脸色惨白，念叨："吓着孩子们了。"英子握住她的手："别怕！我们会常来看您。"那一刻，我们仿佛长大了。最后的日子里，有我们陪伴，老尼姑的脸上满是安详。

　　秋天，掘菜庵上小屋不见了，多了穴旧坟砖砌成的新坟。

风中的红丝巾

　　乌鸦归巢时分，天就黑了。苦楝树与夜色融为一体，丢失了影子。田野里，芝麻秸秆碰撞出稀里哗啦的声响，玉米缨子释放出甜丝丝的味道。

　　得知平坟造田，晓文急了。天擦黑时，她望着河对岸的坟地发呆。坟地有些年头了，坟地的周边是菜地。夜里的坟地，鬼火贴着老坟转悠，哀怨的鬼哭夹杂着猫头鹰骇人的叫声。深夜的坟地，是鬼魂的领地，村人不敢造访。晓文不信这个邪，要解开坟地里的怪事。她自小胆大，认准的事轻易不会放弃。

　　三年级那次珠算课，发现算盘少了两档，追求完美的她，心里极不安宁，回答不出问题，被老师训斥一顿。晓文心里憋屈，回家后，踢桌子踩板凳，对着板壁哭个黑天昏地。直至父亲收工，还在干号。父亲拿根麻绳把她绑起，扔在坟地的苦楝树下，老坟张着黑洞洞的口，吞没过不知多少夭折的孩子。

　　那个年代，农家人口多，受经济状况限制，求医太难，谁家没有夭折的孩子？三岁的妹妹长相甜美，病中老爱用手帕遮住面孔。病着病着，妹妹就没了，被丢进了坟洞。晓文想用哭声唤醒妹妹。天未放黑，父亲就背着她回家，要女儿别再任性。晓文抽泣着不肯认错，嘟囔着少了两档算盘珠。父亲拍拍她的背脊，明白女儿的小心思，对有缺陷的事物，极其敏感。

晓文爱做梦，梦里常来坟地，寻找丢失的妹妹。她比妹妹大两岁，已记不清妹妹的样子。梦里的妹妹脸上蒙着手帕，照样害羞。妹妹说她想姐姐啦。梦境折磨着晓文，同桌海燕是她的知己，偶尔会与她聊起梦境。再过几日，坟地将要平整，去哪证明自己的勇敢？她也怕招不回妹妹的灵魂。

晓文跟海燕说："夜里去坟地转转。"

海燕说："胆子也忒大了，我哥哥小时候就被鬼魂缠上，魂都招不回来。"

晓文说："都读高中的人啦，还信这。"

海燕劝诫："别逞能了！"

"放学后，咱俩去坟洞的竹竿上，把红丝巾取下来。"晓文提议。

海燕说："那咱赌上一把，赢了，我送你一双春秋鞋。"晓文眼前，晃动着蓝绿相间的春秋鞋。

捋捋被风吹乱的刘海，晓文走进坟地。长满杂草的坟洞里插了根竹竿，竿头飘扬的红丝巾飒飒作响。晓文爬上坟头，一把扯下竹竿上的红丝巾，缠上脖子打了个结，双脚撂倒蓑草，手一撑跳下老坟，手腕隐隐作痛，心里有些许异样。"姐姐！"坟洞里飘出妹妹稚嫩的声音，晓文侧过身子，妹妹小小的身影悬在坟洞，手帕遮住了小脸，妹妹还是怕羞。晓文说："好想看看你的笑脸。"妹妹惨白的小手揭掉手帕，笑脸泛着光亮。终于看清妹妹俊俏的模样，晓文好开心。

呼喊着妹妹的名字，晓文要爬上坟头，去拥抱妹妹。妹妹的影迹瞬间全无，只有蓑草在风中摇曳。

跌跌绊绊踏上草场，茅草缠住晓文的腿脚，拨开草茎，裹紧衣衫，仿佛有双无形的手拽住她的身子，额头渗出汗珠，汗水浸湿了背脊，喉咙嘣出的"救命"声，淹没在秋风里。呼喊救命？不可能！衣袖拭去汗珠，心愈发镇定，她为自己的勇敢，流下了热泪。

身子软塌塌的，脚被石头绊了下，晓文跌倒在地。大脑异常清晰，她"嚯"地起身，一步一步走出草场。回首，风把蓑草吹向一边，天上的新月挣脱开乌云，露出弯弯的笑眉。坟地上，闪烁着几点荧光。传说中的鬼火？读小学时，晓文听老师说过，田野上的磷火释放自死人的骨髓。

那不也是鬼火？晓文鼓励自己，稳住，哪有人怕鬼的道理。对着草场，晓文掐了下手背，确认不在梦中。

夜风阵阵，脖子上红丝巾飞扬，晓文的心不再扑腾。面对坟地上缥缈的鬼火，她攥紧拳头："我战胜了自己，完成了心愿。"小桥头，电灯光影里，海燕腋下夹着鞋盒，走上小桥，行向河塘。"你赢了！"她将鞋盒递到晓文手上。

晓文打开鞋盒，一双崭新的春秋鞋卧在其中，笑道："你还当真？"

海燕娇嗔："以你的红丝巾作为交换，可舍得？"

海燕的手，搭上晓文湿漉漉的背脊，眸子里全是敬佩。晓文将红丝巾系上她的颈部，打了个好看的蝴蝶结。

遭　遇

那天他去城外踩点，大樟树边，有栋小别墅，悠扬的琴声自窗棂漏出。是谁弹奏动听的乐曲？

有阳光的上午，不算年轻的保姆搀着满面皱褶的老太太晒太阳。

黑夜，他猫在樟树杈间，等别墅里灯光熄灭。他纵身一跃，摸出钥匙"咔嚓"几下。客厅拐角处的钢琴，吸引了他的目光，捏紧修长的手指，目光已爬上楼梯。

踮着脚尖蛰伏进卧室，"吱呀"一声房门打开，灯也亮了，床上的老人瘪着嘴说："几年了，都没人光临。"他一眼瞥见墙上报警器，边上的毕业照将他吸引。"妈妈。"他不禁叫出声来。老人端详他一番，说："你是？"他说："方飞是我妈妈。"老人说："我俩同一科室。"

长满老年斑的手拍拍床沿示意他坐下。喉结滑动几下，他艰难地说："您好！"老人指指隔壁房间："她是个闷嘴葫芦，一天蹦不出几字，力气大过水牛。"

听到响动，闷嘴葫芦举着棍子凶巴巴地冲进房门，说："贼骨头，往哪逃。"顺手去按报警器，被老人阻止。

他忐忑地坐上床沿，给老人讲妈妈的事。老人唏嘘："我俩很谈得来，一别三十多年了。"然后他讲了个故事，老人的脸笑成菊花瓣儿，他也跟着笑，笑完了，肚子唱起空城计，老人说她也乏了。从枕边摸出一沓钞票，塞到他手里。他推却一番，起身道别。

是夜。他按响门铃，闷嘴葫芦带他上楼，坐床边椅子上，老人眯着眼打量他："爱耍贫嘴，相差也就十来岁。"他好奇。她揶揄："儿子成了美国佬，人难见着，汇款单倒时有寄来。"他笑言："不怕我惦记?"她说："人老了，没啥好怕的。"

白天，他仍来听琴。琴声中，邪念一分分荡涤干净。晚上，他的脚步向此行来，老人期待的目光，让他心里滋生出一股底气。

聊多了，老人与闷嘴葫芦认定他是好人。

那日，他穿西装系领带，进门对着老人深深一鞠躬："我能弹钢琴吗?"老人眼睛一亮："当然可以。"他儒雅地坐上钢琴椅，灵动有力的手指，敲击着琴键，动听的乐曲回荡在屋宇。一曲《离别》塞满沧桑，渗进无奈。当年的遭遇浮上脑海。

那年，为官的爸爸被送进牛棚，当音乐教师的妈妈精神受了重创，牵着他的手找遍城里城外。再后来，爸爸病死在狱中，妈妈站在高楼上放飞了自己。十岁的他，流落街头……

老人暴着青筋的手，在大腿上合着节拍。《离别》曲中，儿子去美国上牛津大学。若干年后，又以《离别》悼念先生，歌声飞向神奇的高原。

他向老人忏悔："您明知我……"老人示意他别说："孩子，挺起你的腰板，找个活干。""年纪一大把，能干啥呢?"他迷茫。

"你颇具音乐天赋，考个级，弄个职称，教孩子们弹钢琴。"

他的手指在腿上叩击，目光里写满卑微。老人起身进房，出来时手中多了个暗红色的存折，递给他："密码是账号后三位数加上我的出生年月。"他不禁喃喃："您与我妈正好差一轮。"老人拉着他的手，说："人生能有几个十二年。"

他嗫嚅着不知说啥。"人老了，就想图个热闹。"老人坦言。他欣喜："真的?"老人咧嘴笑了："再过些时辰，我敲不动琴键，就是能，也成了噪声。"

他说："我不会让您失望。""要的就是你这句话。"老人说。早过不惑的他，竟孩子般哭了个痛快，心里暗暗使劲，拿出十二分精神，开始新的人生。闷嘴葫芦抽几张纸巾给他。

苍老的手与白皙的手紧紧握在一起。

绳　结

　　晴儿的心里晃悠着绳结，她穿上最爱的连衣裙，拎起小包，走向村西大樟树。

　　曙色初现，淡黄色的樟花撒满一地。空中传来稚气的童音："妈妈，太阳快出来了。"她的眼前竟是流着鼻血的儿子坐在病床上，无血色的小脸充满惊奇。

　　病房里，晴儿拉上布帘，灯光下，灵巧的手指交替，小动物的影子，蹦跶上雪白的墙壁。儿子学着妈妈的样子，手指时而纠缠，时而分开。只要儿子开心，她做什么都愿意。

　　大樟树像顶巨伞，叶子深邃密实，诡谲讶异。符合她此时的心境。无眠之夜，回想一生，爱过也恨过。儿子的病成了她永远的痛，窝在心里纠集成结，解不开了。她拿起椅子上麻绳，打结、松开，反复几次，个个都是死结。心里倒是轻松，一切都将了结。这些天，她的眼前老晃悠着绳子。那天路过杂货店，无意中她看见一捆绳子，拉扯几下，挺结实的，没问价钱就要了一段。

　　亲人都已离去，饱尝磨难，经历了死别生离，眼睁睁看着儿子在她的怀抱里没了心跳。一块白布隔开阴阳，晴儿的心被撕成碎片。

厌倦了世上一切，晴儿心里只有一个愿望，看一眼初升的太阳。哪怕留下最难看的样子，她亦无所顾忌。

朝阳跃出天边，田野蒙上一层橙红。晴儿对着天空喊："儿子，看好啰！"面朝初阳，晴儿十指翻飞，灵动的影子，映在石凳上：鸟儿啄食、燕子飞翔、黄鹂展翅、杜鹃泣血、公鸡打鸣……天边响起儿子的呼喊声："妈妈的手势真棒，太精彩了！"

"儿子，等等妈妈。"晴儿站上石凳，包里掏出麻绳，有绳结的一端甩上树枝，打结拉紧加固。下垂的绳尾，绕成圈儿打个结。她面对朝阳，深深一鞠躬："一路走来，有你相伴真好。漫长的雨季耗尽我的精气神。四周一片漆黑，疲软的脚如同踩在深夜的墓地上，幽灵般的鬼火触及灵魂，掠夺我的最爱。儿子的远去，我心中的太阳已经坠落，人生到了尽头。"

"妈妈，我想你。"儿子的声音来自天边。"儿子，妈妈陪你来了。"晴儿的头颅套入绳圈，长发在风中乱舞，双脚在石凳上一撑，身体悬挂到树上。

"妹子，人生的路长着呢。"大樟树下，一位高个子男人，纵身跃上石凳，死命抱住她。晴儿使劲挣扎，男人双腿夹紧她的身子，腾出双手，解开她脖子上绳结。

"别管我，儿子在那边等着呢。"晴儿双手攥紧绳子。

"别做傻事，有啥比死更痛苦？"男人额头渗出汗珠，抱起晴儿，把她按在石凳上。"死是最好的归宿。"晴儿一脸决绝。男人一把拽下绳子。晴儿思忖，想死还不容易，你拦得住今天，能拦得了明天？他像是看透了她的心思："最没勇气的人才与命运妥协。""也好，死了干净，美好的、丑恶的一切都归零。"晴儿抢夺绳子，男人攥紧不放。晴儿一头把他撞在地上，伸手夺过绳子。

男人站起身："世上比你惨的人多了去，活着才是最重要的。

美妙的初阳，解不开你的心结？"

"大哥也喜欢初阳？"晴儿垂下手臂。

"就你一人喜欢？六年前，我在此遇上一位少女，初阳里，她像朵清纯的花儿，岂知花朵惨遭摧残。我的劝让，少女忘却心里的痛，发愤学习。去年，女孩考上了硕士。"

男人打着比方，举着例子……红日冉冉升起，晴儿将她的遭遇，一股脑儿倾泻。都怪自己愚昧，嫌小屋逼仄潮湿，着急地乔迁散发着油漆味的新居。儿子患上白血病……借遍亲戚朋友。万般无奈下，晴儿去求老板，他从抽屉里找出张银行卡，说愿意做她坚强的后盾。半年后，儿子病情加重，老板嫌她是填不满的无底洞，将她辞退。婆婆骂她扫把星，老公另觅新欢。

"大哥，活着还有啥意思？"

"既然叫我一声大哥，我便把你当作妹妹看待。听大哥一句话，人活世上，没有过不了的坎，只要有信心，生活就有盼头。"阳光普照大地，晴儿的心结已然打开。

男人说："从头开始吧！"

晴儿笑道："好！死过一次的人，没啥想不开的。"

初阳里，晴儿看到儿子圆滚滚的笑脸。

若干年后，大樟树下，朝霞簇拥着太阳腾越而出，女儿稚嫩的双手将太阳捧在手心。晴儿伸出双手模仿着小动物，女儿照着妈妈的手势比画。

姆妈的春天

春天里，姆妈像是没了约束的野猫，穿梭于小巷屋弄，走在乡间田野。姆妈灵敏的鼻子嗅着食物的香味儿，推开邻居家的门，猫一样的眼睛，窥探到灶上，抓起盘子里的小黄鱼，丢进嘴巴，连着鱼骨一起咀嚼。"死老太婆。"背后一声断喝，姆妈已跑出弄堂。

姆妈喜欢上了窥探秘密。村子里稍有个动静，姆妈都会第一时间赶赴现场，咧着少了颗门牙的嘴，踮起脚尖，睁大猫一样的眼睛，神秘的目光夹杂着兴奋，窥视四周，一有响动，姆妈眼睛就闪着光芒。姆妈嘴馋，爱抢孩子的食物。由此，星光里，月色中，明扬家的门常被敲开，姆妈的不是，在风中罗列。

残阳如血，姆妈的窥探有了收获，扫帚叉起女孩的裤衩，挂上苦楝树枝杈。夕阳的映照，橘黄色的裤衩，洇满深红，神秘诡异，微风吹过，血的腥味儿扩散开来。一群半大的小子聚集树下，发出阵阵感叹，说比教科书来得实在。青春期的气息，升腾泛滥。呼喊声中，女孩们羞红着脸，躲在墙角你推我搡，猜测是谁的裤衩。

赶走了半大小子，明扬拉过姆妈："儿子的脸面搁哪?"姆妈咧嘴笑了，像个不懂事的小丫头，风吹着白发飘飞。

窥探，窥出了味道，姆妈撒开还算灵便的老腿，翻过邻居家的矮墙，噔噔噔走上楼梯，推开卧室，将一对正苟合着的男女逮了个正着。姆妈从门背后抄起扫帚，挑起苟合者的衣裤，像打了胜仗的旗手，雄赳赳奔赴战场，扫帚上旗帜飘扬。晒场上，姆妈将大旗一丢，撕开嗓门呼喊："快来看！一对狗男女，光着身子在床上扭秧歌。"姆妈的喊叫声中，苟合者的衣衫讶异地纠缠在一起。

男人们不正经的目光里，女人们的舌根嚼得有滋有味。静寂的村庄像一锅沸水，欢腾了。

医生说，姆妈患有轻度神经分裂症，需些药缓解病情。

那次，趁爹爹上街买菜，姆妈如电影里的侦察兵，长满白发的脑袋探出门外，左右察看，然后拉紧门闩。踮着脚尖，走向火缸边，拖出一只散发着恶臭，不知哪觅来的死猫，投进锅里。酱油瓶、油瓶、醋瓶子底朝了天，灶膛里火苗蹿出灶沿。

风儿吹来，一股难闻的焦煳味儿夹着浓烟漏出瓦缝。明扬撒开双腿狂奔，一脚踢开家门，舀尽大缸里的水，才灭了火焰。姆妈缩在屋角里发抖，像做错事的孩子，目光里全是无助。

明扬扶起姆妈，安慰道："想吃啥，让儿子做就是。"整整一个月，屋子里的臭气难以散去，路过的邻居都捏着鼻子。

姆妈整天疯癫癫地奔走，见啥捡啥，七魂丢了四个。

精干的姆妈去哪了？那个秋日的下午，姆妈很利索甩出一句："让小妹去上海，顶替你爹爹的职位。"

明扬问："为什么？"

"你爹做的决定。"姆妈使劲擦洗地板，不看儿子一眼。美梦被敲击成碎片，姆妈临阵一脚，将明扬踢进十八层地狱。三个手指稳捏的田螺，咕咚一声滑入水里。

心火腾起，明扬跑出家门，一个猛子扎进河里，冰凉的河水，扑灭不了心中的怒火。父命难违！明扬赤着脚，躬着腰，雨淋日晒，经年劳作在田里，心中的怨恨湮没在田野上。梦中情人成了别人的新娘，大上海，是他心中永远的痛。

好不容易熬出了头。明扬从稻田里拔出脚丫子，甩掉一身的泥巴，经营了一家门店。

日子舒坦，姆妈却成了这样子。谁来照顾她？爹爹年岁大了，妻在上班。大妹无心顾及，小妹在上海滩潇洒着呢。为了父母，自己付出的还少？爹爹的眼神里，明扬读出了无奈：爹妈老了。

新世纪的曙光里，明扬做出了选择。

至此，明扬才悟出父母不让他顶职的原因。爹妈笃信，儿子会侍奉在身边。明扬怨过，恨过，心一横转让了门店，赚到的钱不知能撑上几年，在后院种些瓜果蔬菜，日子又回到从前？

以前哪有这般潇洒，跟着姆妈跑超市、逛商场，窥探秘密。明扬自嘲。那天，因多瞟几眼美眉，姆妈便没了影踪，急出他一身冷汗。跑遍超市角落，收银台边，保安反剪姆妈的双手。明扬赔笑着付钱了事，拎上一袋食品回家。

揉着姆妈的双手，酸楚涌上心头。明扬说："儿子陪您到老。"姆妈像看陌生人那样，对着明扬傻笑。

遗　嘱

最近，明扬常常梦见，老房子里一家人围坐父母身边，父亲从抽屉找出一张纸，"啪"地放在桌上。明扬心一凛：遗嘱。拿起一读："谁照顾爹妈到老，现住的小楼就归谁。"

梦里的明扬一骨碌起床，打开保险箱，翻遍角角落落，哪来的遗嘱？惊出一身冷汗。醒了。

几次三番的梦境，明扬竟糊涂了，父母立过遗嘱，被自己弄丢了？

装潢新颖的餐厅里，粢饭就豆浆，明扬吃得有滋有味。运气来了挡不住，按拆迁政策，分了三套电梯房，大妹明华住马路对面的高档住宅，小套留给定居上海的小妹明丽，到时兄妹抱团养老。

十年后，明丽也该退休了，到时候明扬要将房子装修一新，采用妹妹喜欢的基色，安上整洁的橱柜，挂几幅妹妹的靓照，让她感受家乡的温馨。

砰！墙上的照片掉在地上，碎玻璃像一双双诡谲的眼睛，盯得明扬汗毛竖起。照片里父母一脸慈祥，两个妹妹笑靥动人。

那是二十多年前拍的照片。

那年，一家人逛大上海，顺带送妹妹明丽顶替父职。父亲请照相馆的同事拍了合影。当时，明丽眸子里全是喜悦，有种大都市人才有的傲劲。明扬不明白，为何褪了色照片里，明丽的目光，有种说不明道不清的哀怨。清扫完玻璃，明扬将照片嵌入相框。父亲选的相框，与新家不那么协调，明扬却宝贝似的看得紧。

"叮咚"的门铃声，打断了明扬的思绪，使劲咽下粢饭。快递小哥从兜里拔出水笔，让明扬签字。瞥眼地址，明扬愣了，自己可没干过坏事，忐忑中拆开邮件，抽出一看，傻眼了：法院传票！上诉人居然是亲爱的妹妹明丽，在大公司任职的妹妹明华也签了名。

一屁股跌进沙发，明扬盯着茶几上的合影。照片里的父母目光安详，并排坐在前面，明扬站中间，大妹明华和小妹明丽相依两旁。

明丽和明华也忒绝情，作为大哥，明扬待妹妹们不薄。

当年在农村，风里来雨里去，好不容易盼到父亲退休，泥腿子将成为照相师。

不知父母出于何意，竟让小妹去顶替。心火蹿得老高，明扬一头扎进河里，冰冷的水，浇灭不了心里的憋屈。

父亲临终前对明扬说："母亲希望度过安逸的晚年，有心将你留在身边。"

随着年岁增大，明扬慢慢地体会到父母的用意。明丽倒好，在大上海站稳了脚跟，又惦记起家乡的房子，事先不打个招呼，竟然对簿公堂。至于吗？妹妹翅膀硬了，不是跟在哥哥身后吸着鼻涕的小丫头了。

记得那年，母亲得了阿尔兹海默症，父亲坦言："谁照顾爹娘到老，那间小楼归谁。"两个妹妹不说话。明扬说："我来照顾爹娘。"妹妹们说："父母一直就跟哥哥亲近。"当时，父母没立遗嘱？还是被自己弄丢了？梦境搅得明扬脑瓜子生疼。

一晃二十多年，明扬先送走痴呆了八年的母亲，然后为卧床一年的父亲尽了孝道。为此，明扬关闭经营红火的门店。打官司必得注重证据，这些谁不知晓，他也曾咨询过律师，妹妹们是抱着必赢的想法，将明扬告上法庭的。

明扬问自己，如父母身后无财产，你就不孝敬父母？完全不可能。养育之恩，岂敢忘记。父母的遗产，子女都有份的。只是妹妹们直接把他告上法庭，着实过分了。

秋阳透过落地窗，明明亮亮的光线撒满客厅。兄妹三人，坐在沙发上，墙上相框里的父母笑容依然。

明丽说："父母一去都十多年了。"

明华说："父母在时，一家子有多亲近。"

明丽直截了当："哥哥考虑得咋样？"

明扬说："当着父母的面，妹妹们如何说的？"

明丽一甩额上的秀发，仿佛甩掉过去的一切："我不记得了。"会说话的眼睛看向明华，眸子纠结在一起，"姐，你可有印象？"

明华微微红了脸："父母了啥？我咋不晓得。"

明扬说："要不模拟下当时的情景？"

明丽说："读书人，岂能不懂法律。父母的遗嘱在哪？"

明扬抽屉里拿出文件袋，抽出一沓纸，分别递给两位妹妹。姐妹俩阅读了协议书，脸色由白转红，明华愣了下，目光不知望向何处，嗫嚅道："哥哥想得周到。"

明丽脸红到了脖子，抬头，眼睛里起了雾水。

中秋的月亮

　　那年中秋，月光皎洁，大地像涂上一层白银。我拿着两个月饼，叫上小雅，走向小桥边的桂花树下。

　　坐在桥边石凳上，望着天上明月。一声悠长的口哨声划破了静谧的夜空。"明扬。"我俩说好似的叫出声。"别装神弄鬼了，出来吧。"小雅笑道。明扬跳过渠道，站在我们面前。我撕开纸筒，将月饼分给他俩品尝，小雅瞥我一眼，我说出门前吃了一个。

　　明扬接过月饼，丢进口中咀嚼。闻着饼香味儿，我低头咽了下口水。小雅掰开月饼塞进我口中，甜香满口。明扬说："月亮好圆。"我提议今晚的话题与月亮有关。小雅说听高中生的。我白了小雅一眼，那个时候，村里就我一人上高中。我不想以此转移话题，打搅美好的氛围。

　　明扬说："月亮从哪升起？"我说："当然是东边，明月还挂在树梢上呢。"明扬说不一定，她奶奶告诉他，月亮有时从西边升起。我诧异，老巫婆的话也能信？明扬说那天清晨，他走出家门，西斜的月亮，悬在屋顶，转悠一圈回来，月亮竟爬上半空，渐渐地被太阳的光芒遮住。

　　我说："真的？"明扬舔了下嘴唇，拇指与食指圈成圆放在嘴前，运气，悠扬的口哨声回荡在夜空，惹得月亮晃悠几下，抖落下几片桂树叶子。明扬捡起来，插在衬衫口袋，绿绿的，散发着清香。

小雅说："我见过月亮从南边升起。"那天，吃好夜饭，她跑到后院，看见月亮从南边升起，那时的她刚学会辨别方向。寻思中，月亮已从栀子树梢，跃上墙头，一分分挪向天空，月里嫦娥起舞，身影袅娜多姿。明扬说："编的吧。"小雅说："你才编的呢，我还听到一个男人的说话声。""不会是你爹的声音吧。"我揶揄。

小雅急红了脸，倏地站起："不信的话，可问明月。"凝望明月，月里分明有吴刚砍树的姿势，嫦娥飘逸的身影，桂花纷纷扬扬，落在地上。我们捡起星星般的桂花，包在小雅的手帕里，嗅着桂花，小雅捶我一拳，示意："该你啦。"

那个夜晚，秋风送爽，一轮明月从东边冉冉升起，晒场上，我们听父亲讲月亮的故事。

故事里，惨淡的月亮从东方升起，酒坊里香气浓郁，一小队日本兵咽着口水，闻着香味闯进酒坊，那时奶奶正拿了瓶桂花酒自斟自饮，清冽醇香。日本兵夺过奶奶的酒瓶，一喝大呼过瘾，开启酒坛，舀一杯让奶奶先尝，奶奶仰头一口喝下。悠扬的口哨声中，酒坛滚在一边，日本兵醉趴在地，被抗日小分队一举歼灭，月亮红了脸盘。从此，奶奶关闭酒坊，酿酒用的粮食全捐给了抗日大队。

明月下，我们吟出领袖的《蝶恋花·答李淑一》："……问讯吴刚何所有，吴刚捧出桂花酒。"刹那间，乌云遮住了月亮，天空滴下豆大的雨点，我们双手合拢，接住雨水，吮吸几口，馥郁的酒香味儿沁人心脾，醉了。大风吹散了乌云，月亮笑眯眯看着我们，朦胧中，我顺手捡了个瓶子，洗净，将树叶子上的雨水收集起来。

　　明扬抽出衬衫口袋里绿叶，塞进瓶子，小雅打开手帕，将桂花抖落进瓶子，我们决定把瓶子埋在桂花树下。明扬捡来根树枝，小雅拿半块瓦片，我用一片碎石，挖了一个尺把深的小坑，轻轻放进瓶子，小心加土，摊平踩踏结实，明扬用脚步丈量位置。

　　欢快的口哨声里，我们告别了明月。

　　往后的岁月里，无论我在哪，只要定下心，悠扬的口哨声就会自远方传来。那晚情景浮现在眼前，心便有了着落。站在异国的土地上，我望向东方，寄托乡愁。是家乡的明月，伴我闯过一道道关卡。

　　中秋节，漂泊在外的我回到家乡。古樟公园霓虹灯光辉映，商业广场时尚便捷，家乡已融入大都市。几经转折，我联系上小雅，电话里她说："明扬曾找过我们，问还记不记得三十多年前的那个夜晚？"我说："当然，桂花树无恙？"小雅说移树前明扬找到了埋在树边的瓶子。

　　月光下，我们看着彼此，笑了，看来岁月不是一把"杀猪刀"。

　　公园里，我一眼认准当年的桂花树，明扬操起小锹，刨开土层，挖出瓶子，清洗后的瓶子，像透明的繁花筒，桂花凝聚成金色的五角星，边上围着四颗小星星，瓶底那抹绿依然。

　　我试着晃悠下瓶子，瞬间，星星又恢复了原状。

吴亚原

第八辑　水中，那弯新月

　　太阳挂上树梢，春梅携丫鬟踏上田埂。纤手裹紧裙摆，拔一株茅草，捏在手中，长长的指甲在阳光下闪亮。

　　草茎嵌进指甲，扔掉茅草，春梅红了眼圈。她视指甲最为金贵，见天打磨热敷，睡前戴上手套。春梅剔去甲缝里的草茎，莫名的疼痛，袭上心头。

水中，那弯新月

春梅有双玉手，十指纤纤，八个窝窝分布在手背，葱管样的指甲，芬色透亮。上过私塾的春梅读过《红楼梦》，喜欢书中人物晴雯，尤其是她的指甲。娘家底子殷实，春梅自小有丫鬟陪伴。

春天里，一顶花轿并十里红妆，吹吹打打进了苏家，戴着大红花的男人把春梅抱下花轿。不言洞房夜缠绵缱绻，且说日子里的琐碎平凡。

嫁入夫家，娇小姐晋升为少妇。渐渐地，春梅发觉男人的心不在家里，常常镇上玩一日麻将，村里推半宿牌九。

夏日，池塘里荷花盛开，男人脸却像秋末的荷叶，蔫了。春梅问男人："为何不开心？"男人说："女人家别管闲事。"婆婆整天耷拉着脸，额头纹路加深。丫鬟说："主人家的牛棚里，耕牛少了几头，路边水稻田，换成了别人家的割稻客。"

太阳挂上树梢，春梅携丫鬟踏上田埂。纤手裹紧裙摆，拔一株茅草，捏在手中，长长的指甲在阳光下闪亮。

春梅问田里割稻客："大哥是谁家的短工？"

割稻客说："村西李家。"

春梅紧蹙黛眉，绕了几条田埂。田里劳作的大伯告诉春梅，苏家部分田地在她未嫁时就已经易姓。拐弯来到牛棚，几堆牛粪盘踞地上。朝里走，空荡荡的棚屋，踩一脚尘土飞扬。春梅的心沉了下去，过门不久的媳妇，该做何打算？

草茎嵌进指甲，扔掉茅草，春梅红了眼圈。她视指甲最为金贵，见天儿打磨热敷，睡前戴上手套。春梅剔去甲缝里的草茎，莫名的疼痛，袭上心头。

夜里闷热潮湿，倚在床头，男人揉揉妻平坦的小腹："姆妈想抱孙子，咱得赶紧行动。"春梅使劲推开男人："总不能儿子一落地就把西北风当饭吃。"

男人说："你当我养不起儿子？"

春梅叹息："我看是撑不了几年。"

"苏家有田有牛，怕没饭吃？"

春梅规劝夫君："田无一垅的日子，咋过？该收心了。"男人侧过身子，打起呼噜。无眠之夜，春梅想起媒婆之言，说什么苏家田地百亩，耕牛数十头，丫鬟用人一屋子，打着灯笼也难找。过门不到半年，衰败之势已经摆出。不能！春梅握紧戴手套的双手，心里暗暗使劲。

清晨，春梅从妆盒里找出剪刀，净手，含泪剪掉心仪的指甲。春梅回了趟娘家，才叫一声姆妈，已是泪水涟涟，她将首饰袋塞在娘的手里。

娘拉着春梅的手笑道："女儿有孝心，给娘买首饰了。"

春梅一脸羞愧："恕女儿不孝，身体发肤，来自父母，袋子里装着女儿的指甲，请姆妈保管。"女儿从娇小姐，沦落成农妇。

"女儿犯了啥错？"娘一下子慌了神。

"女儿自己发落自己。"春梅将苏家的状况，叙述一遍。娘骂媒婆黑心，将宝贝女儿推入深渊，连她最爱的指甲都舍弃了。娘也责怪自己，当初，任凭女儿松开裹脚布，疼痛免去了，可吃足了苦头。为此，二十岁上女儿都未曾找到婆家。

为了苏家，婆媳俩结成同盟，一起料理家中杂务。傍晚，做好羹汤，不见男人归来。春梅走进一间乌烟瘴气的屋子，一脸温和地挽起男人的手臂："家人等你吃饭呢。"转身，她脸色铁青丢下一句："谁再找我男人赌博，我跟谁急！"赌友的惊诧声中，春梅坦然走出屋子。

男人戒了赌，春梅的肚子也渐渐隆起，生活像秋天田野，充满收获的喜乐。

春天，苏家喜添男丁。婆婆叮嘱春梅，好生坐月子。男人心生喜欢，早晚陪陪春梅，逗逗襁褓中的婴儿，日子顺遂。满月了，春梅伸出纤手，对着太阳，新长的指甲，像极了一弯弯新月。逗着爱子，她心里美滋滋的。

那天，春梅去村口，妇人们围在一起嚼舌根："苏家的败家子，趁娘子坐月子，输光了良田耕牛。"当头一棒，击得春梅双目冒出金星，速速奔回家中，质问男人："此言属实？"

男人眼睛盯着脚尖，嗫嚅道："只剩十几亩薄田，三头老牛。"

婆婆涕泪齐下，跌坐在矮凳上，骂道："作孽啊，你这个浪荡子。"

春梅握紧婆婆的手，眸子里透出坚毅："为了儿子，我也要撑起这个家。"

春梅亲亲儿子的小脸，神色决绝，拿起剪刀，剪掉指甲。丫鬟将指甲放进玻璃杯，水中的指甲，像一弯弯新月，恬静逍遥。

男人将指甲收进盒子，对天盟誓，若再赌博便自断手指。

路

　　走出逼仄的小楼，阿莲心里不是滋味。老公回家过年这十来天，家里才有点气氛，转眼又要离别。婆婆嘴碎心眼小，整天给她点脸色看，笼络孙女确有一套，什么吃零食啊讲故事啦，顺带贬低孙女的娘。祖孙俩整天腻在一起，钻一个被窝。阿莲劳累了一天，头一碰到枕头，就睡了过去，很少与女儿相处。

　　累人的秋收总算搞定了，脑子里蹦出一个念头，找老公去。夫妻相互有个照应，灰头土脸的生活，也该来个了断。

　　阿莲性子急，急匆匆走到大樟树下，鞋跟被绊了下，摔在地上，索性坐在树根上，揉揉疼痛的脚踝。前方百来步处有个公交车站，十来分钟后，有一辆公交将载她去城里，坐上南下的动车去海滨城市。

　　清晨，村子比较清闲，偶尔几声狗吠，淹没在公鸡打鸣中。阿莲想，自己不在家，婆婆该高兴了吧，牵着孙女的手，东家长西家短地嚼嚼舌根，多带劲。想她干啥，离家才几步，就牵挂上了？阿莲的心头溢满酸楚。

　　大年初八，目送老公上公交，阿莲的心也随车子远去。牵挂着他的一切，端起饭碗想，头挨着枕头思，睡不着的夜晚脑海里全是他。昨天接到老公电话，说他小腿骨折，住在医院特别想她。她对电话里说："心有灵犀，我正准备把自己送过去呢。"电话里销魂的话语，竟有小别胜新婚的感觉。她想，哪怕在医院，也要趴在他的胸前，说上几句体己话，握着他厚实的大手，眸子相对淬出朵火花。她甚至想好，拦一辆的士，偷偷将她和他载出医院……

阿莲脸色绯红，都这把年纪了，还想入非非，起身拍拍屁股走向车站。

坐在公交上，阿莲的心已飞到老公身边。阿莲想让老公牵着她的手，逛商场，看电影。老公说阿莲长得比城里人好看，只是没打扮，化个妆穿上连衣裙，回头率高是肯定的。

上了动车，与一位大姐邻座，闲聊中得知她也去那个城市。阿莲告诉大姐老公是搞销售的，受了点小伤想她，一个电话让她过去。阿莲的脸上腾起红晕。

大姐羡慕："年轻人有情调。哪像我们，一见面就吵，吵着吵着他就烦我，干脆去了滨海，耳根子倒是清静了。这下钱没赚到，人躺在医院里。胃里长了个东西要手术，一个大男人竟在电话里哭了。"大姐深深地叹口气，"丈夫说得明白点，无非是令你嘴上说烦，心里总是惦记的那个人。"

阿莲点头称是。大姐："这次出院带他回家，再不济，一家人一起有个照应。"大姐典型的村妇打扮，说话倒蛮有主见。俗话说得好，金窝银窝，不如自家草窝。

颠簸的列车中，阿莲迷糊过去。

一踏进病房，手捧鲜花的老公，给阿莲一个热切的拥抱。阿莲欣喜："好端端的，住院干啥？"老公说："想你了才出此招。"阿莲双手吊在老公的脖子上，红唇凑了上去。"咣当"一声，老公跌倒在地。阿莲掀起他的裤腿，半截腿没了踪影。绝望中吓出一身汗，醒了。

大姐担心阿莲："脸色煞白，做梦了？"阿莲心有余悸，揉着胸口说没事。大姐递上水杯，让阿莲润润口。阿莲跑进洗手间，对着车窗猜测，老公遭了车祸？还是他进了家讨债公司，被人打断了腿？或许去做传销，逃跑中摔断了腿……猜测像鸡毛塞满她的脑子，纠缠着。真是这样，我该咋办？带他回家，种庄稼养活全家，还是去城里多打几份工，一家三口过日子，婆婆咋办？也接去城里？可房租负担不起。再说婆婆不待见我，犯贱吗我。要么回村开个店，用盖房子的存款做本。想那么多干什么，万一是工伤，啥都不用考虑了。

阿莲一拍脑门，视频聊天不就一目了然了。回到座位，她掏出手机，按键，被切换到语音："亲爱的，你到哪了？"阿莲娇嗔："我要视频！"老公说："没流量了，晚上就可见面了，乖！""你的腿怎么样了？""左腿石膏固定着，无大碍。""真的？""骗你做啥。"阿莲轻轻地舒了口气。

大姐说："看来妹子心也挺重。"阿莲笑笑："心里牵挂着的人，好事坏事总爱往他身上靠。"

大姐握着阿莲的手："我也一样，嘴硬心肠软。"

夜色凝重，霓虹璀璨，看着车窗外的灯河，阿莲不禁自问，等待自己的，将是啥样的路？

画　像

　　初夏的太阳以崭新的姿态悬挂在天空，讨厌的梅雨季节总算画上了句号。奇奇将潮湿的被铺搬到太阳底下暴晒，晾霉是江南固有的习俗。

　　打开樟木箱，奇奇拆开油纸包裹的画框，那是一幅装裱好的油画，画中的少女面容清秀，眸子清澈，带着几分羞涩，两条乌黑油亮的辫子，垂在胸前。百合花布衣衫衬托出姣好的身姿。奇奇捧着画框来到镜前，镜子里的她，与画上少女，除了眉眼有点相似，几乎找不出共同点。奇奇惶恐，咋一下就老了呢？

　　这些年，画像一直陪伴着她。那年春节，奇奇带着画像，嫁入夫家。

　　旧时的光景，像画一样烙在奇奇心里。画是四十年前沙耆叔叔画的，要是他不疯癫，奇奇哪有这么好的运气。

　　那是一个阳光明媚的上午，闻着栀子花的芳香、梳着两条麻花辫的奇奇，与小姐妹一起走进沙家大院，推搡着上了小楼。

　　看似疯癫癫、傻兮兮的沙耆叔叔扔掉画笔，轰少女们下楼："小丫头们，叔叔给你们画像去。"

　　这幅画是奇奇最喜欢的，每年晾霉，她总要端详一番，每次的感受都不一样。

三十年前，新婚不久的奇奇，挺着刚刚隆起的肚子，指挥丈夫晾霉。看着他支开三脚架，搁上晾杆，将绸被、床单、衣物，放在太阳底下暴晒。末了，丈夫走进里屋，搬出一张四方桌，摆放在院子里，小心翼翼从樟木箱里捧出画框，细细擦拭一遍，将画像平放桌上，接受阳光的洗礼。奇奇从柜子里找出一块白绸布，盖在画上："太阳猛，画会褪色的。"丈夫一把搂过奇奇，笑道："那时的你多可爱。"奇奇娇嗔："青苹果一枚，生涩。"

　　丈夫好奇："当时的感觉如何？"

　　奇奇说："看着沙耆叔叔给小姐妹画像，我担心会不会像板壁画那样，轮到我，忐忑地坐上竹椅子，心咚咚打鼓，脚不知道搁哪，手都在颤抖。"

　　丈夫说："画像里，就能看出你当时的心情。"奇奇打了丈夫一拳，笑道："看把你能的。"

　　二十年前的一个星期日，骄阳如火，女儿吵着与妈妈一起晾霉。女儿站在矮凳上，捧出樟木箱里的画框，问妈妈："这是大表姐？"奇奇说："死丫头，连妈妈都不认识？"女儿说："谁把你画得那么土气？"奇奇道："傻子公公画的。这衣着发式，在那个年代是最时髦的装扮。"女儿说："妈妈，带我去找傻子公公，让他给我画画。"奇奇说："傻子公公是中国的凡·高，远在上海呢。"女儿说："妈妈的运气真好。"突然，女儿惊叫："画里有块黑斑。"奇奇拿起一看，画上有纽扣大小的斑迹，拿块白布擦拭，还好是表面上的，没留下痕迹。奇奇将画像细细检查，心里才算稳当。

　　奇奇告诉女儿："沙耆叔叔是位了不起的画家，他一度神志不清，穷困潦倒，家具烧成了木炭，画布被村人当作擦地布，手中的画笔依旧紧握，艺术赛过他的生命。"女儿说："傻子公公厉害。"

那个时期的奇奇，常取笑画中的自己像枚青涩的梅子，一副乡村丫头的憨样。

十年前那个夏日，晾好色彩各异的衣物，看眼画框里的少女，奇奇伤怀。岁月是支无情箭，穿越时光的隧道，把人刻画得面目全非。再晾几次霉，就要奔五了，这些年是咋过来的？一桩桩、一件件事在心里冒着泡儿，嘟哝着要说个明白。

夕阳悄悄溜进房间。镜子里，画中少女清纯朴实。捧画框的人，两鬓染霜，肌肤掐不出水分，腰部赘肉横生，眼角鱼尾纹恣意生长。奇奇轻叹，岁月催人老，女儿都已成家，自己还能不老？

奇奇对镜子里的自己说："退休了，读读诗书，走出狭小的空间，弥补这些年的遗憾。"透过窗玻璃，墙边的芭蕉树，嫩绿的叶子，遮住了初夏的天空。

蓦地，奇奇眼睛发亮。夕阳下，院子里的樱桃树，缀满簇簇殷红。像一幅唯美画卷，奇奇的眼眶湿润了。

是谁在背后盯着我

最近总觉得有双眼睛老是盯着我，背脊凉飕飕的，猛回头，却没有人。这个感觉，扰得我上班不安心，下班无安宁。

一连几天都是这样。如此的感觉，以前偶尔也有过，这阵子有加重的趋势。妻调侃："没了你的呼噜声，我也难以入眠，要不看看心理医生？"一个大男人没那么矫情。我搂着妻子："你知道的，我最不喜欢看医生。"

妻说睡前看看书，保准入眠。妻的话果然有效，书看着看着就迷糊了，朦胧中来到河边，公园里灯光诡异，狂风吹拂，树叶飘零，树丛里跳出个鬼鬼祟祟的男人，爪子似的手捏着把尖刀，嘶叫着刺向我胸口。在梦中，别怕！我拼命挣扎，从噩梦中醒来，汗水湿了睡衣，心跳得如敲鼓一般，梦中的情景，与四年前同出一辙。我起身拉开窗帘一角，黑夜演化成一双双眼睛，剜得我心里生疼。

四年前一个月黑之夜，小区对岸公园里，我沿着狭长的步行道快走。猛然间，似有呼叫声，侧耳捕捉，"救命啊！"传来尖细的女音。我摸出手机报警，又犹豫了片刻，走向公园深处。

长条凳上，男人身下有女子凌乱的长发，我大喝一声："住手！"男人一惊，从凳子上滑下，充满血丝眼睛恨恨地瞪着我：

"啥年代啦，没见过恋爱？""谁跟你恋爱？"慌乱中女子起身，双手本能地护在胸前抽泣着："大哥快打110，你要为我做证。"男人别过脸："大哥，别管闲事，散你的步吧。"我不由一惊，好面熟，没想到尴尬中竟对上了话："去自首吧。"

"姑娘，别告发，有损你的名誉。"背后传来沉着的女声。是一位衣着普通的女人。我愣了，小区里收垃圾的女人。女人恨恨地瞥了男人一眼："还不回去？"女人转身跪在地上，哀伤的眼神盯着我："大哥，他是我那混账男人，但这个家不能没他呀！"蓦地，警笛声刺破宁静的夜晚……警察带走了男人。"早晚有这么一天，作孽啊！"女人的哭声刺破宁静的夜晚。

女人家就在附近，男人依仗俊朗的面相，常以未婚男子自居，骗取姑娘好感。当然不是第一次，女人有所察觉，有时会趁儿子熟睡，去公园兜上一圈，但还是出了事。

男人被判了五年，丈夫的罪孽压得女人抬不起头，想换个环境，但在小区里揽上这活何其不容易。好在女人人缘不错，小区里的住户没怠慢她，反而给些照顾。

纸包不住火。星期天，儿子跟着妈妈收废品，不料与一孩子争吵，说他爸爸是坏人，儿子小拳头一挥，人家孩子鼻血直流。家长很生气，抖出其父老底，儿子哭着问妈妈："真的吗？"女人抱着孩子泪流满面："不是的，爸爸外出打工了。"

是夜，我照例去公园快走，树林深处，猛地蹿出一个女人，手里的刀子直逼我："好好的家让你毁了，我也不想活了！"女人哪是我的对手，我捏牢她的手："他违法，换了别人也会这样告发他。你仔细想想！"她一屁股瘫在地上，呜呜地哭："这日子咋过啊？"

"日子总得过，大家会帮你的。"我甩下一句，离开愚昧的女人。

从此，我家的废品都放在楼道里，里面有玩具食品之类，一个电话让她来收。我常想，那个晚上，要是换作别人会咋处理？正义感让我义无反顾，就是重新来过，我亦会如此。

　　梦醒时分，我明白了，我潜意识里怕那男人从监狱出来。杂念如野草般疯长，异样的感觉从心底生起。我甚至感到，有人戳我脊梁骨，凉风飕飕地侵袭胸腔，全身直冒冷气。咋办？

　　换个地方住吧。我开不了口，爱好文学的妻舍不得挪地方，小区里步步皆是风景。

　　妻见不得我消沉，开车载全家放飞心情。车子拐进一个环境幽雅的小区，妻拉着我的手说："看了好多处，这里最合适。"知我者莫如妻。

　　搬家那天，收垃圾的女人又来了，她咋知我住这？女人微微一笑："大哥，我知道你想啥，对一个收废品来说，不是太难。你放在纸箱里的衣物、学习用品，你们的关爱我记在心里。"

　　女人说："我每次去监狱探望，都劝他好好服刑。"

　　刹那间，我一身轻松，那种莫名的感觉灰飞烟灭。

奶　奶

　　见到奶奶的那一刻，她正弯着不再挺拔的腰，站在一堆芋芳前，手指如风干的柴火，高高地翘着："三块五如何？多一分也不要。"

　　摊主一个憨厚的男人，手指上沾着泥："四块二，少一分不卖。"

　　"爸爸，我要吃大饼！"男人身边那个五六岁的女孩，一身看不出颜色的衣衫，面容里露出饥饿。

　　"四块二我全要了。"奶奶直起腰，手一挥，像战场上的指挥员。

　　"奶奶，有爱心也有风度。"我竖起大拇指。

　　"盈盈，你盯奶奶的梢？"奶奶像做错了什么，小姑娘似的不好意思。

　　"是您来电话，要我陪您吃饭，奶奶，您赖皮。"

　　"车子呢，快把芋芳载上，省得我拎回去，老喽！"

　　"晓得了吧，看您还逞强。"我拖着一大袋芋芳走向我的蓝色小车。

　　奶奶迈开小步跟上："盈盈，少气薄力的你行吗？"

　　"奶奶来帮忙，我真的动不上啦。"

奶奶双手抓起编织袋，帮我将芋艿挪进车里，奶奶气喘吁吁地说："要搁过去，这点活儿，小菜一碟。"

吃着奶奶做的芋艿宴，我笑道："奶奶真小气，芋艿饼、芋艿羹、肉骨芋艿煲，用这来糊弄孙女。要是你孙女婿来了，不丢了面子？"

"孙女婿在哪？我去饭店里叫几个海鲜。"奶奶放下手中的筷子，一手抓来钱包。

"别忙，在路上呢。再说，他最喜欢芋艿了。"我脸无表情，故意慢着性子。

"乖孙女，是真的？"奶奶双眼放光。

"当然，先让您考察一下。"

"要紧的，要紧的，你奶奶的眼光错不了，想当初，你妈还是我相中的。"我心里嗤笑，奶奶就爱说大话，爸妈自由恋爱，时机成熟了，爸爸才找了个媒人，叫奶奶陪着去小酒馆相亲。姜毕竟是老的辣，这方面，奶奶确实有一套。不然，作为"剩女"的我怕是还找不到意中人。

我太优秀了，人们都那么认为。一副俊俏容颜、风摆杨柳的身姿，一张名牌大学文凭，一份年轻人羡慕的工作。这些，阻挡了我的恋爱进程，俗话说，门当户对，才算般配。

错过了大好时光，也错过了好年龄。等我开窍，黄花菜都凉了。我依旧不放低，头抬得高高的，眼光当然不低。七大姑八大姨在我这里碰了壁，扬言道，这姑娘也太那个了，长江后浪推前浪，多少姑娘站在风口浪尖，再有能耐，皮肤还能掐出水来？

妈妈看着我心疼，爸爸神色黯然。他们见不得邻居家比我小的女儿牵着孩子小手，那个稚嫩的声音一个劲地问着为什么。

我调转方向，只有奶奶才疼宝贝孙女。从此，有一搭没一搭的闲扯中，奶奶枯柴般的双手抚平了我心头的烦躁，风干了的往事平息了心中的怨气。奶奶的话如风信子，在脑子里穿来荡去，谁谁家的儿子娶了个比他强的女人，女人如何如何的可心，谁家的女儿嫁了个农民，男人把女人当作宝贝，邻村没了双腿的中医男，娶了银行里的靓妹子，日子和和美美……烟火红尘里，与靠得住的人在一起，那日子才有滋味。说这些时，奶奶一脸淡定，眼睛都懒得瞥我，俨然事不关己。

"奶奶是个话篓子。"我揶揄。

"闲着也是闲着，不聊白不聊。"

看似无意的闲聊，闹腾到心里了，有时候，冷不丁从脑子里跳出来，心慌意乱了。慢慢地，心踏实了。有次，同奶奶一起看越剧《红楼梦》。奶奶说："大家都喜欢林妹妹，但到底是宝姐姐会做人。"我说："人家小性子使得可爱呀。"奶奶说："那得看场合。"我趴在奶奶的肩头："您老人精一枚。"

"历练历练，你也是一枚人精。"

某些"禁忌"话题，奶奶一概不论。我讨厌与父母相见，要么询问男友处得怎样，要么列出一大堆人选。如今更不像话，干脆离异丧偶带孩子的，统统列入名册，一个劲地撮合。奶奶的话富有哲理且中听，奶奶最了解我。

慢慢地，一位高中同学进入了我的视线，是平凡了点，比我低几个台阶，关键是人家心中有我，一起相处也自在，放在先前，早被我风样掠过。

笃笃的敲门声，打断我的回忆。"奶奶好！"门口站位高大还算看得过去的小伙。奶奶眯着老花眼："好眼熟。"

"奶奶，读高中时我常来的呀。"

"莫不是，对我孙女一见钟情？"

"奶奶真的被您说中了，我一直关注着盈盈。"

"小伙子，有恒心。"

…………

一老一小的闲扯里，大有"预谋"的痕迹。但我认了，谁让她是我奶奶。

我看见了彩虹

闺蜜拉我进了棋牌室。

从此，告别没完没了地追剧，加入了酣战一族。除了上班，我日夜苦战，与烟鬼、酒鬼、邋遢鬼搭档，不到深夜不回家。

深夜，我像幽魂样潜入家门，洗澡涤衣，引起老公不悦，多少次劝说无效，以"被我吵得患了神经官能症"为由提议分床，我心里乐开了花，半夜里再也不用蹑手蹑脚，像做贼样躺在他的身边了。

我对麻将入了迷，要万子就来万子，想筒子摸的是筒子，心想事成原来那么容易。好景不长，"哗啦啦"洗牌声中，我输光了积蓄，输掉了好心情。直到有一天，忍无可忍的老公拿出离婚协议让我签名。我犹豫了片刻，冷笑着签了名。

起身，一眼瞥见墙上的合影，照片里的一家子神采飞扬，天上的彩虹美妙无比。心头浮起惆怅。

离开了老公，再也不受他的约束，不用听其没完没了的唠叨，我全身心投入"筑长城"。当惯了甩手掌柜的我，家里乱得像狗窝，大食堂、小吃部成了我经常光顾的好去处。一次次债台高筑中，我坚信"有输必有赢"的格言，说不定哪天翻了本。

夜归的路上，我的包被两个小混混抢夺，是仗义的闺蜜解囊相助，帮我渡过了难关，鼓励我没什么大不了，失去的可以在麻将桌上赢回来。听着机器洗牌动听的节奏，享受杠上开花的刺激。我如飞蛾样扑火不计后果。

前夫的一通电话令我手脚无措，他在电话里说："女儿最近情绪低落，成绩一落千丈，四天没去学校了，她来找过你吗？"

我想起女儿几天前在电话里说："妈，您别去搓麻将了好不好？""死丫头，我的事还轮不到你管。"

失望中女儿嘟哝一句："以后再也不给你打电话了。"谁料想，女儿竟离家出走了。焦急中泪水夺眶而出，我将女儿最爱去的地方在脑海里过滤一遍。

驱车直接去往图书馆，踏上二楼；用目光扫视四周，这里的一切，甚至地毯上都留下了女儿的踪迹。正想寻往别处，心蓦地一凛，女儿蜷缩在沙发边的地毯上，手捧一本书，目光迷茫地瞟向别处。我一把搂住女儿，请求她的谅解。女儿低声抽泣："我在角落里度过了一天一夜，好在有书相伴……"望着父女俩离去的背影，泪水模糊了我的双眼。

我发誓，为了女儿也要告别过去。

新的生活远没想象得那么简单。心情糟糕到极点，安逸的生活全被扰乱，睡眠不足导致眼袋倒挂，皮肤干燥，内分泌失调。我问自己：你就不能自律？清高的你混迹于嘈杂人群，麻将真有那么大诱惑？

寂寞难当中忍了半月，好想摸一摸麻将，听一听机器洗牌的动听节奏，享受杠上开花的刺激。我克制住自己，伤情又输钱的事，别再乐此不疲了。

雨夜，沉闷的雷声后，大雨倾盆。肚子痛得我在地上打滚，拨了闺蜜的电话却被告知在打麻将走不开。忍着疼痛我打了120，救护车载我去医院，医生嘶哑着声音说："阑尾炎得手术，好在送得及时，穿孔了麻烦就大了。"病床上，我和女儿执手相对，竟无语凝噎。

我毅然拿起手机，一一删除麻友们的电话，觉得不够利索，干脆换了电话号码。我把时间排得满满的，淘来食材，依照菜谱，学做菜烧饭。我一改以往的惰性，把家拾掇得整洁舒适。

我用上班的间隙，从书本中寻求寄托，发奋努力，得到了丰厚的回报，通过了经济师资格考试。拿到证书那一刻，我热泪盈眶。我的才干得到领导赏识，被任命为办公室主任。

前夫约我去星巴克，挑个靠窗的位置，要了两杯拿铁。前夫见我一刹那，眼睛不由得一亮。温馨的氛围，我敞开心扉忏悔自己，列举多种女儿归我抚养的理由，因为真挚获取了他的信任。从此，我心无旁骛，一心照顾女儿。

翌年秋季，女儿以优异的成绩获得了美国常青藤大学录取通知书，丰厚的奖学金足够她完成学业。我抱着女儿笑了。

去美国之前，女儿叫上我和她爸，一起去湖边度假。雨过天晴，一道彩虹悬挂在天空。女儿惊喜地叫道："我看见了彩虹，好美!"我和前夫眸子相对，笑颜荡漾在脸上。

看着女儿，我的眼眶盈满了泪花。

亲爱的，我不让你离开

妻无力地合上眼，失去血色的手一点一点冷却。宁可将妻搂在怀中，想用自己的体温焐热渐渐冷却的躯体。谁说男儿有泪不轻弹。无论多难，宁可在妻面前，总是乐呵呵，不抱怨，不言累。妻已去，泪如决堤般倾下。

相知三十年，与妻一起的日子，没过够，更没爱够。爱的结晶，在疼痛中失去。癌细胞在妻的体内肆虐，妻揉着尚未出形的肚子流泪，好不容易怀上，怎忍心舍去。宁可安慰妻："树常青，何愁结不了果实。"可病魔还是夺走了爱妻。

踩着满地落叶，宁可的脑子里一片空白，机械地打开家门，没了妻的笑语，屋子里空落落、冷清清的。一阵秋风，撞开阳台的门窗，也掀开了宁可的心门，奇特的念头，如蓬勃的野草，在脑海中恣意，在心房里丛生。一夜无眠，晨曦渗透进窗户。宁可买来冰块，将妻移出冰冷的抽屉，接回温馨的家里，他为爱美的妻子，换上高贵的礼服，他颤抖着手，拿起妆盒，笨拙地为妻子化妆。

抚摸妻的脸颊，寒侵骨髓。宁可一往情深道："你永远是我的唯一。"恍惚中，似听见妻的娇嗔："这辈子，赖上你啦！"宁可感动得热泪盈眶，亲呼妻的芳名："婉如，我们永不分离。"

送走了妻，宁可老爱趴在电脑前，查资料找数据，谁说人死不能重生？他要让妻忆起从前静好的岁月，执手晨迎朝霞，晚看夕阳。他信心满满，兔子尚能对接成功，何况聪慧如妻。此时，他的眼前又浮现出妻生命的最后时刻，妻握着他的手说："我舍不得离开你。"身为脑科专家，宁可不言放弃。

从此，爱说笑的宁可，沉默无言，待病人更加上心，特别对生命垂危的病人，满是暖暖的爱心。

宁可喜欢上路灯，灯光的影绰里，他似乎看到妻倚在阳台上，等他的归来。遇到妻，此生足矣！哪怕是妻的影子，也能让宁可寂寥的心有了归宿。

那年，孤儿院里，来了位可爱的女孩。四岁妹妹，成了七岁哥哥的跟屁虫。"郎骑竹马来，绕床弄青梅"成了他最爱的诗句。他想不通，是妻太过美好，生命才如此短暂吗？

上帝眷顾宁可，病房里住进一位机械设计高工，无意间谈起死而复生的话题，高工坦言，科学技术的发展，一切皆有可能。久违了的笑容，荡漾在宁可的脸上。

是夜，墙上的妻笑意盈盈，仿佛在问，今天可好？宁可笑道："不远的将来，就可与你诉说衷肠。"镜框里的妻笑靥如花。静寂的屋子里，键盘敲击声分外清晰，宁可十指翻飞，寻觅重筑爱巢的妙方。夜幕在有情人的期待中，渐渐凝重。

夜色诡异，路灯昏暗，宁可提着仪器，潜入太平间，找出离世不久的遗体，悄悄对准大脑，测试其应对能力，仪器一接通，死者四肢颤动，令他信心倍增。多次造访，再无进展。倒是太平间闹鬼事件，传得沸沸扬扬。

宁可心如油煎，好歹熬过一星期，墙上镜框里的妻，笑靥中夹杂着无奈。半夜里睡眼惺忪，妻在枕畔撒娇："脑袋空洞洞的，好难受。"宁可吻住妻的红唇嘟哝："再忍忍，我不会让你离去。"

妻一句"回不去了"把他推入黑暗。拧亮台灯，摸摸凹陷的枕头，奇冷无比。"婉如，你真的来过！"宁可失声呼喊，镜框里的妻，眼神里满是怜惜。

那年病房里，婉如也用如此的眼神看他。中考结束，宁可高烧缠身，本以为挨过就行，不料额头滚烫，手脚冰冷。在婉如劝说下去了医院，医生说急性肺炎，好在送得及时，如果耽误了最佳治疗时机，后果不堪设想。婉如衣不解带，守护左右。病床上，看着恬静的婉如，宁可脑海呈现一幅画面，绿绿的草地上，他牵着婉如的手行走在小路上，一对儿女蹦跳在左右。他要在寻常日子，呵护她一辈子，慢慢变老。自那起，宁可发奋读书，立志学医。

此时，宁可脸色煞白，无奈地望着墙上的妻，说："我该咋办？"妻笑意决绝："放弃吧！没有大脑的日子，我在那边过不安宁。"

妻用恬淡目光，爱抚着夫君。

绝不能放弃，没有妻的日子，人生没了奔头，宁可控制不住自己的情绪，灵魂像脱了缰的野马，腾地窜出脑海，飞向云天，揪也揪不住。

漳扎镇的夜晚

踩着积雪，裹紧风衣，拉着行李箱步入大堂。我拿着房卡对她俩说：“漳扎镇的夜晚，不忌讳与姐同住?”灵儿温柔一笑：“多民族小镇，适合咱姐妹聊个痛快。”文丽说：“三个女人顶群啥？岂不掀掉屋顶。”我说：“蓄足精神，明天畅游九寨沟。”

文丽是我高中同学，灵儿是我闺蜜。

被老公宠坏了的灵儿，把去不了西藏的遗憾，一股脑儿扔给了九寨沟。

那天相遇星巴克，两个女人双眸放光，一个拿起手机，一个打开二维码，加了好友。灵儿怂恿文丽同游九寨沟，说姐妹同居一室，寒夜长聊。我恨得牙痒痒，死妮子，竟敢将我晾在一边。

颠簸了一路，临近子夜。我匆忙洗漱，上床睡觉。灵儿悠闲地脱掉外套，趴在床上……约莫五分钟光景，灵儿一脸享受，跑向洗手间，关门。抽水马桶“哗啦啦”一响，磨砂玻璃映出灵儿丰腴的体态。哗啦啦的洗衣声，夹杂着拖鞋的踢踏声，穿刺进耳膜。爱讲究的灵儿，折腾起来没完。

文丽黛眉微地蹙挪平枕头。我说：“睡吧。”文丽说：“白晃晃的能入眠?”

梦醒时分，灵儿早功课开始，弯着身子，揉捏出一头泡沫。

我惺忪着睡眼，瞄下腕表，时针指向凌晨五点。文丽说："不是六点钟叫早？"我说："灵儿爱讲究。"灵儿有一习惯，早起吹吹头发化化淡妆，弄妥帖才出门。"嗡嗡"的电吹风，让文丽心烦，九寨沟的好梦怕要被她揉碎。

此时，灵儿打扮一新，白嫩的俏脸透着亮光。文丽揶揄她贵妃出浴。

清晨，游览车到达山顶。五花海的风光，让我们雀跃。文丽拉我到僻静处，说："灵儿人不错，只是太过讲究，我昨晚才睡了两个时辰。"文丽秀气的脸上，黑眼圈明显，眼袋倒挂。她扮了个鬼脸，笑着说："同行的大哥不是单身？他俩搭个伙如何？"

"男女岂能同住？"我诧异。

文丽说："都啥年代了，还那么迂腐。"

我笑言让她浪上一回，文丽推我一把。说笑中，我俩摆个姿势自拍。文丽说："蓬头鬼似的糟蹋了美景。"灵儿说："要不来张美颜，包你腮白唇红。"

"咔嚓"了几张。兴头上，文丽趴在灵儿肩头花枝乱颤："看这照片，能选个如意郎君。"

灵儿笑道："晚上制个相册，你准喜欢。"

文丽坦言："别忙活了，我得美美补上一觉。"

美人痣在灵儿眉心抖动几下，脸上有几分不自在。

旖旎的景色荡涤了心灵。藏族居民家里，她俩手拉手跳支藏族舞，杯碰杯喝口青稞酒，夹块香喷喷的牦牛肉，爽快。

踏着一地清辉，走进宾馆，我换上拖鞋，哼着小曲去刷牙。

"求求你，生生好心吧，晚上别再折腾了。"文丽嘶哑的声音传来。我扯张纸巾，顾不得唇边泡沫，走出卫生间。灵儿说："我去开个房间。"我大声问："白天的好姐妹，夜晚成了陌路？"

"开房还轮不到你呢。"文丽合上拉杆箱。灵儿将未曾晾干的衣衫，叠平放进箱子，弄妥帖后拉上链子。

我一把拦住文丽，又拉过灵儿，说："别耍小性子，千年修得共枕眠呢。"

灵儿眼眶里盛满委屈，一脸无辜，文丽的眼神全是抱怨。我看着灵儿："少点讲究，一夜不就过去？"

灵儿噙住眼窝里泪珠，嗫嚅道："那个习惯伴随我多年，怕是改不掉了。"我将文丽拉向一边，文丽小声嘀咕："最容忍不了她的讲究……她当我们是灰烬？"

漳扎镇的夜晚，月色皎洁。灵儿方便后匆匆洗漱，闷声上床，被窝里透出隐隐的光亮，在发微信吧。

我钻进被窝，进入梦乡，梦里我被一双手拽入冰窟，彻骨的冷渗进骨髓。我抓住另一双手，像抓住救命稻草，想借手的力量走出冰窟，那手变成魔掌，将我往冰窟里按，我使出浑身力气，挣脱掉魔掌。醒了，灵儿从床上坐起，魔掌把我推倒在床，化成女鬼的文丽钻进被窝。

灵儿吓坏了。打开床头灯，从窗户边的椅子上，抱来我的被子。文丽睁着眼睛躺在床上，摸摸她的手脚，冰一样冷。我说："文丽梦游了。"灵儿说："她的眼神真可怕，像女鬼一样。"

翌日，我们与文丽说起此事，文丽嗫嚅："让你们受惊了。"灵儿说："没事的，谁让我们是好姐妹呢。"三双手紧紧握在一起。

婚　纱

　　一股撕心的痛将昏睡中的倩如拽醒。挪一挪身子，疼痛加剧，仪器如蛇样紧紧缠住手指。咋会在医院？不停歇地痛，致使昨天发生的事一股脑儿从记忆中弹出，倩如的眼睛潮湿起来，眸子里弥漫起温情。

　　想起身，无奈身子不听使唤，只有钻心的痛弥漫全身，汗珠密匝匝地从皮肤里沁出。胸被纱布一层层裹住，喘个气都要动用全身的力气。

　　昨天，倩如一身优雅别致的婚纱，紧身的腰，蓬松的裙摆，镶有蕾丝花边。哥哥毫不费力地将风姿绰约的她抱进豪华婚车，妈妈费力地蹲在地上，将红皮鞋穿进女儿的双脚，抬头已是一脸泪水，满目的不舍："好生过吧，女婿人不错，待咱不薄。"此时，倩如眼前掠过父亲无助的眼神，竟有锥心般的疼痛。身边稳重但不再年轻的新郎咧着嘴笑，一脸喜气洋洋。

　　婚车缓缓驶向村口，妈妈跟跄着脚步跟在车后。

　　村口，乡人兴致极高。拦住婚车要讨个彩头，谁家姑娘出嫁不这样闹腾？新郎当然也深谙此道，大红包笃定地攥在手中。倩如心如止水，目光瞥向车窗外，一个高大的小伙正向她挥手，倩如的心被虫子蜇了一下，隐隐作痛。

几月不见，强健的小伙腰小了一圈，目光依然如炬，倩如不能自已，手按住胸口，指甲划拉着婚纱。新郎搂过新娘的纤腰，倩如往车窗边挪了挪。

婚车前，乡人闹腾得来劲。"哐当"一声，新郎风度翩翩地下车，与乡人周旋着，认准为首的大妈，庄重地将红包交她手中，转身打开车门，傻了眼，后座空无一人，不远处，婚纱蝴蝶般展翅，强壮的小伙抱着新娘飞奔，几个伴郎紧追。路边停有小车，正敞开车门，小伙大踏步向前，迎面驶来一辆货车，勾翻了飞舞的婚纱……

想起这些，倩如的眼睛潮湿了。"强子咋样了？"她不由得喊出声来，趴在床沿打盹的新郎，睁开布满血丝的双眼。

"你总算醒了。"仍穿着婚装的男人看着倩如的俏脸满是歉意，却也欣喜之色。

"他到底咋样？"

"别担心，他只是小腿骨折，住对楼病房。"

"我去看看。"倩如挣扎着要起来，无奈身体像散了架似的痛。

"等你稍微好点后，我扶你过去。"男人一脸坦诚。

倩如的心总算放下，疲惫地闭上眸子。

往事难以回首。倩如与强子在同一家企业打工，小日子过得润泽，除掉日常开销，积存的钱，虽买不起城里的房子，起一间乡村楼房还是可以。想着开春就要成为新娘，倩如的心甜滋滋的。到时可以学城里人的样子，披上洁白的婚纱。

世事难测，父亲患了重病。家里四壁徒空，连父亲最爱的彩电也已变卖，那是倩如送父亲的生日礼物。强子一咬牙把准备盖房的钱，一并取出，给未来的岳父治病，倩如心里的爱意绵绵。

没过多久，钱花之一空。凑齐几十万才能救父亲一命。公司里那位丧了偶的副总，看中了倩如的为人，愿意出资救她父亲一命，小脚趾也能想出是什么目的。

为了父亲，别无选择。倩如强忍住心疼，与强子摊了牌，这一夜，两人在床上做了无数次告别，疲惫中东方已经发白。睡梦中倩如披上了婚纱，挽着新郎的手臂为宾客一一敬酒，推杯换盏间猛然发觉，新郎不是强子，偌大的宴厅中，只有副总陪伴左右。

看着睡梦中的女人一脸无措，强子吻了下她的额头，起身准备好早餐，艰难地挪出温暖的小窝。

父亲的病渐渐好转，倩如的心也渐趋平静，一切皆在预想中进行，好在副总人不错，相处不算太难。只要父亲病好，倩如什么都愿意。生命来自父母，尽女儿之责，是倩如的心愿。

回忆中疼痛感逐渐减弱，药物的作用让倩如昏睡过去。

半月后，倩如的伤已好转，男人扶着她起床，走向对楼的病房。踏入走廊的那一刻，她的心还是缩了一下，有隐约的疼痛袭来。

病房里三张病床，竟无强子，倩如乱了方寸。边上的护士从口袋里摸出一封信递交给倩如。她轻轻地撕开信封，信中的字赫然醒目："当你拆开信时，我们已远走他乡。初恋一直在医院陪伴左右，她的愿望是成为我的新娘……"

倩如的心已经平静，男人牵着她的手迈出病房。

稗　草

伟民怎么也没想到自己能被选为村主任。

伟民跑到院子里，清晨的太阳挂在东边的树梢，鸟儿在枝头歌唱，与平日没啥两样。掰着脚趾头想想，村主任这顶帽子也断然不能落到自己头上。村西的国强高中毕业，在村里经营一家企业，理该是他。村东的明夫进城打工，赚了钱不说，学了一身技术。隔壁的国方头子活络，干啥像啥。按说也轮到他们了。举贤？不可能，几天前，路上碰到几位正拉选票呢。伟民咋也想不明白。

伟民自小是村里的刺儿头，绰号"稗草"。稗草，乡里指爱出头、行为乖张常干坏事之人。为此，伟民百度了下，稗草和稻子外形极为相似，可做饲料，营养价值较高，根及幼苗可药用，茎叶可造纸。除掉那句"败家子就从稗子演变而来"，伟民倒还受用。

伟民是家中的老大，下有弟弟妹妹，到底不是己出，继母无暇顾及他。逃学、恶作剧、砸玻璃窗、偷鸡摸狗，小时候啥没干过？继母果断决定："败家子，别上初中了，帮衬家里吧。"稗草的绰号，也自那时起叫上了。这些劣迹，村民们全忘了？

十五岁那年，伟民比父亲高出了半个头。体内的荷尔蒙也跟着膨胀，浑身有使不完的劲，见到女孩眼睛发亮。有次，他拉着邻家女孩的手，走进废弃的石屋，正想仿效男女之事，屋外的脚步声惊醒了伟民，慌乱中的女孩穿反了裤子，逃也似的离开。一想起此事，伟民就脸红到脖子。这些，村民们也忘了？伟民脑子里想着事儿，双脚不由迈进村支书家。

村支书披着褂子端个陶瓷杯呷口茶："知道你会来。"

"我想不明白，咋会选上我？"

"为什么不呢？"

"我无德无能。"

"你小子没忘吧？你手里缸片儿叮咚一敲，村里的孩子如得到军令，聚集在晒场上，你颇有风度地将手一挥，谁扮演特务，谁谁扮演八路军，谁谁谁为群众演员。你像一个威武的将军，指挥着小屁孩儿，模仿电影里的人物，像模像样，大人们在一边笑得喘不上气来。当时我就认定，这孩子如不学坏，是块有用之才。难道你不想一试？"村支书热切的目光中写满鼓励。

"那就试试吧。"伟民浑身来了劲，小时候最大的理想，不就是当个村主任吗？

"不是试，要有担当，建设新农村，需要你这样的年轻人。"

出了村支书家，伟民一脚跨进老村主任家。

老村主任抿口小酒，嘴里丢几粒花生米，额头爬满汗珠。桌子上小葱撒在压扁的土豆上，香味诱人，伟民使劲咽了下口水。"家酿的米酒，喝上一杯？"老村主任招呼。伟民搬了条凳子，大咧咧地坐下，老村主任添上碗筷。喝了几口酒，脸上红润了，伟民直当当地问："叔，是谁选上我的？"

"那还用问，当然是村民。"

伟民抿一口酒："不可能吧，一棵人人皆知的稗草。"

"稗草也有优点，长得又快又壮实，一味上好的止血药。"

老村主任的话语，挑起十几年前的一幕。

清晨，村子里炊烟袅绕，田野上绿油油一片，稻叶间缀满露珠，伟民跟在父亲屁股后头，一脚踩入水田，稻叶刺得小腿痒酥酥的。父亲蹲下身子，满是老茧的手使劲一晃，拔起比稻禾高了许多的稗草，狠劲往田埂一抛，一大簇稗草根连着叶，晃动几下竟稳住了阵脚。伟民看呆了，稗草也坚韧，更何况人。该收敛性子了。

看伟民沉思，老村主任将上一军："听说你在企业干得不错，不想回来？"伟民承认有此想法，自己刚被任命为车间主任。妻也说他，放着现成的工作不干，做什么吃力不讨好的村主任？吃饱了撑的？老村主任说："你不是想干番事业，让村人过上幸福的日子吗？"

"我……"伟民还在犹豫。

"年轻人，甩开膀子干吧，有叔这块咸菜石头压着阵呢。"

"好！要的就是这句话，以您在村里的威望，我心里踏实了。"老村主任握着伟民的手："老了，指望年轻人啰！"

伟民热血沸腾。其实，伟民的脑子里，早有一幅宏伟蓝图。他要让村民过上幸福的日子，建成一个花园般的地方，让城里人看了都眼馋。

天明的幸福生活

天明有句口头禅：为了幸福的生活，节约每一分钱。

向往幸福生活的天明，选中了环境幽雅的小区，不过最先相中的是小区里的会所，用了下会所里的洗手间，感觉不要太好，幸福指数蓦地上升。做人为的啥，不就要住得舒适，人一舒适，一切都美好了。

上了岁数，天明早起第一件事就是喝杯白开水，隔夜饭加水烧开，锅铲轻轻一搅，盛上一大碗，就小酱菜，美美地吃了个额上微汗，打着饱嗝走进会所，笃悠悠进入洗手间，叉开双腿蹲下，例行每天的一次。

天明爱捧个茶杯，这个亭子聊上几句，那个长廊坐上片刻，一上午时间也就过去了。午睡前，哪怕是火辣辣的日头或是冰彻彻的雨雪，也必去一趟，日子一久，习惯成了自然。有好事者赐他"所长"绰号，谁让他整天泡在会所，除却收费项目，啥都搭上一脚。

用天明的话说，不是占人家便宜，是公共设施得利用足。手指头一掰，一天方便六七次，得用多少水。这坑蹲得值，锻炼了腿脚不说，也缩短了方便时间。好事要与老伴分享，只怪老伴榆木脑袋难开窍，说急了甩过来一句"丢不起这脸"。凡事经不起天天忽悠，等耳朵起了老茧，老伴答应试下。

　　花园里樱花烂漫，玉兰绽放。老伴诙谐地说："景色宜人，物业费可不宜人，抵过一年菜钱。"天明说："花钱为了享受，不享受你就亏大了。"说话间进入洗手间，老伴调侃，到底是会所，手纸都不用带。

　　片刻后，女厕里传来沉闷的呼叫："快来扶我一把。有人吗?"无人应答，天明一步跨入，老伴坐地上揉着脚踝，右脚踩在便池里，扶她到洗漱处，扯下皮鞋用水冲了又冲，撕一大把手纸擦干，见老伴脚踝红肿，说："咋不小心点，疼不?"老伴试走几步，回答没伤着筋骨。

　　"以后小心便是。"

　　"没以后了，腿脚承受不起压力，蹲下难受，哪像你瘦成猴精样。"

　　会所边荷池里金鱼畅游，老伴一脸委屈："小鱼儿尚且自由自在，可我啥都由着你。"天明乐了，老伴到这岁数，衣服穿不出格调，满口小资味儿。

　　对于节俭，天明过分得有点残忍，那天凌晨肚子咕咕咕作响，他硬是憋到清晨，捂着肚子上厕所，呼啦啦几下，清空肚子里的污秽，看着镜子里神清气爽的自己，天明颇有成就感。

　　接下来那次，没那么幸运。半夜里闹肚子，实在憋不住，一股气从肠子里喷射而出，湿了半边床单，脏了刚换上的被套，熏醒了打呼噜的枕边人。老伴责怪，为那点水，性命都不要了，床单被子睡衣还全得洗。老伴的唠叨声中，一个大胆的设想跳出天明的脑海。

　　晨曦初现，天明裹起换下的衣物，来到小溪边，抽水机毫不吝啬，扬起清清的水柱。福兮祸来，他为自己创新感到兴奋。

　　聊起省钱，天明两眼放光。家里一台电脑，基本用来查阅商家折扣力度，但凡家庭用品，甚至老伴的内衣裤，他一项项记录，便宜才是硬道理。日子久了，家人邻居成了他的粉丝，因而他更热衷于此。

好友调侃，那么高的退休金，手拿着扔在垃圾桶都没人捡的手机，啥意思？天明一脸坦诚："辐射少，不伤眼，适合老年人。"好友脱口说："你老伴的朋友圈里可活跃了。"天明说："搞错了吧，她的手机上不了网。""'红袖添香'，多优雅的网名。"好友索性点明。天明的脸由红转白。立马回家高呼："红袖添香。这名字挺有范儿。"老伴没应声。

"几时买的手机？"

"去年。"

"这把年纪还'红袖添香'，老脸搁哪？"

"我不偷不抢丢啥脸，跟着你委屈了大半辈子，浪漫一下何罪？死不开窍，钻进钱眼里了。"老伴"嘭"的一声关紧房门。天明自嘲，粉丝翻了脸，咱就让她一回吧。

天明抠，见天儿跨着辆除了铃不响其他都响的破自行车跑超市菜市场，为几毛菜钱跟人争个脸红耳赤。如此节俭的人，却选择高档住宅，让邻居不解。天明笑道："幸福与节约是一对孪生兄妹，既有相同之处，又具各自的个性。两者之间并无矛盾可言。"

让天明哑然失笑是，连女儿都很难理解父亲的做法，她把厚厚的一沓钞票塞他手中说："不就那点小钱，我出。"想起这些，天明心里暖暖的。

其实，最让天明享受的，无非节俭的全过程。

笛声悠悠

满月的晚上，悠悠站在阳台上，对着明月遐想。

一阵悠扬的乐曲灌入耳膜，哪来的笛声？对面六楼，露台上站着位小伙，一柄长笛横在唇间。一曲《送别》回荡在夜空，和着曲子，悠悠不禁哼唱："长亭外，古道边，芳草碧连天。晚风拂柳笛声残，夕阳山外山。天之涯，地之角，知交半零落……"

哼着歌曲，悠悠望向对面，一把躺椅放在空旷的露台。一轮秋月，映照着窗玻璃，泛着耀眼的光亮。悠悠疑惑，月光下的美梦？掐下指头，好痛。笛声依然萦绕在耳畔。

坐在椅子上，悠悠揉揉脚，左腿下肢肌肉有点萎缩，天天按摩，却不尽如人意。走路时脚高脚低，读大学遭人嫌弃，找工作不受欢迎。都怪小时候太顽皮，被电瓶车撞断了脚骨，落了个终身残疾。

妈妈看到同龄人晋级为祖辈，她托亲戚朋友，甚至上婚介所，女儿的婚事牵扯着母亲的心，眼看女儿要进入"剩女"行列，她十分着急。妈妈的眼神里，落寞掺杂着无奈。哪个女孩不希望觅得如意郎君？悠悠盯着对楼露台出神。小伙是新入住的？

夜幕降临，笛声悠然响起，依然是《送别》，多了几分惜别之意。倚在阳台上，悠悠双脚并立，右手打着节拍。看那小伙一身休闲装扮，未过而立之年，修长的手指在长笛上跳跃，像一对欢快的小鸟。其洒脱的样子，让人看着舒心。他的故事，分明藏在笛音里。一曲终了，小伙进屋，窗玻璃映出灯光。

笛声中，辞别寒冬，迎来春天。一曲《送别》缠绵缱绻，吹奏出世间无奈。春天里，露台上多了一盆映山红，小伙在花前，一站就是半小时，神情专注。

那天，悠悠下班回家，刚从驾驶室出来，与那小伙撞了个满怀，脚一扭，跌在地上，站立不起。小伙连说对不起，扶起悠悠，问："摔痛没有?"悠悠摇摇头："没事。"小伙走了几步，回头看见女孩瘸着腿走向楼道，目光关切地问："伤哪了?"

不知咋的，悠悠流下了泪水，把小伙吓得不轻："我送你去医院吧。"

悠悠说："真的没事，只是腿有点麻。"

小伙说："你住对楼?"

悠悠点头称是，顺带一句："笛子吹得真好。"

小伙说："刚搬新居，吹笛子是我的爱好，别嫌烦就好。"

"喜欢你的笛声。"

"我扶你回去。"

悠悠摆摆手，瘸着腿走进楼道，背影里满是自信。

踏进家门，妈妈看女儿神色怪异："没事吧?"悠悠摇头无言。径直走进卧室，打开窗户，对楼露台上，映山红开得正热闹，夕阳里释放出魅力无限。暮色降临，笛声响起。悠悠走上阳台，向小伙挥挥手，笛音愈发悠扬婉转。

夜笛成了约定，偶尔未见小伙，悠悠会掀开窗帘，不时望向露台，直到灯光亮起。

人间四月天，露台上映山红娇艳，笛音却一夜间消失不见。悠悠的心，空落落地无处安放，食无味，睡不安。借着散步，悠悠走下楼梯，枉添几分惆怅；悄悄站在他家门外，更是无奈。悠悠自忖，统共才说几句话，自作多情了。悠扬的笛声，且难以拂去。

心里寂寥，又怕妈妈唠叨。悠悠在外对付上一餐，回家时，对楼灯火通明。"噔噔噔"，她加快脚步，入卧室开灯。刹那间，悠扬的笛声响起，熟悉的《归来》："夜幕低垂，心中所向的地方，魂牵梦萦的故乡，埋藏梦想的地方，有没有花开成海洋……"回故乡话别情人？悠悠心生直觉。

手机叮咚一声，通讯录新添朋友，信息来自"笛音啸声"——对楼吹笛者。颤抖着按键，方知他清明回乡，祭扫情人。

小伙在微信里陈词，他的女友本在这个城市，每年春天，他俩都上山采撷映山红。花样年华，女友却被白血病缠上，最终顺她的意愿回家，不出一月，女友魂归天堂。

悠悠坦言："七岁那年，我的左脚撞成残疾，走路有点瘸。就是那天，你见到的模样。"

小伙说："你随意进出阳台，无一点掩饰，挺直的腰，透出坚毅。"

悠悠说："与其谦卑地活着，不如面对现实。"

小伙说："你倚着阳台听笛声的样子，让我着迷，坦然面对生活的女子，能差到哪里？"

传一束玫瑰，热泪竟自眼眶里涌出……

吴亚原

第九辑　遇见风儿

　　秋风拂在脸颊，冷飕飕的，舒适。翻开书本：风儿与松鼠笑闹在一起，穿梭在林间，太阳躲进云层，林子里起了薄雾，抓几片刚离枝头的枫叶，插在刚刚绾起的发髻上，眉眼愈发娇艳。苦难的岁月已经过去，林子以博大的情怀，接纳了风儿。

遇见风儿

处理好家中琐碎，摆脱了孩子纠缠。秋日的阳光已不那么刺眼，她从枕头下抽出那本小说，惦记着昨夜没看完的章节，默默地走过池塘，步向森林。

小说里的人物催促她加快脚步，一个个在脑海活泛起来，那个叫风儿的女人被她迷上，昨晚梦里竟然遇见了风儿，她说要带她去一个好地方，心便有了期待。

关于风儿，书中这样描述：飘逸的长裙裹挟着神秘，秀发释放出诡谲。她步履轻盈地来到地窖子般的小木屋，重叠着踩在野兔子和小松鼠的脚印上，打开木门，掀开纸糊的窗棂，踏着木板搭建的台阶，进入昏暗的陋室，坐在桌前，直面墙上的肖像画，画中的风儿很阳光，脸笑得葵花一般，寂静的木屋里有画亦有了灵气。一次次，风儿突破重重障碍，迎来了新的挑战。读着读着，她的手心捏出了汗。

走进林子，坐在黑漆皮椅子上，速速翻开才读了一半的小说，枫叶飞舞，秋风飒飒，她沉浸在阅读的快感里。

读到三分之二章节，她着魔似的起身，冥冥中仿佛有人引领，风一样飘入森林，窈窕的身影投在树叶缝隙里，裙摆舞动出曼妙的轮廓。按照书中提示，转弯拐入林中小路，茂密的林子与外界隔绝，枫叶涨红着小脸，窸窸窣窣说着怪异的话语，诱惑她深入林子；白桦树挺直胸膛，瞪着无数只黑白分明的眼睛，作为林子里的哨兵，鼓励她继续前行。

　　神志有些恍惚，她不禁喃喃："真如书中所言？"书中一行字道明她的困惑：风儿潜入林子深处，瞬间有了别样感觉，林子中间，一方碧玉般的池塘，池水长年不涸。白云倒映在池里，像极了下凡的仙女。一切合乎情理，又出人意料。林子里蹦跶着小松鼠，乌溜溜的小眼睛窥探着四周。一只精灵般的小松鼠，蓬松着火苗样的长尾巴，顽皮地跳到栗树上，晃动着枝杈，栗子跌落到树下，几只小松鼠扑在地上抢着夺着。风儿心里有了莫名的感动，融入它们，逗着闹着。

　　她合上书本，前方有个池塘，池边天鹅栖息，正与书中吻合，枫叶在空中飞旋，黑的、红的，颜色各异的松鼠跳跃在树上，美得有点让人讶异。书中还是现实？容不得多思，她看到风儿了，那个提着裙摆的女子，正逗着小松鼠玩，与它们一起争抢着地上的栗子，飘逸的长发随风飞扬。绷得紧紧的心有些许舒展，是世外桃源吗？

　　此刻的她，好想与它们一起玩，将心里的乱麻厘清。定居异国的无奈，杂草般盘踞她的脑海。有时，心里倏地冒出一句："死亡会带给人最后的快感。"这样一想，忧虑随风飘散，甚至忘记家中的一对儿女，不善言辞的丈夫，万里之外生养她的父母。本可回国探亲，可昂贵的机票，不是她能承受的，夫妻俩大眼瞪小眼，白天黑夜相对，再深的感情也会出现危机，只能屏气强忍。

　　起先，她也开心，难得有了休假，陪陪老公儿女有多自在。可谁忍得了那么久。那天，手机跳出一条信息：截至下月，失业金领取到期。她曾去面试过几回，却都音信全无，资金薄弱的企业，支撑不住了，倒闭、破产常有听闻，包括她供职的商场。陪着孩子上了一学期网课，看见作业本心就烦。好在老公找到了工作，能勉强维持日子，但房贷压得她喘不过气来。

一桩桩一件件全是烦心事，她渴望解脱。

秋风拂在脸颊，冷飕飕的，舒适。翻开书本：风儿与松鼠笑闹在一起，穿梭在林间，太阳躲进云层，林子里起了薄雾，抓几片刚离枝头的枫叶，插在刚刚绾起的发髻上，眉眼愈发娇艳。苦难的岁月已经过去，林子以博大的情怀，接纳了风儿。

她恍然醒悟，快步走向风儿，问："你是如何走出困境的?"风儿拉着她的手走向池边，说："人生无常，有不如意，亦有开心事，活着才是最重要的。就如林间的松鼠，为了生存，它们用大量的时间寻找食物，贮藏巢里，为严冬做好准备。"她轻轻地呼唤着："风儿。""读完小说你就会明白。"风儿好听的声音裹挟着松鼠欢快的吱吱声，吹进耳膜。

太阳钻出云层，秋色奢侈地铺在林子里，她的眸子里盛满缤纷的亮色。

红　叶

　　红叶决定，五十岁生日那天，叫上朋友去酒店乐一回。

　　坐在办公室，望着窗外璀璨的枫叶，红叶盘算着订哪家酒店。电话铃骤然响起，话筒里传来沉闷的声音，说红叶体检查出乳腺癌，得抓紧时间手术。红叶蒙了，像凋零的枫叶飘落在地上，半天缓不过劲来，脑子里闪出一个念头，病了房贷咋办？她曾与先生约定，双双工作到退休年龄，正好还清房贷。十五年，这日子也太长了。

　　是老天爷不待见她，还是人生到了尽头？不，有了坎坷，人生才带劲儿。来加拿大那年，刚过三十岁生日，一恍到了知天命的年纪。十年前，铆足劲将小公寓置换成双车库的大别墅。风起的日子，坐在温暖如春的客厅里，看窗外雪花飞舞，捧本书靠在沙发上，挺有满足感。可如今夫妻形同陌路……房贷各自一半。

　　被窝里，红叶寻思着如何撑过难关。再不济，学加拿大的老人那样，将别墅置换成公寓楼，省却倒垃圾的烦恼和扫雪、侍弄草坪的劳累。反正儿子上了大学，开始独立生活。最要紧的是养好身体。

　　斜对面房间里，传来视频聊天声："大雪一场紧追一场，早腻了！屋子里倒很舒适，热水澡随便泡，房东好菜好饭伺候着。"

少女肆意的笑声从门缝漏出。红叶羡慕女孩活得滋润。当年，她与先生怀揣三千加币，移民加拿大，掐着用、省着花，几年下来，按揭购置了小公寓。人家才读高中，花大把的钱，舒坦。红叶从留学生网找来少女，担负起她的生活起居，赚点辛苦钱，每月的房贷解决了大半。

红叶约了生日那天手术，寓意重扬人生风帆。胆战心惊地上了手术台，任医生宰割，迷糊中醒来，医生说手术很成功。红叶动动手脚，麻利着呢。

卧在床上，摸摸裹在一层层纱布里瘪瘪的胸部，残缺的痛削骨钻心，女性标志被生生地剜去，泪水顺着眼角浸湿了枕头。

每星期一次化疗，按期自来。最不欢迎的房贷，也如约而至。

该找少女摊牌了，红叶说："我动了手术，照顾没那么周到，如有合适家庭，你可以搬出去住。"少女很懂事地说："咱是同乡，习惯了家里的口味，闲时跟阿姨练练口语，同学都夸我英语水平大有长进。"红叶直言："你能学着自己整理房间?"女孩说："我能。"红叶的心才算落了地，家里少不了这份收入。这病得打持久战。手术前，她已申请延长房贷。

饥肠辘辘，红叶手支着床沿撑起来，舀碗早上熬的鸡汤，蓄足精神应付比死还难受的化疗，一小口一小口咽着。忍着无数小虫子吞噬肌体带来的奇痒，开车去超市，买了一大袋鱼、肉类食物，哪怕吃了吐，吐了再吃，活下去的信心占据她的心房。

傍晚，红叶在厨房煎鱼，一阵眩晕袭来，跌坐在地上爬不起来，嗅到鱼焦煳味儿，使尽力气挪过去关了煤气。听到响动，少女"噔噔噔"下楼扶起红叶，说："阿姨，您行不行?""行。"红叶重新煎鱼。吃着香喷喷的小黄鱼，少女赞叹："阿姨做的菜真好吃。"红叶笑道："阿姨每天给你做好吃的。"少女动了真情：

"阿姨，我在家里被爸妈宠着，啥都不会，在此悟到人生真谛，生活不易哦。"红叶笑了。

化疗过后，她像被压榨机过了一遍，红润的脸上没了水分，手脚如风干的枝杈，皮肤干巴巴的，起了皱纹，头发一缕一缕掉下来，红叶蔫了。母亲慈祥的面容浮现眼前，这些年，生活所困，没怎么孝敬父母。此时，红叶好想依在母亲的怀抱里，哪怕就一小会，只是这副面容如何面对父母？经年漂泊在外，已习惯独自面对。

疼痛过后迷糊睡去，醒来已是夜幕降临。下楼，只见灶台上放满油盐酱醋，少女正准备做饭。红叶眼里起了雾水，娴熟地动手做菜，少女在边上记着做菜细节，说："阿姨，明天我做饭，你教我。"

红叶好开心。想不到自己这一病，让娇生惯养的少女认识了自我，学做饭整理房间，能体贴人，与初来时换了个人似的，成熟多了。红叶感慨，异国他乡对孩子的成长确有帮助，看身边的年轻人，除了养家糊口，哪个不是自己带孩子。漂泊在海外的游子，多了历练的机会。

既然选择了这条路，就得坦然面对。红叶信心满满，等到长发及肩，再回家探亲，并与父母约定，年年相见。且要养好身体，一直工作到尘满面、鬓如霜。

雾

太阳蒙上一层黄绸，枫树杈扯起几团乳白色的浓雾，白桦树叶子被雾气吞噬，枝干隐隐约约。

走在草地上，有陷进泥淖的感觉，想挣扎却无力。我双手交叉，托着沉重的心，走进雾里，泪水濡湿了双眼。

凌晨，我与阿丽在梦中相遇，青蓝色的风衣，衬托出她的俏丽。谈笑中，蓦地忆起，她走了已经一年了，惊悚加剧了我的心跳。阿丽笑着索要我的电话号码，我轻易杜撰一个，她说再报一遍，居然没报错杜撰的数字。我一个劲提醒自己，快快醒来！耗尽一身的力气，强行把自己从梦中拽出，身上已是黏糊糊一片。我对自己不屑，自小到大腻在一起的闺蜜竟让自己在梦中如此忌讳。害怕？是。声音轻如蚊子，连自己都听不真切。

雾中的一切极其虚幻。抬眼，吓得我半死，树杈上挂着她的笑脸，屋顶上有她模糊的面容，秋风吹来她的责怪，万里迢迢寻见，你怎忍心掐断梦境？

拐进林子，雾浓得扯不开，雾中有一女子，踏着一地枫叶，身材姿势简直是阿丽的翻版，莫非上帝怜悯我，在大雾中塑出一个她？我加快脚步，心一阵紧缩，手微微颤抖，放慢脚步，青蓝色的影子缥缈起来，成了一个黑点。大白天怕什么怕，要真是她，继续昨晚的话题。我壮起胆子，亦步亦趋，青蓝色被包裹在浓雾中，再抬眼，竟无影踪。我大声疾呼："阿丽，等等我。"秋风将呼喊声撕成碎片。

林子里的池塘边，有把黑漆漆的铁椅，我一屁股坐上去，对着鸭蛋黄似的太阳，喘出的气比雾还浓。

栈桥上，响起踢踢踏踏的脚步声，一位白皮肤女子站到我面前，双手比画着，嘟哝一句英语："是否需要帮助?"我摆摆手。

我单手支着脑袋，眼睛盯着脚尖。零碎几声狗吠，混杂着稀里哗啦的响声，一股热乎乎的气息贴将上来，吓得我离开椅子，顺手捡起一根树枝。长毛狗摇着尾巴。

狗主人匆匆赶来，他用简单的英语加上肢体动作，居然让我听了个大概："别惊慌，我的狗狗很温柔，不会咬人，对不起。"我嘴角上扬，算是回答。目送白人牵着狗远去，浓浓的惆怅袭上心头。

我踮起脚尖，想扯团浓雾包裹自己。"你没事吧?"一位大姐拍拍我的肩膀，紧挨我坐下。她安慰我："有什么事别窝在心里，万里相遇，也算是缘分。"我心里一热，遂将梦境及雾中的情景复述。

"来这多久了?"她温和的语气，若一副镇静剂。我轻叹："一年了。"她点点头："初来这里，总会心绪不宁，慢慢地也就习惯了。谁让咱们儿女，成了新一代华侨。"

"难适应呵，寂寥像一蓬野草在心里疯长。"我幽幽地说。

"再好的亲友，也经不起别离，何况天上人间。说出来听听，也许能卸掉负担。"大姐一把拉起我往前走。

浓雾中，踩着哗哗作响的叶子，踏上单车道上，雾散去了不少，我敞开心扉叙述，阿丽住我家隔壁，自小玩在一起，干一样的工作，在同一小区置房。谁提出建议，对方必有响应。

末了，大姐问我："我有一点不明白，阿丽为何这样快离世？"我艰难地回答："最后一次去医院探望，肺癌折磨得她没了人样。得知我将去远方，她神情黯然，转而坦然道：'这样也好，省得我记挂。'微笑一直挂在她的脸上，霸道得不让你伤感。"

阿丽去世的原因，应是心理问题，医生多次劝慰她别胡思乱想。一个人存了心不想活，死便是最好的归宿。

"这个阿丽，好有个性。"大姐动情地说。

大姐拉着我的手，踏上小桥，开导我一切都已过去，过好每一天才是最要紧的。

我在心里自问，雾中景况是真的还是我的臆想？大姐看出了我的心思："无须纠结梦里雾里，往前看，是另一种风景。"

我想不通，生活中我真诚善良，为何在梦里如卑鄙小人。

"梦境与事实相反，你没听说过？"大姐诧异。

"听说过呀，都怪难缠的雾，惹我不能释怀。"

"振作起来，走出迷茫。"大姐笑意正浓。

薄雾散尽阳光普照。白桦树下，几位银发老人披着色彩鲜艳的丝巾，摆各种姿势。大姐怂恿我："要不咱也参与？"神态和悦的大妈，拉着我的手："年轻人，合个影如何？"

年轻人？我心情大好。红枫树下，我神采飞扬。

水中的月亮

圆圆的月亮磨盘似的挂在空中。唉！又是一年中秋夜。重重的叹息，湮没在"吭吭"声里，空中掠过一群大雁，排成好看的人字。

心心念念的月饼，儿子终究是忘记了。望着天上的明月，老人的心一阵紧缩，旋即又被眼前的景象迷住了，院子中央的游泳池中，卧着一个大大的月亮，晃晃悠悠，自在着呢。

微风吹皱了一池涟漪，老人觉得有点凉，起身披了件衣衫，碰倒捞虫子用的网兜，随手拿起，慢慢地伸向池中，探索在月亮周围，网兜触碰明晃晃的圆，月亮调皮地闪开，隐去了一角。老人换了个角度，从池底下手，网兜缓缓铲向水底，被盛在网里的月亮，顽皮地抖动水淋淋的身子，老人咧开缺了几颗牙的嘴巴，乐了。

老人屏住气，轻轻起网，抖落一池的水珠，月亮被撩成碎片。老人的心没来由地一凛，好好的月亮被捞碎了，两颗浑浊的泪珠，嵌在皱纹里。人老了，眼泪都藏不住了。老人用衣袖拭了下眼睛，恢复原状的月亮，在池里向他眨着眼睛。太好玩了！老人乐此不疲，重复了几次，爽朗的笑声，飞向云外。

坐在台阶上，耳边似响起孙子稚嫩的声音："爷爷，猴子为什么捞不到月亮?""水中的月亮,当然捞不到啰!"那时,不算老的爷爷说话中气十足。

十年一道坎,岁月熬人老。

既当爹又当娘,辛苦了大半辈子。中秋节,外国不兴过,也难怪儿子。此时的月亮大得比儿子结婚时的圆台面还大,泛着红红的光晕,喜庆。初来这里,最头疼的是语言。那天,孙子坐在爷爷的肩头说:"在幼儿园里,宝宝都不会说话了,只能将嘴巴闭起来。"

如今孙子一口流利的英语,老人只会几句问候语,说得还拗口别扭。

春末,儿子家购置双车库别墅,院子带个游泳池。老人绕泳池一圈,心里活泛了,种些瓜果蔬菜,尝个新鲜也省点钱。泳池哪能与村西小河比。那时,老人还是个少年,小伙伴赤条条地站在桥上,对准水中明月,扑通一声跳进河里,溅起一朵朵水花。

夏初,老人羞答答地换上泳裤,先用冷水拍打下身子,通通筋络,活活血脉。儿子叮嘱父亲:"别逞强,扶着栏杆慢慢下。"老人拿出看家的本领,仰泳、蛙泳、自由泳来上几圈,倒吸一口气,再笃悠悠潜进水里,孙子大呼:"爷爷太酷了。"儿子夸父亲风姿不减当年。

兴头上,老人脚底抽了筋,双手捏着脚板沉进池底。一看情况不妙,儿子下水抱住父亲。呛了几口水,老人嘴唇绛紫,脸色煞白,孙子拿条毛巾盖在爷爷身上。"乖孙子,爷爷丢脸了!"老人羞愧地将脸扭向一边,两行浊泪,顺着沟壑丛生的脸颊淌下来。

儿子说:"以后别再游泳了。"

孙子说:"爷爷老了。"

唉!鬼地方,催人老。每日里闷在家里,一年差不多半数时间处在冬季。那次，北风怒号，雪花纷飞，老人踩着积雪去学校接孙子，短短的一条路，摔了好几次，总算到了家门口，钥匙也摔丢了，索性在院子里打雪仗，等儿子回来，祖孙俩成了雪人。

此时，水中的月亮，被乌云遮去了一半，有点怪异，院子里影影绰绰。孤雁的嘶鸣声由远而近，揪得人心紧。日子，像水中的月亮，有明亮亦有阴晦。儿子已经习惯了，老人认为是呆傻了。国内发展迅猛，这里能比？就这大房子算是称心，像咱这样的人家，想也不敢想。老人曾问儿子："贷款还到何时？"儿子说："提它干啥，安心住着就是。"说得也是，先享受后付钱。老人自嘲，莫非自己也被西化了？

"人有悲欢离合，月有阴晴圆缺。"这歌词老人记得牢，人生自有定数，要不是儿子来加拿大发展，自己哪能沦落成这般模样。去年回家，顾不上显摆，邻居率先调侃老人："这里多好，满眼的绿，公园走走，跳跳广场舞，飞那么远干啥？"老人无奈地说："儿孙在那边，有啥法子？不过也开了眼界，去美国坐游轮，一跑好几国家。"

此时，明月当空，老人的额头快碰到了膝盖，迷糊了。

"爷爷，吃月饼啰！"孙子孙女，捧着月饼来到院里，儿子儿媳笑意浓浓，天上明月皎洁，池里月亮圆满。老人拿起月饼一尝，家乡的味道！

老人拍下脑瓜子，起身进了屋子。

朗月在心

夏日的傍晚，林子里十分凉快。与往日一样，我踏进森林小道，走着走着，一股烤肉味窜进鼻翼，引领我到林子尽头。

块石堆砌的矮墙，漏出几缕青烟。石坛里，火苗隐忍，几个留学生模样的年轻人，忙活着，男生添柴控火，女生将虾、牛肉、玉米串在铁棒上，缓缓地在火中转动，"嗞嗞"声招惹我走近石坛。"大姐，要不试下？"一位俊俏姑娘递上一根铁棒。小松鼠闻到香味，也来凑个热闹。

夏风习习，黑漆漆的野餐桌上，摆满烧烤过的食物。俊俏姑娘啃着玉米问我："像我们这样留学生，找个工作容易吗？"

"不难，但找好工作不易，除非名牌大学毕业。"我说话实在。

穿运动服男生说："回也不是留也不是，正处于两难。"男生的话挺实在，爹娘花血本供孩子留学，留着，找不到好工作，回去，除了英语流畅，无啥优势可言。

就如自己，国内名牌大学毕业，到这里不被认可，几年的历练，跳了多次槽后，居然成了房地产经纪人，说白了就是房地产中介，此行在国内，稍识几字的大妈都能胜任。也曾为此挣扎，最后，不得不留了下来。俊俏姑娘拉着我手说："大姐，聊聊你的经历吧。"

那年秋天，我抱着美好的心愿移民来到加拿大。这里的一切让我兴奋，城市森林遍布，天鹅成群，湖泊池塘，枫叶璀璨。再美的景色，多看也没感觉了，何况小半年处于风雪之中。为了生计，我当过公司文员，在中餐馆打过工，在星巴克磨过咖啡。先生虽有稳定的工作，但英语不好，薪金也就一般。我与先生商量："要不回国？"先生沉思："好不容易出来，面子搁哪？""咱不要面子行不，凭我俩学历，何愁谋不到好职位。"

经不住我天天劝说，先生心动了。命运作捉人，我怀孕了，先生调侃："假如孩子继承我俩的基因，说不定成了加拿大精英。"经不起先生天天诱惑，我抚摸日渐隆起的肚子，为了孩子，熬吧。

从此，我把念想扼杀，一心培育女儿。新世纪曙光初照，我回国探亲，同学聚会，一干人不是老板就是精英。心里又开始蹦跶，好面子的我却炫耀这边如何之好，住别墅，开轿车，穿名牌服饰，孩子每月有牛奶金。不经意间，我打开 LV 包包，同学露出羡慕的目光，我轻描淡写："不就十天半月工资。"同学们赞叹声中，我的面子得到满足。可有谁知晓，我与人合租一套小别墅，车子租赁，这身行头是我唯一的装备。

家乡难以回去，日子还得继续。那次，送女儿去托儿所，半路里，肚子疼得要命，憋不住，将车停进加油站。看一眼，婴儿座椅中熟睡的女儿，锁上车门。一身轻松出来，见一位老外正打电话报警。我佯装低头看手机，碰掉他的手机，顺手掐断电话。我苦苦哀求，说明原委，并保证绝无下次。真情感动了老外，说不予追究。好险，大雪天，汗水湿了内衣。

房地产业兴起，我转型为房地产经纪，第一套房子，为自己所买。生活明显好转，女儿考上多大。在国内，像我这种年岁的女人打扮得时尚靓丽，每月几次美容。看我，额头布满皱纹，身上衣衫落伍。

"大姐，那还不如回国。"俊俏女孩递上一块牛排。

当时，我怕适应了慢生活，融不进快节奏。说实话，这些年的梦中，哪一次不梦见家乡及父老兄妹。到这年龄，只想活得简单，时光磨平了我的棱角。一次偶然事件，改变了我的想法，熄灭已久的火苗，熊熊燃起。

那次非洲旅游，一行几百号人，被困岛上，食粮已断，淡水无存。此时，空中传来"隆隆"轰鸣声，直升机降了下来，五星红旗飘扬在空中。那是我看到最美的画面。人们纷纷挤往飞机，机长放开歌喉，随着国歌旋律声，同胞们放声高唱，一个个含着热泪登上飞机。此情此景，永远镌刻在我心里。

不知谁开了头，悲壮的国歌回荡在夏夜，留学生们齐声喊出："我们回中国。"

年轻真好！行走在林间小道，失落感如潮水般涌上心头。

此时，半个月亮爬上夜空，朗月映在池中，面对双月，我心里一动，敞开心扉呼出："回家乡，过中秋。"

德明老汉的无奈

德明老汉揉了揉发涩的眼睛，咕哝一句："啥床硌得我腰背痛。"起身想疏通下筋骨，却被章鱼样的吸盘缠住，顺手一扯，安全带？原来是在飞机上。

打开遮阳板，太阳猛烈，天空瓦蓝瓦蓝的，云朵棉花样温柔，抬腕看表，迷迷糊糊已过去好几个小时，好家伙，半夜里如大白天。时差，真不是个东西，专门难为人。

移民申请下来了，德明老汉这次去加拿大定居。说实话，他舍不得祖国，可儿子一家在地球的另一端生根落脚，就这么一个宝贝儿子，咋放得下？人过了古稀别无所求，唯有亲情难舍，有个头痛脑热的，身边总得有人照顾。

老伴说，咱死了这心，索性将房子卖了，省得儿子两头牵挂，来来去去路费啥的也不少。德明老汉两难，去也不是，不去又不是。这边，有知根知底的亲友，想说啥就能说啥。那边，啥也不是，满目的金发碧眼，一街的英文字样，满耳朵叽里咕噜。老了老了，受过教育的他却成了睁眼瞎。

最难受的是倒时差，处于晨昏颠倒造成的兴奋和一夜未眠的疲倦中，折磨得人晕晕乎乎，脚像踩着棉花地，没了重心，肠胃也跟着受罪，饭点不想吃饭，半夜饿得慌。年纪大了，没一个月倒不过来，得少活两年哦。

灯亮了，"叮叮当当"的餐车声夹杂着空姐的招呼声，将寂静的客舱弄醒了。半夜里（时差12小时）送午饭来了。空姐那个殷勤劲，让德明老汉浑身涌动着吃不下也想要一点的欲望，不会英语？肢体语言总会吧，德明老汉指着冒着热气面条说："就这。"餐车上小酒瓶俊得诱人，老汉把持不住，笑眯眯指着红酒握个空拳，做了个喝酒的动作。老伴说："你悠着点。"

呷了几口红酒，德明老汉彻底醒了，人一清醒，总爱回忆往事。

三年前，一个春天的早晨，草绿了花红了，德明老汉哼着小调骑着单车去超市，拐角草地上，悠闲着一群天鹅，有心逗逗它们。怎奈心脏一阵收缩，单车失控压在腿上，颤抖的手从兜里掏出救心丸，塞进抽搐不停的双唇，身体歪倒在地上。

迷糊中，一个金发帅哥扶着他歪在马路牙子上，叽里咕噜问了一气，眼神里满是关切。德明老汉一头雾水，嗫嚅着一组英语数字，那是儿子教的秘籍，遇到不测，打这个电话。为了这组数字和几个日常用语，老汉用了整整两个月，才让它们在脑海里生了根。

金发帅哥对着手机"叽里咕噜"一通。不多时，一辆救护车打着铃声呼啸而来，马路上一切车辆惯性似的往右停靠。车上下来几个绿衣黑脸，手脚麻利地将老汉送进车里。

经抢救德明老汉脱离了危险，医生与儿子说着什么，眼睛不时瞥向病床上的老汉。

回家路上，手握方向盘的儿子关照父亲："医生说这病生死悬在一线，稍有不慎就后果不可设想。好在救得及时，救护车一路狂奔，迟几分钟怕来不及了，好险哪。"

也怪自己心血来潮，竟然不顾时空颠倒、意识混乱带来的不适，头重脚轻骑着单车出门。屋子里关了十来天，憋得慌，却差点丢了性命。

德明老汉拿起杯子喝了口水，心里黯然，这次去多伦多，怕是再也难返家园。十几个小时的飞机，加上中间环节，没二十多个小时下不来。人老了，折腾不起了。

德明老汉双眼模糊，几行浊泪顺着沟壑纵横的脸颊滴到杯里，泛起轻微的涟漪。

二十年前，儿子成了多伦多大学研究生，德明的心头乐开了花，想象着儿子在西方发达国家另开一番天地，自己也去见识见识。谁料想，二十年过去，咱国家发展比坐飞机还快，令世人刮目相看。早知这样，让儿子在国内发展多好，跑大老远的干啥。

揉揉酸胀的双腿，德明老汉无奈地叹了口气。对身边的老伴说："万事总难两全，这一去，怕是咱这片叶子要落在人家根上，也好，少给咱国家添些麻烦吧。人老了病痛多，麻烦扔给资本主义得了。"

老伴说："你说得也是。"

何时才能回家乡

公园里，芳芳拉着我的手开心地说："这下好了，总算有出头的日子啦。"

芳芳一甩脑后没了光泽、用橡皮筋扎成一束的长发，脸上有了难得的笑容。

掰着手指头等，硬碰硬地排队，真是的，不知哪一根筋搭错，等芳芳有了资格申请移民，却来了一个什么抽签，几万人扎在一堆，比中大奖还难。何时才能回到家乡，辅佐老公左右，承孝父母膝前，成了芳芳的心病。

想当年，芳芳最爱打扮，一星期几次美发，再做个美容。谁知来加拿大这么多年，美发店门朝哪都不晓得，何况美容！在家帮衬媳妇养孙女，苦中有乐，反正也无所谓啦。待俩孙女上了学，漫长的白天，电视看腻了，总得寻些事，娇小姐出身的她学起厨艺，将乡情融于其中，竟把菜做得红像红、绿似绿，地道的江南风味。

芳芳性子直，她曾对我抱怨过的是啥日子，儿时的伙伴、同学好友，都羞于联系，渐渐没了音信。当初，公司的事老公不让她插手，后来芳芳乐得做个甩手掌柜。以致芳芳竟不知老公犯的啥罪，囚车来时，哭都来不及了。但芳芳知道回不去了，除非成了这个国家的公民。再过五年，老公将从监狱里出来，自己却困在这里，他会急成啥样？说起这些，芳芳心如刀戳般难受。

每到抽签的日子，芳芳都更衣净手，眼盯着手机一脸虔诚，信心满怀地坐在客厅，每一次叮咚声，心都怦怦乱跳。有次，一条英文信息显示在屏幕上，激动得声音都颤抖了，忙请儿媳妇过目，却换来儿媳妇的不屑："一条广告惊诧个啥。"一次又是一次，抽了那么多次，直到第六次，芳芳再也不敢守在家里，干脆空着双手去家对面的森林。一圈又一圈，漫无目标地转，看似很悠闲，心里却沉重，实在撑不住了，坐在池塘边，对着苍天泪流满面："老天爷，求你开开恩，知错了还不行，饶了我们吧。"

说起这些，芳芳潸然泪下。我拿纸巾拭去她的泪痕。大风吹过，窸窸窣窣落下一地的红叶。

十年前，芳芳的儿子儿媳刚办妥投资移民，囚车却接走了老公。一个没有星星的夜晚，行装都来不及整理，儿子开车去了机场，将车一扔，拉着媳妇直接上了飞机。一年后芳芳通过签证来到儿子家。咋也想不到，在大洋彼岸一困近十年。

芳芳揶揄自己，头几年，家乡在电脑屏幕里，上上 QQ 陪父母亲人聊上几句；这些年，家乡在手机里，语音电话视频聊天，彼岸如咫尺。虽如此，到底踩在人家的土地上，轻飘飘的，像无根的浮萍。我知道芳芳最牵挂的是她老公，夫妻情深。

芳芳嘤嘤地哭。那天，她心急火燎地赶回家，抓起桌子上的手机，屏幕上无一条信息。心沉到了海底。

记得，七年前与芳芳初相识，她一脸憔悴，贵夫人的样子荡然无存。看我目光里的怜悯，她说悲哀莫过于心死，心死了也就没了盼头，挨日子吧。好在她儿子孝顺，儿媳妇虽娇生惯养，能守得住清苦，也难为她了，孙女倒是乖巧，妈妈甩脸子时，会逗奶奶开心。

最要命的是一次又一次地抽签，运气与芳芳擦肩而过。申请移民，得有足够的经济支撑。有一年，她儿子的薪水远远未达到标准，无奈之下，只能凑足数字。如此，一年年下去，得缴多少税款？在这个国度生活，没个车太难，一眼能看到的地方，步行得一小时。芳芳想考个驾照，路盲加上不懂英语，最后还是放弃了。寂寥中做些擦地种花家务事，也得从头学起。把娇滴滴的贵夫人，弄成保姆样。

偶尔去商场，一款款名牌，让芳芳眼睛发亮，一摸瘪瘪的钱包，头扭向一边。冒着风险聚集点钱，除掉购房所剩无几，最贵的是土地税，一年五六千元，折合人民币不是好几万元呀。

说起这些，芳芳一脸无奈。她拉着我的手说："好在我俩住同一小区，你解我思乡之苦，代我探望父母。"

走在异国的路上，我的心也迷茫，往后的日子啥样，无法确定。

我宽慰芳芳："说不定你老公出来的那天，正好赶上你回家。"

"但愿如此。"迎着东方一轮红日，芳芳笑了。

寂寞的老人

太阳像一只红皮球挂在树梢，满头银丝的老人牵着一条硕大的卷毛狗，走在空旷的小区，路上除了老人和狗，竟无别人。老人已不奢望，就是有，也是金发碧眼或是黑皮肤戴头巾什么的，偶尔遇见亚洲面孔，一招呼就尴尬了，不是日本人就是韩国人，老人摇摇头。寂寞似一柄利剑直刺老人的胸腔，凉飕飕的。

此时，古堡式的别墅里走出一位白皮肤的人，寂寥中的狗，不失时机地吠叫几声，树林里鸟儿有了响应，叽叽喳喳，空气中弥漫着清香，老人张开没门牙的嘴笑了一下。

青筋突起的手揉着狗狗，狗背上的卷毛丝滑柔和，一股暖暖的气流沁入老人心房："宁宁，多亏有你！"卷毛狗宁宁眼神温柔，热乎乎的唇吻着布满老年斑的手。

本来女儿家在华人扎堆的社区，门口转转，也能与同胞聊上几句，森林里散个步，找个伴也不难。唉！年轻人不懂老人的心，好好的小区不住，偏在这里置房，幽雅的环境、舒适的房子又如何？老人苦苦地寻觅了一年，竟无一位同胞，心灰意冷了。

偌大的小区，最多也就几十幢房子。哪像国内，一个小区至少也有千把个人。街上几乎看不到人影，偶有路人问好，除回句"哈啰"外再也说不出什么，为避免尴尬，碰到邻居，干脆绕着走，连"哈啰"也省了。女儿女婿忙工作，孩子要上学，空荡荡的房子里，只有卷毛狗宁宁陪伴老人左右。

国内多好，邻居好友聊天，谈笑自如。闲时坐坐公交、乘个地铁，打个车逛逛街看看戏。老人喜欢越剧，台上花旦衣袖子一甩，兰花指一翘，缠绵的唱腔萦绕整个戏园子，多来劲。

起先，老人不肯移民。转而一想，兄弟姐妹也都步入夕阳之年，自己就一个女儿，且已到中年，工作与家务缠身，总不能为了母亲万里迢迢两头跑。有次老人生病住院，女儿回国探望，花费不算，外孙女得不到妈妈的照顾，不慎烫伤了手，至今疤痕尚存。都怪老头子去世早，要不，相互有个照应，不至于太过寂寞。

年岁越往上爬，依赖性越强。老人终于想通了，踏上异国的土地。

诸多的不适应如野草般缠绕于心头。那天，老人牵着卷毛狗去森林，小河里，野鸭子的"嘎嘎"声，让会唱越剧的老人也想哼上一曲。卷毛狗摇着尾巴望着老人，目光热切。她顾不了那么多，放开嗓子："……一年三百六十天，风刀霜剑严相逼……"刚唱了几句，拐弯处来了一位白皮肤衣着鲜亮的女人，傲慢地盯了老人几眼，老人浑身不自在，犯错似的低下头。卷毛狗着了魔般，仁成树桩样，吠都不成声。看着渐行渐远的女人，深入骨髓的乡情弥漫开来，老人低着头，牵着耷拉着耳朵的卷毛狗，默默地走出森林。

打开大门，空落落的客厅，静寂无声，墙上的时钟指向上午九点。老人一屁股跌坐在沙发上，卷毛狗温顺地趴在老人身边。老人叹道："还好有你陪我，女儿女婿忙得团团转，清晨六点起床，晚上六点归来，哪有工夫陪我聊天。"老人也替女儿担心，大别墅住着是舒适，可贷款何年还得清？怕要等到鬓如霜、尘满面。卷毛狗见老人烦闷，叼来一串樱桃，老人摘一颗放在嘴里，几天前的一幕呈现在眼前。

那天，家里来了好多客人，其中那位提着樱桃的女客人，跟老人投缘，挺聊得来。闷了大半年的她，总算逮着个能掏心窝子的，眉宇间放出异彩，连说话的声音也大了，国内聊到国外，家乡聊到异域，话如决了堤的湖水，源源不绝。

一听人家是探亲的，老人来了兴致，劝说客人一定得把移民办了。客人说："如您所言这般，还是别操心了。"老人说："再如此也得来，亲情在呀，除非孩子们回去。"客人说："回去是不可能了。"

老人拉着客人的手："女儿有位同学的母亲，是这个国家的移民，去年得了重症，病榻上的她得到了最好的照顾，政府天天派人服侍，直到临终。"客人问："她女儿不顾母亲？"老人说："这个国家不分男女，过了六十岁才能退休，哪有时间照顾老人？"

"无人说话的日子，难挨！"客人感叹。

"到底与亲人在一起呀！"老人一脸茫然。

住进豪宅的女人

夕阳辉煌了落地窗，女儿风一样跑进屋里，圆脸灿烂得像葵花一样："妈，客户两年内不回加拿大，让我帮她管理房子，咱可以搬过去住。"

秀雅问："不收房租？"

女儿说："免费管理，哪能再要房租？"

秀雅开心："现住的房子出租，月进项两万元，凭空多出一份工资。"加币折合成人民币，是她的习惯。

女儿娇嗔："妈的脑子转得好快。"

秀雅揶揄："女儿是房产经纪人，当妈的当然对这方面敏感。"

接下来的日子，秀雅忙碌并快乐着。

车子驶进偌大的小区，秀雅眼前一亮，一幢幢别墅散落在草地上，绿荫红枫，树篱间隔着花园，别有情调。不花一分钱就能入住豪宅，真好。

夜里，秀雅躺在舒适的大床上，还真不习惯。对着一屋子西洋装修，她有些不自在，毕竟睡人家床上，纠结中难以入眠。子夜，猫头鹰挂钟滴答声，如马蹄踩在她的心头。数数吧，朦胧中似听见鼻鼾声，她一激灵，睡意像条泥鳅，滑进沟里。翻来覆去，床单滚起褶子，脊背硌得生痛。住豪宅第一夜，忧虑冲刷掉喜悦。

晨曦中，她撑起身子下床，敲着腰背走进厨房，面对十二孔灶台，无从适应。与女儿一起做早餐，顺带熟悉厨具。早点摆上长餐桌，一家子坐在豪华餐厅里，像极了电影里的镜头。喝着牛奶，秀雅心里恍惚，这是哪儿？

女儿带孩子去上学，秀雅哼着曲儿走出家门，手机拍张照片。迎面走来一个贵妇模样的女人，顺嘴一声早上好，目光里却装着蔑视。秀雅心慌慌地打量自己，双眉皱出羞愧，一套不起眼的家居服，写满卑微。回了句早上好，她径自走往家的方向，摸出钥匙，插进锁孔，硬邦邦地转不了弯。惊慌袭上她的心头，找出手机里的照片对照，不小心进了邻家车道。狗狗狂吠声中，她一个趔趄跌在石阶上。女儿的提醒与西风纠缠一起："不能进入私家车道，主人有权开枪阻止。"浑身的汗毛根根耸立。

秀雅迅速起身，跑到路上，恍如在鬼门关转个来回，怪自己胆子忒大。平时，秀雅有快走的爱好，在小区里兜圈，未曾遭遇过尴尬。当年的她，打扮得体才敢出门，如今少了讲究。前方走来位绅士模样的先生，镜片后目光闪出不屑，一句"早上好"被风刮走。她讨厌老外假斯文，戏称他们为：傲慢与偏见。

前方，一树红枫向她招手，风干的芦苇探出身子。秀雅拾阶向上，颤抖着手拿钥匙插进锁孔，大门重重开启，金灿灿的大厅宛若皇宫。心身极度疲惫的她，瘫软在沙发上，心里越发纠结，住别人家豪宅，心能定当？

她在沙发上迷糊过去，探索进黑黢黢峡谷。谷底一位仙女问她："你在西方，过得可好？"

她说："本已习惯，换了环境，又有诸多的不适。"

"贪图钱财乃是人的本性，世事总难两全。"话音落时，仙女甩甩衣袖没了影迹。

从梦里惊醒，秀雅不知身在何方，环顾四周，拍下脑瓜子，想啥梦啥，节奏也太快了。她在心里辩白，女儿替客户管理房子，理应得到酬劳。仙女不了解西方国情，落伍了。

　　暮色渐渐凝重，秀雅一个接着一个打哈欠。女儿让妈妈早点休息。

　　一晃半月，心难稳定，床成了魔咒。睡前阅读这样尚好的催眠良药，也失去疗效。秀雅细细掂量，女儿的决策，客户省心，得益于自家。传统的思维模式像个陷阱，绕不过去。得调整心态，别再纠结。

　　走路能促进睡眠。秀雅想出去，又怕碰到路人，总不能为走路换套行头，岂不被人笑话。她去地下室转了下，够宽敞，亮堂着呢，踩踩地板，结实。几圈下来，转得她头晕。抬头，窗外秋色正好，自己又不是老鼠，躲地下室做啥？昔日公司的白领，岂能丧失自信，让"傲慢与偏见"见鬼去吧。

　　先把问候语练顺遂，再去挑战老外。谁说居家不能时尚？秀雅立马行动，去购物中心，选了几套名牌服饰。她深知，人的内心不种鲜花，会长出杂草。驱除心理上的障碍，最为关键。床也懂人心，与秀雅妥协。

　　夕阳染红天边，秀雅妆容清丽，风姿绰约，运动鞋踩出节奏，风衣带起红叶。望着妈妈优雅的背影，女儿笑得舒心。

蔷薇花

男人把青儿比作蔷薇花，唤她"蔷薇"。

好友嫁到加拿大，QQ 上传了一张照片给青儿：一栋小别墅，背靠小森林，门口小花园，蔷薇花丛边，站个大男人。青儿低呼："帅呆。"男人年纪大了点，长得憨厚。好友说他打了多年黑工，才有了身份，不要命地拼搏了几年，攒下首付购了房。他喜欢照片里的青儿，清纯朴实。

他在小花园栽丛蔷薇。未及蔷薇花开放，青儿到了加拿大。

新鲜劲儿退却，房贷扰上青儿。当厨师的男人心实："三十年按揭。"青儿吓得不轻："年年还债，日子咋过？"男人安慰："入乡随俗，人家不都过得开心。"

经好友介绍，青儿到华人餐馆打工。那天，餐厅来了位金发女人，高傲的眼神瞥向青儿，咕哝几句英语，弄得她一头雾水，领班正忙着接待其他客人。青儿递上一纸菜单，用肢体语言完成点菜。

少顷，青儿端上一盆红油鲜亮、浓香扑鼻的避风塘大龙虾，金发女诧异，连声"No，No"，推开盆子。领班一沟通，才知她要椒盐龙虾。领班威严的目光刺向青儿："扣除两天工资。"青儿心里憋屈，但也无奈，应聘时已讲明，得会简单口语。员工晚餐，对着一桌子眼神，看着褪去亮色的龙虾，青儿落不下筷，领班搛给她，嚼不出滋味，心里有个声音在喊，我要学英语。

回家一说，男人疼惜，学英语太难，社区倒有专为移民开办的免费培训班。

青儿在卡片上记下单词，注上中文，睡前背，清晨记，走路默念。

上班路上，青儿站十字路口，背了无数遍单词，可该死的标志灯还一直不是红火了闪烁。青儿不耐烦了，趁着车流缓和，撒开双腿，刹车声与司机骂声混淆一起，青儿吓得够呛。狼狈地跑到路边，有位女人按了电线杆上按钮，绿灯亮时，白灯里人影迈开大步。

下班，公交车上，她掏出卡片，见后座有一女孩，便前去请教，一聊竟是同乡，嗓音竟高了八度。绅士般的男人目光里有不屑，黑皮肤妖娆女狠狠剜她一眼，司机食指按鼻嘘了一声，回头险些撞上灰天鹅，一个急刹车，乘客东歪西倒，一车鄙夷眼神齐刷刷投向她，压得她喘不过气。女孩压低声音："公共场所不能大声喧哗。"青儿迷茫。

憋着一肚子气回家，泪水哗啦哗啦。男人说："都怪我没提醒你，车流量集中路口，得先按钮。"有了男人的呵护，青儿气消了大半，男人又说西方习俗需要慢慢习惯。一车鄙夷的眼神烙进了青儿的脑海，以此鞭挞自己。青儿说："给我三年时间，暂时不要孩子。"男人伤感："我快四十啦。"青儿坦言："学不会英语，会耽误孩子，哪怕幼儿园，也得与老师沟通，成绩单都看不懂，家长会你逃避得了？"男人说："看来我这辈子只能混华人圈。"青儿说："为了下一代，我要融进这个国度。"

男人说："你就别上班了。"青儿说："班得上，倾听也是一种学习。"男人坦言家务事别操心了。"拉钩约定三年不许耍赖。"

粗短的指头勾起纤细手指。

春日，踏着消融的冰雪，青儿背着单词出门，刚摸出卡片念出 "dog"，一只流浪狗呜咽着追来，讨好的眼神看着她。包里掏出块蛋糕，丢它口中，狗狗甩甩尾巴跑开。青儿学 "I´m hungry" 时，右前方站一流浪汉，脖子上纸牌就写着此字。青儿连说带比画，与他聊了一大通，信心倍增，给了张纸币表示感谢。

清晨小花园，闻着蔷薇花香，青儿对着手机学英语。为融入这个国度，她丢掉矜持，逮到人都会扯上几句，亮出蹩脚的口语。日子久了，邻居都爱跟蔷薇花般的小女人拉扯上几句。青儿爱上西方人的超市，手拎一两样水果，脑海里翻出句式，摸出纸条一句句练习。

床上，男人揶揄她有招蜂引蝶之嫌，青儿黏着他撒娇："我招你惹你了？"男人拥过她："蔷薇，蔷薇……"

餐厅，进来几位女郎，青儿微笑上前推荐菜色，生硬的口语加上肢体语言，亦能沟通，领班投来赞许的眼神。边上同事问青儿："你用什么法子学的英语？"青儿笑道："笨办法。"眼前不由掠过那一车鄙夷的眼神。

若干年后，酒店总台，青儿着深蓝裙装举止优雅，操着一口流利的英语，与客人交流，偶尔补上优雅的肢体语言。

叶落难以归根

病榻上的她像一片凋零的秋叶，身子单薄成一张纸，气若游丝般缥缈，混浊的双眼蓄满泪水，惨白的双唇颤动着，纵然万语千言总是说不出口。

正值盛年的秋叶，女儿出嫁，儿媳娶进家门。幸福的生活却被一张薄纸摧毁。秋叶从医院归来，顺手将夺命纸往台子上一丢，"哗啦啦"一声，衣袖勾倒玉瓶，碎成一地诡异的眼睛，令人毛骨悚然。一个接着一个的电话如催命鬼，触碰秋叶最不愿碰的痛，家里气氛压抑到极限。任谁也受不了，刚在这个国家站稳脚跟，魔鬼阴影附进秋叶的胃部，慢慢地侵入全身。秋叶身上的脏器渐渐丧失功能，唯有大脑愈发清晰。秋叶好累，双眼如涂了层强力胶，连瞥一下儿女的力气也没有。

去年回国，秋叶曾暗示家人，买一处墓地，女儿依偎着母亲撒娇："妈您这是想的是哪一出呀。"

迷糊中穿过阴森森的隧道，黑暗中的鬼火，如萤火虫般闪烁，电影里的阴曹地府？秋叶心慌慌："去哪？"牛头马面尖细的嗓音回响在长长的走廊："阎王殿。"秋叶大声陈述："我不属你们管辖。"两个小鬼神情怪异，万里迢迢索要灵魂："错了？"趁小鬼出神，秋叶不知哪来的力气，挣脱了小鬼的劫持。秋叶睁开眼睛，气喘吁吁对家人说："怕是到时辰了。"儿女们拉着妈妈的手，再也不肯松开。秋叶看向夫君，眸子里放出异光："叶落归根。"

恍惚间，秋叶步履轻盈，衣袂飘飘，追随一位帅气的男士穿越在荒原。荒原上天蓝得晶莹，草绿得妖娆，一阵狂风，男士卷曲的头发有点蓬乱，秋叶滋生出想把男士的头发揉直的冲动。一向腼腆的她不敢造次，脱口道："你是谁？带我去哪？"男士行走如风："去了你就知道。"

叶落归根？纠缠三年的恶疾，被风吹走。道路崎岖，险象环生，男士催秋叶快快行走，以免天黑后会遭不测。无病一身轻，秋叶脚步如飞。

自小长在农村，秋叶啥没干过，成年后在纺织厂干活，哪种苦没吃过，哪样罪没受过。爱好文学的秋叶，向往北美，怀揣一千加币，与丈夫移民加拿大。初到那里，总以为遍地黄金，弯腰就能捡到。理想挺丰满，现实很骨感。租间地下室，捡张席梦思，扛回个破电视，凑几样日常用品，就算一个家。秋叶在华人餐馆工作，拼死拼活积累点资金，经营起窗帘生意，苦是苦了点，日子过得倒充实。

大凡人都这样，五十一过，脑子里浮现一个念头：余下时日还有几许？夜深人静，秋叶的脑子里全是故乡的人和事。

回忆中，厚厚的帷幕降临，眼前一间破屋，有柴火炉灶，秋叶问："要不弄点吃的？"男士诡异一笑："你饿了？"即刻，秋叶神情慌张，疑惑扑面盖来，走了整整一天，消耗那么多体力，竟无一丝饥饿感："不在人世？"男士点头："引渡你去故乡，与亲人团聚。"

记得奶奶的葬礼上，殡葬师问道："祖母大人病好了？""全好了！"孙辈清脆的声音。殡葬师又问："母亲大人病好了？""全好了!"父辈浑厚的声音。秋叶笑了,病真的好了。

几天的长途跋涉,与恶魔搏斗了上百个会合。荒原尽头,一道半透明墙壁,横在天地之中。"快进去吧,那边有你的故乡。"男士使劲一推,秋叶撞进墙内。早有人候在那里,登记注册办手续,引领秋叶寻找故乡。

秋叶心怦怦乱跳,马上可与亲人团聚。兴奋中抬起眼睛,"唐人街"牌坊伫立,异国的街景依旧,一街陌生华人。跌跌撞撞奔向来处,秋叶的喊叫声惨烈:"我的故乡在中国,求求你让我回去!"呼救声如凛冽的北风,回旋在天堂,一位老者用同情的目光,扫视晕在地上的秋叶,叹道:"故乡?谁不想回去。"

看似羸弱的秋叶疯了似的奔向注册处,一头撞开天边的围墙,心中笃定,宁下十八层地狱为鬼魂,也不愿徘徊在唐人街上,当异国的灵魂。

"阎王爷,带我回家吧!"秋叶跪在荒原上祈求,霎时间,狂风大作,乱云飞渡,广袤的苍穹传来雷鸣般的声音:"念你诚心可嘉,准你回归故乡。"

落叶归根。秋叶跪在地上仰望东方,深深一拜。

夜半,依偎在丈夫怀抱里,秋叶的眼睛瞥向供桌上木质方盒,带我回故乡!

白老鼠与灰天鹅

后院，两幢别墅之间那块宅基地泊了辆厢式车，任性的车头甩掉车厢，留下一车静寂，边上一排橘黄色垃圾箱，盛满未来得及处理的建筑垃圾。挖掘好的地基，积攒一冬的雨雪，汇成水池。

春天刚露出萌芽，后院进驻一对灰天鹅。与天鹅夫妇相邻的，是只白老鼠。下午，丹枫去后院散步，天鹅夫妇悠闲在池边，曲颈相向，贼兮兮的白老鼠蹿上草坪，天鹅夫妇顾不得秀恩爱，张开翅膀，追逐逃向彼岸的白老鼠。丹枫不由紧追几步，白老鼠钻进垃圾箱。

灰天鹅穷追不舍，望着垃圾箱仰天长叹。少顷，四周静谧下来，"吱吱"声引起丹枫注意，顺着声音，看到垃圾箱缝隙里伸出一只尖尖的脑袋，眨着狡黠的小眼睛，仿佛对天鹅说："想侵占我的地盘？做梦。"灰天鹅迈着稳健的步子，走向垃圾箱，白老鼠调皮地缩回脑袋，贼声不响。天鹅夫妻相对而视，伸长脖子，没心没肺地用扁扁的黑喙啄着嫩草。

慵懒的天鹅哪斗得过狡黠的老鼠。丹枫长长地叹了口气，就像自己，难啊，一下子失了业，延迟了房贷，回国的计划也泡了汤。

"太无耻了，死老鼠，都是你害的。"丹枫心生恨意，她甚至看到白老鼠的利齿，右手职业性地提起，摆出洗牙的姿势，用镊子撬开它的尖腮，敲掉它的牙齿，看它还怎么逞强。十二生肖里老鼠排在首位，丹枫怕老鼠，也恨老鼠。十岁那年一个清晨，发现蚊帐顶一个黑漆漆的东西，吓得丹枫双手蒙住眼睛，妈妈用火钳夹出发臭的老鼠。从此，丹枫夜里老被噩梦缠绕，觉睡不好，人也长得不太高。

幸亏后院木栅栏未围，草坪上恰好散个步。丹枫将视线移到后院，观看老鼠与天鹅的较量。

阳光给屋顶染上橙色，草坪上静悄悄的。"吭吭"声震破了宁静的长空，天鹅的影子划过草坪，哗啦啦落进小池。丹枫打开玻璃门，进入后院，灰天鹅舒展长脖子，用喙子为对方梳理羽毛，岁月静好。丹枫的心不由得一紧，历经苦冬，迎来了春天，却不能任意拥抱好时光。"吱吱吱。"白老鼠不甘寂寞，箭样窜进水面，在天鹅背上蹦跶几下，倏地逃离小池，草坪上打几个滚，跳上垃圾箱顶，蔑视灰天鹅。白老鼠的不屑，正好撞进雄天鹅的眼睛，它张开翅膀，"哗啦"一声跃出水面扑向老鼠。

白老鼠忽地跳下草坪，雄天鹅穷追不舍。丹枫捏紧拳头为天鹅鼓劲。雄天鹅一改往日的笨拙，丰腴的翅膀盖住老鼠，长长喙子啄向羽毛底下。丹枫的心提到嗓子眼："死老鼠，这下你逃不脱了。"话音未落，白色的影子钻出羽扇般的翅膀，一眨眼已无踪影。丹枫恨恨地嘟囔："老鼠精，看你猖獗到何时！"

午后，鹅叫声将丹枫从梦里拽出，揉着惺忪的睡眼，沙发上坐起，莫不是战火又起？丹枫趿上鞋子，走向草坪。果然，那只白老鼠"吱吱吱"地宣战，垃圾箱缝隙里探出猥琐的脑袋，天鹅够不着老鼠，踱步池边。丹枫一脚踢向垃圾箱，白老鼠闪电般射向水面，雌天鹅拖着笨重的身子，抬头招呼爱人，正好擒住撞上嘴的白老鼠，黑喙子上下左右地使劲，是老鼠太过机灵，又或是雌天鹅过于羸弱，白老鼠一直横在它的喙子上，看似调转了方位，白老鼠挣扎几下，又恢复原状。

雄天鹅见状，从草坪腾越到池里，张开嘴巴从雌天鹅喙子里，使劲叼出白老鼠，这下它慌了神，"吱吱吱"的呼救声凄烈，丹枫为雄天鹅叫好："好样的，总算将老鼠擒拿住了。"喊声中，白老鼠被雄天鹅吞进喙子，尾巴晃悠在外，丹枫的手心捏出了汗。

雄天鹅喙紧动弹着的白老鼠，转向雌天鹅，老鼠尾巴塞进雌天鹅的喙子，使劲一推，雌天鹅颈部欢快地嚅动。丹枫的心不由得一紧。

灭了白老鼠，天鹅夫妇也没了踪影。无天鹅的陪伴，散步时，丹枫总觉少了什么。心里的忧愁，像野草一样蔓延。丹枫长长地叹了口气，心情郁闷到极致。

蓦地，"吭吭"的鹅叫声让丹枫为之一振，灰天鹅夫妇带领七只毛茸茸的小天鹅在池里学游泳呢。

过　关

　　出境口，先生木桩似的钉在那儿，脸上一百个不放心。小雅头也不回，笃定地走向出境处，连刷几次护照不行，机场地勤轻轻一刷，境外之门开启。

　　第一次出国，要坐十几个小时飞机，小雅去加拿大探望女儿。

　　女儿做的攻略，圈了要点，描述详细。小雅成竹在胸，只是心里还是有点害怕。先生说："你不懂英语，到了那边会两眼一抹黑。"小雅说："没有过不去的关。"

　　坐在候机大厅，小雅心里忐忑，入境会将如何？傍晚，心事重重地登上加航。金发碧眼的空姐瞟一眼登机卡，示意右行，偌大的机舱，让她无所适从，按号落座，怦怦的心跳方定。闭目小憩，一位金发女子盯着小雅连说带比画，弄得她一头雾水。空姐查验了小雅的登机卡，做个"请"的手势，小雅看一眼字母，红着脸说了声对不起，挪进靠窗 J 座。心里愈发胆怯，睁大眼睛竖起耳朵，捕捉着身边一切，睡意全无。

　　捧着小说，一页不曾翻过，小雅脑子里全是入境机场，手机调到飞行模式，重温女儿发在微信的照片，第一张下飞机行走的通道，第二张过海关，第三张号称小黑屋，第四张拿行李，第五张接机大厅。说起小黑屋，女儿的描述有点可怕，进去后会被盘问，弄不好会有遣送回国的可能。

熟记照片与攻略，成了小雅的必修课。睡前，她的脑子里总要过上一遍，好几次梦到迷宫般的机场，里面的人都说外语，迷糊中，小雅总找不到出口。梦里惊醒再难入眠。如此三番，心里埋怨女儿，放着国内好好的工作不做，偏去遥远的国度发展。起先，同事邻居很是羡慕，如今换了说法："去国外干啥，国内多好啊。"转眼，女儿出国前的靓照变了颜色。

左前方，一位男同胞戴着耳机看《芳华》，此片小雅看过，就算是无声电影，重温一遍也不错。

空姐多次送餐递水后，递上入境表，小雅从包里摸出手机，按照女儿提供的信息填写，舱内灯光太暗，慌乱中填错了，问空姐要了一张重填。小灯开关在哪？女儿竟没标上。想请教同胞，眼前蓦地一亮，空姐已将小灯打开。小雅颤抖着手用英语填完表。飞机开始下降，无暇顾及灯的开关，捋一捋思路，准备入境。

在空姐的道别声中，走过长长的通道，约莫十来分钟后，进入海关大厅，往右为外国人通道。小雅笑了，自己转眼成了外国人。轮到小雅，签证官说了一大堆英语，小雅面带微笑，挺胸站立，一句"English，No"说得不卑不亢，打起十二分精神，拿出自豪劲儿。签证官手一招，来了位中文翻译。

最后，翻译问："住多长时间？"

"三个月。"小雅优雅地一甩长发。签证官微微颔首，翻译示意通过。小雅心情大好，小黑屋见鬼去吧。

提行李处，一个个大转盘，让小雅眼花缭乱，包里掏出行李单，对号找到大转盘，推辆行李车，好重，啥绊住了？低头一看，地上有只黑色公文包。捡起包转身，白皮肤男人目光灼灼地盯着她，眼神满是鄙视，嘴上冒出鸟语，双手一摊，大有看笑话的样子。小雅定定神，炎黄子孙有啥好害羞的，咱国家上下五千年文明，你才几百年历史，想看笑话，门都没有。再说，堂堂正正做人，开开心心生活，是自己的底线。小雅清了清嗓子喊道："谁丢了公文包？"悦耳的声音赢来一大厅的注目。初到异国的胆怯，荡涤干净。

喊了几嗓子无人反应，看到白皮肤男人，笃悠悠站在行李转盘边，时不时剜她一眼。咋办？情急中，一位女同胞上前陪她去服务台，用流利的英语说明状况，黑皮肤地勤打开公文包一看，内有美金、护照及信用卡等。黑皮肤竖起大拇指，一通叽里咕噜，小雅只听懂一句"谢谢你"。

行李转了上来，小雅运作劲去提行李，白皮肤青年抢先拎下行李，说了一大通英语，从包里抽出几张百元票面美金，硬要小雅收下。小雅一脸春风："拾金不昧，是中华民族传统，这是我应该做的。"边上同胞立马译成英语。老外纷纷竖起大拇指，白皮肤男人目光真诚，用生硬的中文说："你好！"

小雅嫣然一笑，迈开大步，推着行李车走向接机大厅。

梦不知道时差

来到这个国度，我晨昏颠倒，一星期了，时差还没倒过来。

睡眠是最好的保养疗法，如此颠倒下去，老帅哥沦落成丑八怪，那还了得。儿子找来助眠药褪黑素，我双剂量服下，效果甚微，梦却生生被抹掉。没梦的日子，生活少了乐趣。

凌晨三点，我又醒了。眼睁睁看着窗帘缝隙里，亮光一分分侵入，我一骨碌起床，蹑手蹑脚地走出家门。天边的曙光，跃出地平线。我绕过池塘，走向林子。

墨镜中，一切显得怪异，梦原本如此。

曙光初照，我已潜入林子深处。踩着木屑铺就的小路往前，嫩绿的枝叶弯成弓状，悬在头顶，叶子瓣里啪啦拼出一组英语：欢迎来到森林。竟被我读懂，兴致徒增。一头大灰狼蹲在路边，虎视眈眈地瞪着我。吓得我趴在地上，眼镜跌落到草丛里。情急中，捡起一块石头，扔向大灰狼，乖乖，削掉它一只耳朵。脚下的树枝绊了我一下，顺手拾来，化作利剑，勇猛直冲，对着大灰狼当头一剑，劈掉它半个脑袋。

我乘胜猛击，大灰狼东跳西蹿，血肉横飞，血浆溅了一地。近前一看，原是一株腐朽的枫树，木乃伊般横在地上，树梢已被我捣毁，木屑演变成无数只怪异的眼睛，鄙视着我。惊悚中打了个寒噤，心里窃喜，这比梦更为刺激。

我拾起棍子，戴好墨镜爬坡。林子里起了浓雾，正合梦的意境。

渴望遇到同胞，来这里后，除了面对家人便再没说过中文。枫树下，坐了位金发男人。"哈啰！"金发男人示意我坐下聊聊。我用纯正的北美口音与他交流。言谈中聊起祖国，金发男人竖起大拇指："中国了不起，想去北京玩玩。"我说："欢迎，当个向导没问题。"

谈兴正浓，刺眼的太阳化去了浓雾。换个位置，回头一看，不见金发男人，疑惑中，我站坡上，想用英文呼喊，竟忘记他的名字。拍下后脑勺，才记起除了英文字母，我啥也不懂，哪来的北美口音。白日梦？要在国内，这个时辰不正在梦里游荡。梦没有时差？树上一只小鸟叽叽喳喳，回答我："梦哪来的时差。"

继续寻梦。我爬上高坡，树丛里钻出对妖精样的男女，露肩坦背，说着鸟语，我眼睛不敢直视，喉咙里憋出一句"早上好"，逃也似的离开，背脊被碎玻璃样的笑声刺得生痛。

前方行走着一对白发夫妇，戴着太阳帽，穿着花衬衫。别自讨无趣，我加快脚步。"年轻人，走那么快干吗？"老太太一口纯正的普通话。

我倏地转身，碰上同胞了。老爷子说："你来这儿不久吧？"我说："是的，时差还没倒过来呢。"老太太说："不用急，既然来了，就定下心，谁让我们的孩子在这呢。"我说："是呀，当初铆足劲让儿子出国留学，谁料他竟在此安了家。"我脸上掩饰不住骄傲。老爷子说："孩子大了不由你啦，得以他们为中心啰。咱当父母的谁不如此？"看我发愣，老太太话头一转："这里的绿化世界第一，养老不错。初来时寂寞难熬，日子一久心也死了，慢慢地就认命了。"

我茫然。老爷子像是看透我心思："放低姿态吧。"老太太加上一句："习惯了，心也就安宁了。"我颓然坐在石头上，心里不是滋味，以孩子们为中心，父母的威望去哪了？双车库大别墅，我出血本凑齐首付，容易吗？

起身望向小路深处，两位老人不见了。心里坦然，梦仍遵循原先规则，日夜颠倒，相差十二小时，梦不知道时差。我释然。

走出林间小道，往前到了池塘，观景台上，那对老人坐在黑漆皮椅子上。我诧异，梦还在延伸？老爷子招呼："住这小区？"我指着拐角处的别墅说："我家。"老太太说："巧了，同一条街，隔两幢房。"我说："敢情好，成了邻居。"老爷子说当然。

我小声嘟囔："这梦做得也太长。"太阳悬在碧空，天鹅在池里游泳。老太太耳朵灵敏，轻轻一句竟被她捕捉。寻梦不成，反兜来满腹烦恼，我心事重重踏入家门。儿子孝顺，媳妇乖巧，搬别人家事烦恼自己，何苦？

"爸，大清早去哪了，也不说一声。"儿子一脸不高兴。我将林子里的遭遇叙述，儿子诧异："爸您又做梦了？"媳妇说："爸悠着点吧，一切有我们呢。"

我拗了下手腕，麻麻胀胀的感觉如旧，嘟囔道："我做梦了吗？"

穿越荒原

又一次居家令，把我困在家。心里憋得慌，逼迫自己去周边快走，为化解寂寥，我默默地数着脚步。

风啸啸，天蓝蓝，暖阳悬挂半空，我走去森林。踩着咯吱作响的枯叶，绕过朽木树根，爬上高坡。我极目远眺，荒草连天，风干的芦苇铺满旷野。荒原？我忆起英国小说家克莱尔的《摆渡人》。此时，我竟有了穿越荒原的愿望。

历经风雪的拷问，有几株枫树，淡粉色的叶子妖娆在枝头。松针由墨绿转为深绿，闹腾出春意。我找不到林中小路。昨夜的大风让枝叶淹没了小路？别管它 2100 步了，我要用脚步丈量荒原。

"吭吭"声中，一对胖鼓鼓的灰天鹅飞落在溪边。灰天鹅抻长头颈，噘着黑喙，为爱人梳理羽毛。见我过去，雄天鹅拍拍翅膀拦在两树中间，仿佛在说："荒芜之地，无人出入。"雌天鹅依在夫君身边，似乎在说："一个人太危险哦。"我说："路是人走出来的，不就一片荒原，正好释放掉我心里的烦躁。"

越过枯藤，拨开杂草，我浅一脚深一脚前行。"呼"的一声，前边窜过一条野狗样的猛兽，循入林子深处，我心跳加剧，背上冒汗，豺狼？头上的树枝晃动，枝杈上躲着一只猫头鹰，睁开了诡异的眼睛。我对着林子抱拳："饶恕我吧，冒犯了！"顺着"笃笃"声，见树上蹲着一只啄木鸟，准备午餐？一打岔，忘了数数，2900步了。

环视四周，只有越过小溪，才能走出丛林。看似窄窄的溪流，却难以跨越。沿着小溪寻找突破口，数到3590步时，我看到一株断树，横在溪上，踩一踩，够结实的，手脚并用爬了上去，小松鼠"扑通"落在地上。心一凛，脚底打滑，陷进溪边淤泥里，我拔出双脚，运动鞋湿了大半，甩掉淤泥再穿上，彻骨的寒从脚趾凉到心里，汗水浸湿了背脊。

走出林子，视野骤然开阔，荒原上，几棵倔强的芦苇秆排列成行，迎风飒飒。

远处隐约传来，汽车驶过路面的摩擦声，悬在心里的石头，少了分量。一间孤零零的小木屋伫立风中，安全屋？我想起小说中的情节：夜幕降临，为避免恶灵追逐，摆渡人牵着被引渡者的手，潜入安全屋。探究心促使我向前，哪怕遇到灵魂，聊上几句，也是好的。待在家里月余，任谁也会厌烦，况且爱热闹的我。5700步，踏进积满灰尘，老旧的木屋，小动物的脚印遍布，废弃的工具散落墙角，一张破床横在房间，灶台橱柜破残。

小说描写一位遭人冷落的女孩，探望久未见面的父亲。却在隧道里发生了惨重的事故，女孩爬出火车残骸的瞬间，灵魂出了窍，那位男孩模样的摆渡人，引渡她去彼岸。荒原上，他俩与恶魔争斗拼杀，命运将他们拴在一起，灵魂得到了救赎。

"你好！"似有人在招呼我。摆渡人？别瞎想了，手被啥东西刺了下，低头一看，薄绒风衣下摆里外刺满了草球，扯下一个，刺仍粘在衣上，干脆脱掉风衣，对折系在腰上。看来早已偏离方向。也好，在遥远的国度，正好挑战自我，历练心志。我抬头望向东方，家乡，谁不想，只是难以回去……

继续数数，6500步。小说中的故事，竟与此时的情景，有点相似。我腿脚发软，心里悚然，大声数着脚步，7080步……看到马路了，阳光下，车玻璃闪烁着光亮。怕啥！我给自己鼓劲，撒开双腿前进。人活世上，怎能不面对灾难，走好自己选择的道路。

　　猛然间，呼啸的北风，夹杂着恐怖的"哇哇"声，萦绕空中，头上有了黑压压一片。刹那间，空旷的荒原上，纷飞的芦花惊悚，风干的野草胆怯。一个踉跄，我跌倒在地，爬起身，发疯似的往马路方向飞跑。一头撞上金发女孩，她扶住我，目光里充满疑惑："需要帮助吗？"我说："对不起！太可怕了，一群乌鸦遮住了天空。"

　　她纳闷："我怎么没看见？"

　　小说中的女孩？我问："你与那个男孩，去过安全屋？"

　　"刚从那里出来，我们还跟你打过招呼呢。"

　　我颓然倒在地上，下意识地闭上了眼睛，睁开双眼，已不见女孩影踪。瞄下腕表，整整走了一个小时。

奔跑着的男人

太阳爬上树梢，他跑上人行道。池塘森林，鸟啼雁鸣，唤不起他的兴致。心随着脚步奔跑，红色运动装鼓起风儿，汗珠爬满他的脸颊。

"吭吭"声中，我将一粒石子踢进池塘，惊飞一池天鹅。"早上好！"他用中文招呼。我夹杂着江南味的腔调，让他来了兴致，他说："我慢跑你快走，咱说说话。"

我说："正想找人聊聊，这不就碰上了。"

乡音拉近了彼此的距离。在加拿大，找个说话的人都难。这个区域兜上一大圈，难得碰到路人，如有，也是金发碧眼。我嫌老外太爱招呼人，像我这样生性害羞又不懂英语的女人，会感到难堪。

他说自己身为 MBA 却成了房地产经纪人，说白了就是房地产中介。我略知一二，两者唯一能区分的是，前者称呼雅了点。售房的形式也不同，出售二手房，必得清空室内一切，房东客户两不搭界。由房产经纪粉饰房子，全权负责。

我说："朋友圈里出售二手房的照片，时尚唯美，任谁也会心动。"

一个经济管理学硕士，为何涉及此行？看我疑惑，他说有时他会鄙视自己，仔细一想，哪行不出状元？再说，干这行的，谁不是本科以上。

擦了把汗继续，他说人生，最难把握的是机会，掐准了，一切皆有可能。机会像鱼一样灵活，要勇于出手捕捉。不然，就会在破旧房子里熬成了咸鱼。就如他表哥，贷款买房，以租养贷，一路走来，捏在手头的房源一套比一套紧俏，成了亿万富翁。

我说："神话般的故事，耳边常有听闻。"

他与我谈起命运似乎很神奇，他的机遇来自一次偶然。那天，好友去机场接父母，央求他帮忙带客户看房。踏进房子，颇具匠心的布局，温馨的格调。调动起他的兴致。他的不俗谈吐，让房子提上了一个档次。看似随意的一句嘟哝，敲开了客户的心门，成交。事后，好友掴给他一沓加币，调侃他别埋没了天赋。捻着钞票，他动了心，考个证，利用业余时间，初涉房市。

有熟人介绍，有同胞回国发展，急于把房屋脱手。冰雪连天，谁会问津？一道闪电划过心房，大好机会，岂能错过。妻支持他，凑齐了首付，买下别墅。开春，房市大热，命运之神，鸽子般降临他的头上。他稳住自己，静观其动向。奔跑的脚步合着心跳频率，随着房市的升降煎熬。有时，他会把自己关在房间，读读书、练练字，两耳不闻窗外事。

秋天，房市与枫叶一起璀璨。他挂牌出售了别墅，手里捏的那张支票，利润抵过他十来年的薪水。

其实，他爱动且喜静。耐得住寂寞，经得起热闹。我在心里思忖。

话一说开，踩不住刹车，他继续分享："我有双重性格。比如奔跑，一小时内，我不会停下脚步，除非有要紧事。我也喜欢静，去年我在家里待了一冬，除了超市买菜。干了这行，才真正认识自己，在动与快和静与慢之间，相当有定力。守得住寂寞，经得起闹腾，于静中观察动向，才能不迷失自己。"

一根枯枝钩散了鞋带，他弯腰系好，继续奔跑。"辞去工作，没了束缚，读点书，跑跑步，到星巴克喝杯咖啡。要是没辞职，这个点还驱车挤在高速上奔命，迟到了还得看经理的脸色。"

"这些年，没受过挫折？"我问他。

他呵呵一乐："人在江湖，哪能不湿鞋。"那年，正逢房市低迷，他把这些年的盈利加上积蓄一股脑儿投入，贷款购了两栋别墅。整整三年，房市一路下滑。妻埋怨他心猛，钱打了水漂，声都听不到。

阴影笼罩心头，他索性研究起菜谱。路灯亮起，妻拖着疲惫的身子下班，迎接她的是一桌子美味，葱爆龙虾、油焖茄子、蒜泥青菜，样样都是妻喜爱的。妻夸他，厨艺长进神速，寻常的日子里，有了烟火气，心暖暖地受用，再好吃的外卖，哪比得上桌子上冒着热气的羹汤？

我笑言："你妻很有意思。"

"安享静好的岁月，是我心中的愿望。"他笑得舒心。

我说："冰雪已经融化，枯枝绽上嫩芽，房价'噌噌噌'上升，你够幸运的。"

他在有三个车库的豪宅前，停下了脚步，朝我挥挥手。看着他的背影，我陷入沉思……

吴亚原

第十辑　父亲的相框

当时，用这钱能买十几本书，是父亲积攒多年的，却让文心给抖落出来。父亲的《辞海》，变成了日常餐饮，他悔青肠子，嘴上却风趣着："也好，能让孩子们往上一蹿。"

父亲的相框

文心喜欢鼓捣相框。家里的几个相框，不知拆装过多少次。她将相框里的照片重新排列，顺带更换相框内的衬纸。

记得小时候，趁父亲上班，文心翘着羊角辫，站在矮凳上，摘下大相框，伸着小长腿坐在地板上，细长的手指划拉开活动扣，揭开后盖，掀掉衬纸，抖搂出牛皮纸信封，掉出一张大团结。兴奋中文心呼喊："相框里有十元钱。"正烧菜的母亲扔下锅铲，激动得满脸通红，一个月的菜钱有了。母亲从皮夹里，翻出仅存的二元硬币，说是给父亲买几本书。

当时，用这钱能买十几本书，是父亲积攒多年的，却让文心给抖搂出来。父亲的《辞海》，变成了日常餐饮，他悔青肠子，嘴上却风趣着："也好，能让孩子们往上一蹿。"父亲的眼神，文心至今记得，除了痛惜还有责怪，恨不得扇她几巴掌解恨。可父亲从不打人，骂也是轻风细雨，不然，文心的脸不肿成馒头才怪。

没收敛几月，文心老毛病又犯了，从那只小相框里找出父亲的名片，巴巴地问父亲："您在上海工作过，跑销售？"父亲最忌讳这个。文心被奶奶骂小丫头片子爱管闲事。

经不住文心的软磨硬泡，母亲说："父亲跑过大码头，是沪上大公司销售经理。"我好奇:"父亲为何沦落乡下,甘愿当大队会计?"母亲说:"当会计那是后来的事。江亚轮沉没,奶奶召回你的父亲,种地的日子才叫踏实。"文心可从没听父亲抱怨过,父亲认命了?

不见得吧?一个有明月的夜晚,文心看到父亲默默打开写字台抽屉,抚摸着名片对着照片愣神,一脸的落寞,天上的月亮起了怜惜之心,银盘似的圆脸飘过愁云。

从此,文心拆相框的兴趣更足,除了一张自己的初中毕业证书,再无其他。

成家后,文心收集各式相框,轮番展示照片,借此抚慰发痒的手指,唯有全家福居相框中间。她学父亲样,相框里藏些书信卡片,以及父亲的手迹。

一日,父亲来看望文心,自行车后座载着掐得出水的青菜,解下后座上的青菜:"地里割来的。"说话间父亲从挎包里掏出相框。照片上的父亲风流倜傥,青灰法兰绒长衫,三七分发型,还着了色。父亲说:"去天胜照相馆翻拍的,顺带配了相框。"不知为何,文心有种说不出来的感觉,拆相框的心思全无。

不到两年,父亲被召去天堂。深夜,文心望着父亲的照片愣神,梦里有了父亲。梦里的父亲年轻儒雅,一袭法兰绒长衫,头发梳得精光,抿着嘴唇,眉头微蹙,与照片里的样子不差分毫。

父亲对文心说:"你是个要强的孩子,老师常夸你作文写得好。"文心惶恐,这些年,除了补学历、考职称,还做了什么?父亲的眼睛瞥向书房:"唐诗宋词、四大名著崭新,没见你翻过。"文心不屑:"这年头谁还看书,上网玩游戏多带劲儿。"父亲说:"收了心吧。"文心闻言思忖,父亲说的也是,写写诗词练练笔,这样的日子,其实她也向往。

如此一想,竟醒了。文心吸溜下鼻子,仿佛闻到了父亲的气息。起床摘下相框，心里一激灵，手指习惯性打开后盖，一张白纸覆盖，第一层是父亲的手迹，上书："为父一生忙碌，酷爱诗书，却与公文契约打交道，与锄头泥巴为伍。女儿赶上好时光，努力吧！"第二层一张书单，有世界名著，也有国内名家大作。第三层是几首励志诗。文心鼻子一酸，啪啦啪啦滴下眼泪。

文心的眼前浮现出戴着老花镜的父亲，转悠在书店，从书架上取来一本本书，打开小本本，将书名一一记录。

捧着父亲的相框，文心泪流满面，爱拆相框的她，两年了，竟未曾动手。

走进书房，文心一眼瞥到唐诗、宋词、元曲，像三只小精灵向她招手，仿佛在说，等你等得好久。她捧起诗本，宛如握着父亲温暖的手。

噙住眼泪，将父亲的照片轻轻放上相框，拍下父亲的手迹，照原样放好。文心对着照片里的父亲说："您不是常说，读万卷书，行万里路。女儿从此开始。"

三本厚厚的《辞海》排放在书橱一隅，是父亲病重时交给文心的。

相框里，年轻的父亲，一脸欣慰。

今天我被批评了

临近下班，我坐在电脑前打印报表，林副总黑着脸一脚踏进办公室，对着我劈头盖脸一阵狂风暴雨："你这个经理咋当的？小小的事情，被你弄得像锅烧煳的粥，一整层楼的焦煳味儿。""啥事被我搞砸了？林总。"我的脸窘得火热。"自己想去，还好意思问我。"

全身火烧一般难熬，舒适的座椅霎时间长满荆棘，屁股被刺得生痛。我站起来跟跄几步，身体失了平衡。林副总把门甩得山响，留下一屋子迷茫的眼神，同事们纷纷猜测，何事惹恼了领导？

我歪在座椅上，模糊的大脑渐趋清晰。副总也真是，没来由地乱训一通，且不说个明白，怎么办？我得理一下头绪。今天的事还挺多，先是根据合同付款要求，去银行办理承兑汇票，再是销售部开出几张大单，让小陈开具增值税发票。期间，小张去税局办退税手续，送报表为时尚早。按说，这些都没问题。

不对呀，中午在餐厅碰到林副总，他还笑着打趣："就吃这一点点，不怕瘦成了林妹妹，男友看着痛惜。"我笑笑："瘦也不恼，胖也无所谓，跟着感觉走吧。"

财务经理这个位置不好坐，碰到翻脸比翻书快的领导，还不要了我的小命。

午后，生产部王经理来套近乎，聊了些无关痛痒的话，爆了一大堆有关企业发展话题，末了甩出一枪，打着老总的旗号，让我拷贝一份客户汇款明细表。我婉言拒绝："要不让老总批个条子？"他搁下一句："你看着办吧。"重重的摔门声与话语一样生硬。

应该是为这个吧。平日里，王经理与林副总关系很铁，一个说东，另一个绝不会指西。

林副总葫芦里卖的啥药？批评谁没吃过，关键得有理由。同事们你一句我一句，纷纷为我鸣不平，到底做错了啥？老会计一语道破机关："做人欠圆滑，脑筋要转弯，职场哪有这么好混。"

同事关系难处，大凡有点能耐，谁不铆着劲儿往上爬，凭着我的办事能力与中级职称坐上财务经理这把交椅，同事妒忌也属正常。最难缠的是那位资历老、说话爱摆谱的老会计，不经意间，蚊子似的叮你一下，让你难受却又不能明说。忍着吧！不经风雨，哪见彩虹？

中午，我拿着报表去总经理室，老总瞥了眼报表上数字，极为满意。经过销售部，有意同李经理聊了几句，和风细雨未见不妥。走廊上碰到办公室主任，她拉着我的手，聊些单位上的杂务，顺带夸了几句"年轻人穿啥都好看"之类的话，风平浪亦静。

太阳在高楼间晃悠，墨镜里的天空有点诡异，脑子里如糊上一层灰烬，散不尽摸不着。我松开汽车油门，往右缓缓行驶。

夜幕渐渐厚重，我把自己扔在床上，将有关状况在脑子里过上一遍。王经理表面和善，肚子里爱打官司，颇有心计的一个人，他受聘的目的是做卧底？咱公司属特殊行业，专业性强，没七八年时间，建不起庞大的客户体系，莫不是他勾结林副总，辟捷径另起炉灶？欺我资历浅，让我落个泄密者的下场，一箭双雕，还真是做足了功课。

当年，财务部经理退休，不少人认为这个空缺非林副总表妹莫属，谁知老总起用名牌大学毕业的我。三个手指捏田螺——稳拿，如一江春水东流去。林经理是否与生产部经理搭档，谋局划策，把我裹入其中？

我一骨碌从床上坐起，一个电话将发生的一切，简要做了汇报。老总说："你做得很对，否则后果不堪设想。"放下电话我长长舒了口气，下床拉开窗帘，对岸，公园里霓虹灯璀璨，天上新月如钩，美妙的舞曲回旋在夜空，岁月静好。

为了企业的利益，这样的批评我愿意领受。

翌日上午，阳光越过窗玻璃，暖洋洋地洒在小会议室，一切是那样的和谐。会上，我重申了财务制度，并对部门人员做了必要的调整。

中午，林副总没了之前的洒脱，气冲冲地质问我为啥调动他表妹工作。我定定地看着他："你表妹性情稳重，办事干净利索，任现金出纳最合适不过，工作轻松，待遇不变。"他恨恨地剜了我一眼，爆了句粗口："不知好歹的丫头，看你嘚瑟，走着瞧！"

我说："做人要凭良心，做事得有底线。咱走着瞧吧！"

在父亲的墓地上

我拎着香烛供品，手捧一束菊花上了地铁。列车越过郊野，车窗外，移动的风景里，父亲深邃的目光与我对接。

昨日，我坐在电脑前审核账务，心里迷茫，明明有项收入，为啥没入账？耳边响起熟悉的声音："恪守底线，正直为人，杜绝违法。"清明节到了，父亲又来敲警钟。

找父亲聊聊去。下了地铁，沿着苍松翠柏，我找到父亲的墓地。拔除野草，扫去尘埃，将洁白的菊花插在父亲的墓上。红酒溢香，纸盘盛上果品，摆放在石桌上。

香烟袅袅，纸烟灰飞，我对着父亲的墓碑，才喊声爹爹，已泪流满面。记得二十年前，我去单位上班。您关照我："雪儿，财务是考验人的岗位，别让铜臭玷污了心灵。"一年年，一月月，我见到您总爱抱怨，是您让我选择高风险职位。您笑言："财务工作适合女子，心里洁净，天亦晴朗。"

墓上的菊花，摇曳了几下，酒杯晃悠，纸盘颤动。似看见父亲坐在石凳上，就着青团下酒。父亲笑道："报考大学是你自己选的专业。"我娇嗔："是您怂恿我的。"父女俩聊天，总爱相互推诿，营造快乐的氛围。鞭炮声打断了聊天。民间习俗，清明放鞭炮，告慰阴间亲人。

父亲好静，喜书画，写得一手好字。儿时，常缠着父亲去书店，店里设有文具柜。有时候，父亲会带上一捆红纸，几方黑墨，留给年节里使用。春节，邻居大伯求对联，我研墨，父亲挥毫，苍劲有力的大字，一气赋就。大伯不无幽默："说当会计好，纸墨用品，无须自己掏钱。"我嘟起小嘴咕哝："我爹花钱买的。"大伯笑道："不就开张发票。"父亲说："单位的物品，哪敢挪用。"大伯说："你一根筋，分那么清干什么？"

三年前，菊花盛放的季节，未及退休的年龄，父亲走得突然，我心里的支撑倾斜。单位里，父亲威望极高，受人敬重。没想到，父亲会提前内退。

父亲曾跟我聊起，自退居二线，烦恼接踵而至，总经理另换他人，销售额缓缓递减。慢慢地，父亲理出头绪，店家将有些商品直接售给个人，便无须开具发票。总经理让父亲别操这份闲心，不用打卡，工资照发。父亲说，最讨厌他的眼神，假惺惺的，没有温度。

我怪父亲拎不清，人家说得明了，别跟他较劲。

"在职一天，就得尽一天的责任。"父亲查出仓单，核对销售额。部分销售不过账，资金汇入私人账户。挖社会主义墙脚？父亲的党龄比女儿的岁数还长，岂能容忍？他找领导汇报，总经理有意回避。找上级反映，拿不出确凿证据。办公室主任也通知他，已给他办好内退手续。

退休在家，父亲心事重重，喝着闷酒。我劝父亲别管闲事。可轮到自己，犯了难，情况如出一辙。此时的我，深深地体会到了父亲的苦衷。

当时，我还嫌父亲太过执着，临近退休管啥闲事？我为父亲报了团，借旅游放松心情。父亲出游那天，我接到电话，是父亲昔日的属下。她说父亲一直给她打电话，请她核对账目，说国家利益必须放在第一位。她让我规劝父亲，别再较劲。谁知，不出两月，父亲遭了车祸。我泪水滂沱，抬头问青天，好人反遭恶报？

月光皎洁，公园里我遇见父亲。我说："知道您爱骑车去郊外，锻炼身体。三年前的秋日，到底是咋回事？""没啥，前方驶来一辆卡车，来不及躲避，撞我倒地，应是那边少了会计，阎王爷召唤我呢。"父亲还是爱调侃。

梦里惊醒，我恨透了三年前那场细雨，肇事车逃逸，车上的牌照，被泥土糊住。我心里一直打鼓，是人为事故吗？终究找不到证据。

墓地上树叶窸窣，提醒我忘却过去？恍惚间，听到父亲的声音："雪儿别太纠结，好好保护自己。女儿眉心紧蹙，定有烦恼，说给父亲听听。"

"女儿摊上难事了，董事长让我将公司建造的房产低价过户给市里领导。父亲，我该如何处理？"

"雪儿是组织上的人，多找领导聊聊，或许能打消他的念头。"

"有必要找董事长聊聊，毕竟他是有多年党龄的老同志。"

"杜绝违法是我行事底线，请父亲放心。"

父亲爽朗的笑声渐渐远去。清明节的太阳，暖洋洋的。

墓前，三支清香，烟灰缠绕成好看的圆圈，香梗上三点红，燃出耀眼的光亮。

日　子

这样的日子还真不想过了。

清莲洒脱地一甩长发，走出财务部，留下一屋子惊诧的眼神。等提拔的高枝伸手想接过清莲手中的纸箱："你这一走可难为我们了，有不明白的地方还得请教。"清莲果断地挣脱了高枝的纤手："好自为之吧。"

冥冥之中，上帝与清莲开了个玩笑，让厌烦数字的她，读了财经大学，当上了企业高管。这不，一毕业就在这家公司干了十来年，大凡人总是有感情的，不是想走就走得掉。况且公司给的年薪不菲，足以让清莲生活上无忧。

作为财大高才生，财务方面的知识，她研究得通透，政策允许的前提下，避税火候把握到极致。老总慧眼识英才，没过两年，清莲被提拔为财务总监。

那天，老总坐在大板桌前，看似轻描淡写："有家企业利用一些方法得了益……"他将听来的传闻一股脑儿灌输，无奈清莲像一段榆木，硬是开不了窍。末了还顶撞一句："刀尖上走路，悬崖边徘徊，心提到嗓子眼，这样的日子，能安稳？"老总狠狠地剜青莲一眼，把她晾在一边。

倒是工作没两年的大专生高枝，很世故地劝清莲："凭你的阅历和工作经验，谁不看重？"

落伍了？这个丫头太不知高低了。清莲正色道："为人得走正道，不然，梦里都会惊醒，到时哭都来不及，做人要有原则。"说得高枝一愣一愣的，慌乱中跌坐在电脑前，打印出几张表格。

日子一如既往。老板一脸诚恳地找清莲谈心，生生地揪准了清莲的软肋，问："你先生的病咋样了？""多亏老总的关心，差不多痊愈了。"清莲俊俏的脸上写满感恩。老板说："富贵病，静养才是，一个人养家不易。公司也考虑到这些，决定给你加薪。"老板的话很诚恳。清莲正了正身子，道了谢。

老板抬眼看着清莲说："就目前状况，企业能不能多出些效益？"

"料工费降到了极限。"清莲毫不含糊。

"设个渠道？挤出利润。"老板不动声色，让清莲在国家与企业之间做个选择。见清莲沉思，老板又说："得益的是员工，千把号人呢，谁不希望过上好日子？"

"日子好过了我与您还能垫高枕头睡大觉？"

"税局的哥们，跟我称兄道弟。"

"没事你好我好，有事了，谁没个立场，他能扔了饭碗帮您？"

"想这么多干吗？反正有我扛着！"老板明显底气不足。

清莲默默地退出老总办公室，心里不是滋味，老公大病初愈，女儿正上小学，弟弟刚考上大学，农村的爹妈担当不起昂贵的学杂费。

日子流水般逝去，清莲的心一天比一天沉重。那天送报表，老板一瞄报表上的数字，脸阴得能绞出水来，边上的清莲，解释着数据的来龙去脉，老板表情复杂地盯她一眼，再也无话。

不经意间，高枝已按照老板的旨意行动了，一切似乎天衣无缝。清莲整天忐忑不安，作为财务总监，自己能绕得过去？

日子不安宁。白天，清莲处理着单位事务，晚上噩梦连连，有一次，梦见一脸无辜的自己，双腿筛糠似的站在审判台上，法官威严的眼神，吓得她半死。更有甚者，她梦到囚车上的自己，撕心裂肺地喊叫，看老公牵着女儿的小手追赶囚车……梦醒时，心怦怦跳个不停，枕头湿了一片，身上黏糊糊的。

这样的日子无法过了，脑子里常有两个小人儿在打架。一个问："命重要，还是钱重要？"另一个说："当然是命重要。青山在，怕没柴烧！"偌大的城市，难道容不下一个正直的财务工作者？大不了日子节俭点，离时尚远些。该下决心了，明天就跟老板摊牌。清莲一甩长发，万千烦恼丝随之消散。

清莲沉稳地踏入老总室，"啪"地递上辞呈，大有壮士一去不复回的风度。老板脸上看不出表情："辞职？"

"是的，我受不了折磨。"

"心胸也忒狭窄，没见过风浪。"

"正直做人、谨慎行事是我的风格。"清莲直截了当。

"人民币跟你无冤无仇，过了这个村可没那个店了。"老总摇摇头。

"谢谢，我考虑过了。再见！"清莲一脸的自信，连衣裙掀起一股清风，高跟鞋踩出美妙的节奏。"砰"的一声，身后传来重重的摔门声。

紧握你的双手

阿海行事稳妥，没办成的事从不声张。

夕阳贴紧落地窗，妻从快递袋里抖落出一本红皮证书。妻纳闷："堂堂公务员，考这劳什子干吗？怪不得前阵子，神秘兮兮的，把没人稀罕的破书包藏着掖着。一大把年纪了，家务事不上心，晋级？岂不让人笑掉大牙。"恨得妻牙痒痒，心里腾起股火苗，又被阿海阳光般的笑容浇灭。

日报上那篇报道，在阿海静寂的心房起了波澜，手头上的证书，正好派上用场。百度搜索到颅脑损伤引起的混合性失语症，早期训练疗效明显。阿海立马去有关部门办妥手续。

踏进康复医院，阿海有一种说不清道不明的感觉。

临窗病床上，躺着一个脸部虚肿的男人，逼人的英气，已荡涤干净。"李警官！"阿海不由得喊出声。边上的女人，黛眉微蹙，眸子里愁云密布，上前招呼："我是他的妻子。"阿海递上证件，李妻接过一看，眉头舒展。病床上的男人双脚乱蹬，目光里充满怒气，重复着几个词语，大有英雄末路的绝望。看阿海愣怔，李妻说："他除了喊'站住，往哪逃'，再无二话。"

照片上，阿海目睹过李警官的风采。他为追捕逃犯，被飞驰而来的车撞倒在路边，颅脑出了状况。

李妻说:"肢体没啥问题,要命的是患上失语症,他动辄踢掉被子、掀翻床头柜上的杯盏。"阿海递上打印好的笔记,说:"换谁也心烦,最佳的康复期,不能错过。"李妻动了容:"你是个有心人。"

阿海使出浑身解数,揉搓病人的手臂,拿捏他的大腿。找准足三里、涌泉等穴位,施以按摩。李警官眯着眼睛重复着"站住,往哪逃",渐渐进入梦乡。等病人醒来,阿海拿出卡片和小学语文课本,用轻快的语调朗诵着。李警官黑着脸,一副不买账的样子。

阿海埋怨自己吃力不讨好,自找的麻烦。换位想想,曾经叱咤风云的汉子,如今困顿在病床,怎能不怨气满腹?放下姿态,助他渡过难关。阿海找主治医生。医生说:"病人的症状,不算太严重,你用小学课本搪塞人家?找他感兴趣的。"

寻找李警官的兴趣点,成了阿海的要务。从李妻处得知,他最喜欢小说《余罪》,看过几遍,大呼过瘾。阿海找来阅读,立马被小说吸引。

坐在病床前,阿海读着《余罪》,李警官放平身子,神色安宁,读到惊险处,他面部紧绷。随着案子了结,他一脸欣慰。阿海结合小说中的细节,掺杂进自己的感想,用简明的语言叙说。渐渐地,李警官眉宇舒展,脸上有了生气。阿海信心十足,教他日常用语,竟能来上几句,比如"吃饭了""我要睡觉"之类。虽发音模糊,终归能表达出意思。

从他的同事处了解到,李警官酷爱打乒乓。在他儿子口中,获悉他爱唱歌。病床上,李警官手握乒乓球拍比画,神色活泛;听着熟悉的歌曲,他开启嘴唇,哼出调子。寻找他的兴趣点,成了阿海的日常大事。睡梦中,阿海扳过妻的肩头问:"李警官最感兴趣的是啥?"妻挪开他的手,呼噜声继续,梦里都牵挂着李警官。

妻怪阿海把家当客栈，饿了吃饭，困了睡觉，双休日也不陪陪家人。阿海说："过了这阵子就可以了。"妻说："我懂你的。"阿海涎着的脸越发没边："岳父母如住院啥的，我全程陪护。"妻说："话虽不中听，却受用。人老了，谁没个病痛。"阿海环住妻的丰腰，呵呵直乐。

男人但凡过了知天命，便少了雄心。阿海颇有同感，人来世上一遭，谁不想寻常的日子里，擦碰出几朵不寻常的火花，哪怕是退休之人或街边拾荒者。阿海觉得自己的想法，蛮有哲理。身为党政干部，捏了几十年笔杆子，才悟出这些道理。阿海的证书虽上不了台面，不也拥有一项技能。拿到证书一刹那，阿海觉得自己有能耐，五十多岁的人啦，容易吗？

病床边，他读完整整八本《余罪》，李警官的语言能力有了质的飞跃。

清晨的阳光，伴着阿海的脚步，溜进病房。有阳光的呵护，李警官英俊的脸庞，开朗不少。阿海说："早上好！"

"早上好！"李警官说，"等我退休了，也当个志愿者。"

两双大手紧紧握在一起，阿海热泪盈眶。

斑　痕

钥匙"咔嚓"转了几下，用力推门，大风裹着骤雨先我而入，窗边的墙上湿了好大一块，地上有墙粉剥落。我察看窗户，完好的插销竟然有些松动。是大风的杰作，还是……疑窦顿生。

"王科早!"随着清脆的声音，同事芳华袅娜的身姿飘进科室。目光移向墙上的斑痕，她惊诧："关得好好的窗户，被风吹开了?"我心里纳闷，科室也就三个人，至于出纳小李，也是个心地善良的人。我想了下说："墙上起了斑痕。"

办公桌前，斑痕直面于我，让我身子如虫咬般不适。我静下心填好最后一张凭证，生成报表，少了一项数据。揉揉发涩的眼睛，重新填报，心里乱糟糟的，抹不掉那块诡异的斑痕。

我试着用抹布擦拭，斑痕往周边渗开。我一愣，心悸动几下。芳华笑言："像极了一只大公鸡。"小李跟着掺和。我丢下一句："好好的墙壁糟蹋成这样，还有心笑。"芳华沉下脸："又不是故意的，生啥气。"小李边上帮腔："小事一桩，别伤了和气。"一股怨气冲上喉咙，我脚尖一撑，椅子转了几圈。

随着椅子旋转，墙上的斑痕，像只大公鸡晃悠在眼前。我的额头渗出汗水，手心冰凉，心跳剧烈，衬衫贴上黏糊糊的背脊，十二分不爽。更年期反应? 不可能。

那年除夕夜，母亲从鸡笼里抓出一只大公鸡，铮亮的刀子捅进鸡脖子，公鸡嘶叫着挣脱母亲的手，在院里蹦跶，鲜血喷溅一地，吓得我逃出门外。从此，我忌讳公鸡，不吃鸡肉。

我定下心，挑几款花茶放入玻璃杯，续水。杯子里枸杞腾跃，洋参恬静，玫瑰香郁。芳华故作羡慕状："到底是王科，一杯花茶，档次也高出一截。"我说："要不你也来杯？"

芳华抿起红唇摇摇头："谢谢，哪有这等福气。"

芳华知道我忌讳，才来这一手的。去年，我去加州参加儿子的婚礼，她两眼放光，背地里竟对人说，最好让我别再回来。要不是我自己业务过硬，人缘又好，早不知被她挤兑到哪儿去了。

这段时间，芳华竭力讨好小李，午饭坐一张桌子，上厕所勾肩搭背凑在一块。办事的空隙，还去逛街，当着我的面不知羞耻，比谁的胸大。她觊觎科长的位置久矣。为此，工作上我更加尽心，在国家与企业利益关系上，把好关。

眼睛无意识瞥向窗边，斑痕如公鸡般张扬，鸡头怪异，鸡眼里满是嘲笑。心猛地一凛，脸上泛起潮红，汗水沁出额头。芳华关心地说："更年期遭罪哦，回家歇一会儿吧。"

我清晰地看到她那栗色瞳仁里，有幸灾乐祸之意。我调整心态，心里默念："稳住，千万稳住。"

芳华扶住我的肩膀，假惺惺地说："要不我送你回去？"小李也说："身子骨要紧。"

我掰开她的手："没事，忙你们的。"

芳华双手一摊，作恍然大悟样："我去干活啰。"

我的眼睛却像着了魔似的挪向斑痕，公鸡羽毛撑开，鸡冠染上血色，颈部傲慢，尖嘴快啄到我眼睛了。我身子向后一仰，椅子"嘭"的一声撞在文件柜上。芳华藏起脸上笑意，关切地问："没事吧。"

我说："转转椅子，调节下精神。"

慢慢地我缓过气来。小小的伎俩，岂能将我打败，二十多年的职场生涯，岂能被小小的斑痕左右？我转向小李："考职称培训费已汇，发票没到吗？"小李茫然，芳华的脸唰地红到脖子。我自语："这可是个无底洞，何时才能填满。"

芳华在一旁抢白："又不是你的钱，发啥感叹。周游美国一月，扣你工资了！"

"考级考了七八回，还停留在初级，有本事来替代我。"

"谁规定财务主管非得中级职称，一张破证书嘚瑟啥。照照镜子去，满脸的黄褐斑，这副尊容如何面对民众。"

她掐准我软肋，我为这斑痕瞧了多少医生。瘫在椅子上，眼泪裹着汗水滴下。我无力地举起手机，拍下墙上的斑痕，心里给自己鼓劲，别与她计较了，离退休还有八年，我得克服心理上的障碍，做好本职工作。

翌日，芳华踏进科室，目光落在墙上，一幅绝美的中国地图若英姿勃发的雄鸡。巨大的气场震得她木偶一般，尖着嗓子喊出："咋不去加州抱孙子，做你的美国人。"

"我是中国人，去美国做啥。"我偷偷对着小镜子一乐，脸上的斑痕淡了不少。

算账老太

　　离开了财务岗位多年，母亲爱算账的习惯未曾改变，精巧的计算器，替代了老旧的算盘，去个菜市场，上个商店，也不忘揣上个计算器。十里八乡，提起"算账老太"，少有人不知。

　　爱算账的老太，眉宇间透出正气，把贪得无厌的村支书算进了监狱。私底下有人揶揄，哪天把她自己儿子也算进去得了。

　　儿子乔迁新居，母亲得去瞧瞧。坐在舒适的沙发上，环视室内，她的手习惯性地伸进包里。儿媳妇挽起婆婆手臂："妈，咱去房间转转，朝南一间给您老留着。"母亲摇摇头："太奢侈了。"当年一家四口挤在狭小的二居室，转个身都能碰到墙壁，再加上退休的失落，日子过得不易。慢慢地，孙女长大了，母亲回了老家，来儿子家，挤个公交也方便，不再与孙女挤一张小床。

　　"三室两厅也够宽敞，哪来的钱？"母亲脸上皱纹堆起，笑容隐没在唇间，腰背弓起，人仿佛矮了半截。她将自己摔进沙发，掏出计算器，厉声对儿子说："将家里的收入费用，一一报来。"儿媳从抽屉里翻出蓝皮本子，递给母亲，请她过目。儿媳也不逊色，账目工工整整。看着看着，母亲的心渐渐舒展，指头戳着计算器，一组组数字，麻雀般跳跃。末了，母亲索要购房合同，仔细审查有关资料。

突然，母亲一拍脑袋："重要环节差点忽视。旧房转让协议、银行账单拿来看看。"母亲像一个法官，眼神里写满威严。"妈，服了您了。自小受您的教育，不撒谎，不干坏事，廉洁从政，想变坏都难。"

"一个财经局局长，你能把持得住？"

"您老不是常敲警钟嘛！"

"金钱与权力前面，难免一时犯错，多少人因此陷入囹圄。快拿给我。"母亲伸出双手，手背上青筋突兀。

儿媳说："那天搬家，放文件的盒子差点落下。我说这是咱家的宝贝，还遭人家笑话呢。这不，关键时刻用上了吧。"母亲一张一张翻阅着账本，脸上的皱纹一点一点舒展，笑意浮上嘴角。心情舒畅了，母亲才记起："咱孙女去哪了？"

钥匙转动声中，门开了，孙女将菜篮子递给妈妈，搂着奶奶撒娇："奶奶，您都好久没来看我了。"

"奶奶怕影响孙女高考。"

从电话里得知孙女考得不错，母亲悬着的心也就放下了。祖孙俩有一搭没一搭地说笑。孙女说："奶奶，您这次来就住下吧，否则我去了北美，要很长时间才能见到奶奶。"

"孙女要留学美国？"母亲气不打一处来，脸上的皱纹又往中间挤，眼睛剜向儿子，"咋回事？"孙女给奶奶捶着背："别生气，钱是妈妈一点一点赚来的。"

"为啥不告诉奶奶？"

"爸爸怕您操心。"

母亲愣了，儿媳工资奖金不都在账里吗？难不成，还有隐形工资？母亲气鼓鼓地推开孙女，沙发上一靠。

"奶奶，自我懂事起，妈妈为给女儿筹学费，她一直带着学生、教画画。妈还不让孙女告诉您，怕您担心。妈妈忙，连做饭的时间都没有。有时候，家里的饭还是我烧的呢。"孙女拉着奶奶的手说。

"怪不得你妈说你勤快。"

"奶奶，今天我下厨，感受下孙女的厨艺如何？"

"好，乖孙女。"

一旁的儿媳递上红皮笔记。看着密密麻麻的流水账，母亲的眼睛湿润了："孩子，这些年辛苦啦，是妈错怪了你们。"儿媳莞尔一笑："您老的督促，才有我们的今天。一家人铁板一块，将送礼者拒之门外。好友的质问，我都一笑而过。堂堂局长住破屋，是作秀还是蒙人耳目？莫不是想往上爬？高处不胜寒！这些话要多难听就有多难听。"

儿子接上话头："局长夫人不好当，她常躲在房间里哭泣，为别人的不理解。那次，她真想收下建筑商的银行卡，里面的数字，是她这些年家教收入的几倍。"

"一咬牙还是忍住了，君子爱财，取之有道，听妈的没错。"儿媳感慨地说。

母亲拉着儿媳的手："娶上你这样的媳妇是我儿子的福气。"说着从包里掏出一个存折，塞在媳妇手中，"手头紧，拿去用吧。"儿媳说："我俩的工资，足够应付。"母亲说："给我孙女吧，穷家富路，或许可应个急。"

"奶奶，快来尝尝孙女做的饭菜。"桌子上五菜一汤，荤素搭配合理，色香味齐全，母亲的眼睛湿润了。

后 记

　　九年前，我开始写散文。那次，在区作协群看到关于廉政小小说的征文。小小说是什么？我上网一搜，小小说是独立的文体，是与长篇、中篇、短篇小说并列的一种文学样式。我兴趣徒增，决定写上一篇文应征，虽石沉大海，却刊登在了区文联的廉政杂志。

　　意外的收获让我不能自已，心境豁然开朗。

　　写小小说难，对于没丁点儿经验的我来说，更难。我在心里暗暗使劲，纵使文学路上荆棘丛生，也要所向披靡，勇往直前。爱上小小说，方觉时间不够用。想当初我在企业做财务，考取中级职称，完成后续教育后，沉湎于电脑游戏，将大好时光挥霍，任年华于指间流失。文学的情愫激励我克服学历低、词汇量少的困难，找来名家小说，阅读分析，撰写练笔，揣摩人物的心理活动。通过不懈努力，终于有了小小成果。

　　小小说难写，我一度提不起精神，沉默了两年。就这样沉沦下去？我心有不甘，在文友的鼓励下，重拾旧好。

　　我聆听名家的解读，找来经典小小说，结合老师的评析，细细领悟。我提醒自己，掐准切入点，把握好小说中人物走向，以细节推动情节。于虚实中运用细节，在写作中把握叙述节奏，注意段落间的过渡，让小说具有画面感。

但凡写好一篇文字，我都要修改多遍，从头至尾朗诵。文中的用词也字斟句酌，做缜密的推敲，用哪个词儿最为贴切，加以比较，再做定夺。为避免词语反复使用，少使用成语，我甘愿在电脑前揣摩思考，或放置几天再做修改。

我深切地体会到，人生的道路要心怀憧憬地行走，没有憧憬，人会活得茫然，无回忆的人生，苍白乏味。我不想让岁月匆匆而过，留下惆怅无限。我深深地懂得，坚持，是一种优秀品质，在坚持中，承受人生的不易；在坚持中，享受光阴流年里的书香人生。

心中有了文学情愫，我苦中作乐，无怨无悔地坚持着。我热爱家乡，喜欢家乡的风物。旧时浙东女子出嫁，十里红妆，坐大红花轿。黄泥墙的传说，深深地感动着我，触动了我的心，滋生出以黄泥墙为题材、以村姑为人物的一篇小小说。

目标有了，我找到小说的切入口，用"箩筐倒扣"的细节，层层递进。在传说的基础上，融入大量虚构。比如：少女梦里坐花轿的患得患失，爷爷的道老古，宫廷故事对少女的影响，妈妈从喜悦到落寞的神情，少女心目中的少年。这些都为小说的结尾做了铺垫，由此，一位机智勇敢、善良聪慧、不贪图荣华富贵的少女形象，跃然纸上。

我采用轻轻的结尾："几天后，康王传旨：浙东女子尽封王，赐小村名：黄泥墙。自那以后，浙东女子出嫁，皆十里红妆，戴凤冠，披霞帔，坐花轿。"以此，呈上我十里红妆情结。同时，也出自我对少女的崇敬之心，为浙东女子的清纯朴实，写上浓重的笔墨。

写了几年小小说，渐渐悟出细节的重要性。我认真阅读分析著名评论家、小小说名家谢志强老师为小小说做的点评，真正领悟了"讲好故事，写活人物，用妙细节"的技巧。我将儿时的印象，融入小说，塑造小人物的形象。

这些年，基本生活在加拿大，我采用别样的角度，利用异域的特色，写出华侨的不易，展示他们的爱国热忱和人生信念。

在此奉上，谢志强老师对我的小小说的评语。也附上自己的读后体会。

谢老师在《2019年浙江微型小说述评》中写道："吴亚原的《朗月在心》，如同博尔赫斯的《双梦记》梦见对方的'宝藏'。外国人到中国，中国人到外国。其中的主人公'我'从国外回国探亲，参加同学聚会，她炫耀自己在国外的生活，要面子，省略了打工的艰辛。重要的是'里子'，团圆是其心结——故乡的月亮。"

感谢谢老师的点评，点出我心中情结，不觉豁然开朗，这不就是我想达到的意境吗？被谢老师一言点明，心里甚是喜欢。

谢老师在《2020年浙江微型小说述评》中写道："吴亚原'利用库存资源'，写了一系列古代题材的微型小说，表达的语言和题材相匹配。《向美而生的绿叶》，写诸葛亮的丑妻，如绿叶，辅佐丈夫，写了相貌丑陋但有独立意识的女性，那块绘有地图的锦帕显示了女性独特的智慧。"

此篇我比较满意，谢老师点出了作品内涵，诸葛夫人那块绘有地图的锦帕，显示了女性独特的智慧。这正是我想表达的主题，我得细细揣摩，在细节上下功夫。

谢志强老师在《2021年浙江微型小说述评》评述我的小小说中提道："以往被忽视的经历，不是以'故事'的形式，而是以细节的形态，犹如晚空中的繁星闪烁，樟树、印花、麻饼、芙蓉、汤团，每一篇的每一个细节均与人物有关，天地物事，生死别离，命运沉浮，有诗意，有温暖，有悲悯。"

谢老师评《河边的错误》一文："吴亚原将记忆回跳到'十二岁'。题目让我想到余华的同名小说。背景为'大跃进'时代，大食堂的终结，废弃的食堂，改为村里的代销店，店边有一条河。傍晚，'我'去看河边的风景，店员去河边淘米洗菜，恰恰小芳潜入店偷麻饼，'我'帮店员捉小偷，小偷竟是大'我'四岁的小芳姐，这是饥饿的缘故，但是，民间的道德决定了小芳'没面子'，这导致了母女俩的不幸命运：小芳嫁给了一个老光棍，不再回娘家。跛脚婶牵着小外孙女的手出现在代销店，结尾，小外孙女有句话：'外婆，麻饼真好吃。'对大人而言，麻饼有难言之苦。麻饼在时空中穿过了三代人的记忆。此作着力点在'我'的愧疚困惑，那是中国式赎罪的变体。所谓的错误，是'我'也尝到饥饿的滋味，却参与了抓捕行动——小女孩站在'饥饿'的一边，以噩梦、发烧、寡言的方式自罚。那个麻饼的意象，像月亮一样升起，诗意以悲悯为底。"

2021年，省级刊物刊发了我六篇小小说。这些，都是我遵循谢老师"讲好故事，写活人物，用妙细节"的教诲，正如谢老师在点评中提到："樟树、印花、麻饼、芙蓉、汤团，每一篇的每一个细节均与人物有关，天地物事，生死别离，命运沉浮，有诗意，有温暖，有悲悯。"

小说中，我将模糊的记忆拼凑，以我的视角，写出饥荒年代一个少女悲悯悔恨的心理。谢老师中肯的点评，阐明了小说的思想境界。我心里蓦地一亮，老师点评出我想说又表达不清的意愿。

在此，我对谢老师由衷地说声：谢谢！

吴亚原

2022 年 4 月